CHRISTIAN AMLING * DAS SCHWARZE PFERD

AF223309

Christian Amling

Das schwarze Pferd

Kriminalroman

dr. ziethen verlag

Oschersleben

PROLOG

Die beiden jungen Männer standen neben der kurzgemähten Rasenfläche unweit der einige Meter hohen Stele aus Kalksandstein, deren Reliefs an die Bombennacht am Ende des Weltkrieges erinnerten. In jener Nacht wurde die Stadt praktisch komplett dem Erdboden gleichgemacht. Davon hatten die Zwei allerdings keine Ahnung, sie schwiegen und rauchten nervös eine Zigarette nach der anderen.

Nennen wir sie der Einfachheit halber Ali und Achmed, der Erstere klein und etwas pummelig, der Andere eher groß und schlaksig. Sie trugen dunkle Hosen und über den T-Shirts Pullover mit zurückgeschlagenen Kapuzen, an den Füßen schlabberten modisch gefärbte Sportschuhe.

Die Nacht war mild, aber dunstig. Ein Gewitter war niedergegangen, dessen Wetterleuchten noch von Ferne grüßte. Niemand war unterwegs, nur die Geräusche einiger Autos oder das Quietschen einer Straßenbahn waberten gedämpft durch die Dunkelheit.

Endlich kam ihr Auftraggeber, fast unvermittelt trat er vor sie hin. Der feine, knielange, schwarze Mantel und ein in die Stirn gezogener Hut ließen nicht sehr viel Individualität ausmachen, nur ein schmales, etwas spitzes Kinn und eine ziemlich lange Nase ragten aus dem Schatten der Krempe. |5

„Seid ihr bereit?", fragte er und ohne eine Antwort abzuwarten: „Ihr steigt in den hinteren Teil des Zuges. Um es euch leicht zu machen, gebe ich euch folgende Information mit auf den Weg. Eine junge Frau wird zusteigen, wie stets um diese Zeit. Erfahrungsgemäß wird der Zug leer sein. Ihr macht diese Frau fertig! Schlagt sie grün und blau und deutet eine Vergewaltigung an. Reißt ihr die Klamotten runter und fasst sie an die Muschi! Alles klar?"

„Hm!", machte Ali. „Gehn' Sie dann für uns in'n Knast?"

„Mann!", rief der Auftraggeber zornig. Die Stimme klang alltäglich. Offenbar besaß er nicht die nötige Routine für derartige Absprachen. „Ihr werdet fürstlich von mir bezahlt. Ihr sollt sie auch nicht erschlagen, nicht einmal anstechen. Es muss nur fetzen! Capito?"

„Wo ist Kohle?", wollte Ali lapidar wissen und streckte die Hand aus.

Schweigend reichte der Mann ihm einen braunen Umschlag. Dann drohte er doch noch: „Und bescheißt mich nicht! Das könnte …!"

„Ja, ja!", zischte der Schlaksige. „Vielleicht arbeiten wir ja mal wieder zusammen."

„Vielleicht!", erwiderte der Mann, und das hörte sich irgendwie an nach – eher nicht.

„Tschüss!", Ali und Achmed machten kehrt und näherten sich im Schatten der Bäume dem Bahnhofsgebäude, das im gelblichen Licht einiger Laternen hockte.

Quietschend kurvte die letzte Straßenbahn an ihnen vorbei. An der Haltestelle blieb eine Frauengestalt zurück, die sich eilig in Richtung Bahnsteig entfernte.

Ali und Achmed warfen sich einen kurzen Blick zu, zogen die Kapuzen über die kurz geschorenen Haare bis tief ins Gesicht und folgten ihr vorsichtig. Überall lauerten in diesem Land Überwachungskameras, aber mit gesenkten Gesichtern verkamen die beiden zu wolligen Schatten der Unterwelt.

Mit leisem Pfeifen fuhr der Nahverkehrszug ein. Er sah ein wenig futuristisch aus. Im Gegensatz dazu prangte auf seinen blau-weiß-gelben Flanken der Namenszug einer bis vor wenigen Generationen barbarisch verfolgten, gefolterten und hingemetzelten Spezies, nicht Luchs, Wolf oder Bär, man las dort vielmehr HEX – HarzElbeExpress.

Die Frau stieg in den hinteren Teil des Zuges und bewegte sich von außen gut sichtbar durch das leere Abteil. Ali hob kurz den Daumen der rechten Hand, und sie folgten ihr schnell über den Bahnsteig. Die Luft im Zug war abgestanden, sie stank nach Plaste und menschlichen Ausdünstungen. Ihr Opfer hatte sich auf einem der Sitzplätze niedergelassen und eine lederne Tasche abgelegt, aus der es unverzüglich einen Stapel Schriftstücke hervorzog

Die Männer drängten sich in eine Sitznische, etwa drei Reihen weiter vorn. Sie wussten, dass sie keine Zeit für ein langes Vorspiel hatten. Der HEX würde zwei unbedeutende Stationen frequentieren und dann in der nächsten größeren Stadt halten. Bis dahin musste alles gelaufen sein.

Die Frau war schön. Ein schmales, gebräuntes Gesicht wurde von langen, glatten, rötlichen Haaren umwoben. Sie bildeten einen interessanten Kontrast zu ihrer vollständig grünen Kleidung. Über einem lindgrünen T-Shirt trug sie eine geöffnete dunkelgrüne Sommerjacke, der moosgrüne Rock saß ziemlich knapp und ließ lange, braune Beine hervorschauen, übereinander geschlagen. Die hervortretenden Muskelstränge deuteten auf sportliches Training.

Der Zug ruckte kaum merklich an und beschleunigte. Ali erhob sich und trat in den Gang. Niemand reiste in dieser Nacht mit ihnen. Warum dieser HEX überhaupt fuhr, war ihm ein Rätsel. Die Zeit lief. Er fühlte den Druck des braunen Umschlags unter seinem Pullover. Und ging zu der Frau. Vor ihrer Sitznische blieb er stehen. Aus den Augenwinkeln sah er, dass sich Achmed ebenfalls erhob.

Mit widerwilligem Ausdruck legte die Frau die Papiere zur Seite und hob den Kopf. Ihre Augen blickten sehr grün, wie die einer Katze, aus einem etwas knochigen Gesicht. Sie schwieg.

Ali stand ungefähr einen Meter vor ihr und erwiderte den Blick. Ein seltsames Gefühl schlich sich in sein Innerstes. Unbewusst befühlte er den braunen Umschlag an der Brust und sagte: „Wir wollen mit dir spielen, Kleine. Hast du Lust?"

„Nein!", antwortete die Frau. „Ich habe zu tun. Gehen Sie woanders spielen!" Ihre grünen Augen blieben auf ihn gerichtet. Offenbar hatte er sie nicht eingeschüchtert.

„Warum gleich so garstig? Garstig nicht gut!", sagte Achmed, der jetzt direkt daneben stand. Schnell langte er mit seiner knochigen Hand an Ali vorbei, um die Frau anzufassen.

Der Zug bremste. Sie hatten die erste Station erreicht. Niemand stieg zu. Ali atmete auf. Sie waren zu langsam.

„Lassen Sie mich jetzt in Ruhe weiterlesen?", fragte die Frau in leicht bedrohlichem Tonfall.

Achmeds Hand schnellte vor und ergriff die Frau am Oberarm. Ali holte zu einem Schlag in die Magengegend aus. Es blieben nur höchstens zehn Minuten, um die Frau völlig zu zerlegen. Und die Zeit raste. Er sah, wie sich die Augen der Frau leicht weiteten. Es blitzte sehr grün. Sie wehrte den Schlag ab und fuhr wie eine Stahlfeder in die Höhe. Achmed wollte noch einmal zulangen, aber anstatt ihn zurückzustoßen, zog die Frau ihn zu sich und knallte seinen Kopf gegen die untere Fensterkante. Jetzt bremste der Zug. Zweiter Halt. Niemand stieg zu. Die Fahrt ging weiter.

Die Frau hatte den Halt genutzt, um den Körper des Mannes in den Fußraum sinken zu lassen und sich selbst auf das Polster des Sitzes zu schwingen.

Ali konnte es nicht fassen. Wie schnell das alles ging. Er war der Stärkere der beiden Männer. Sie würden wohl noch mit einer dünnen Mirza fertig werden! Zwei Sekunden, um sie an den Beinen zu packen und in hohem Bogen von der Sitzbank zu reißen. Blitzartig griff er zu.

Der Tritt in sein Gesicht war sehr heftig. Er fühlte, dass irgendetwas knirschte und abbrach. Es schleuderte ihn rückwärts gegen eine Sitzlehne. Wie durch eine Milchglasscheibe nahm er wahr, dass Achmed sich wieder hochrappelte und wie die Frau ihm einen Schlag in die Nieren versetzte, der ihn zurück sinken ließ.

Jetzt kam sie wieder zu ihm und befühlte den Kapuzenpullover. Ali konnte sich nicht wehren, er war völlig fertig. Sie fand den Brief, nahm ihn heraus und schaute hinein. Das durfte nicht sein! Das Geld war doch nur für ihre Familien bestimmt – im Asylantenheim. Vergeblich versuchte er, sich aufzubäumen. Gelassen steckte die Frau den Umschlag in seinen Pullover zurück und schlug ihm mit der Handkante gegen die Halsschlagader.

Während sein Gehirn in dunklen Nebelschwaden ertrank, meinte er, sie noch sagen zu hören: „Seht zu, dass ihr bald aus diesem Zug kommt! Und nervt in Zukunft die richtigen Leute!" Der Zug bremste. Sie hatten die Stadt erreicht.

Die Rothaarige stieg aus. Sie war die einzige Reisende. Während sie durch die menschenleere Bahnhofshalle ging, fuhr der HEX im Hintergrund bereits wieder an. Draußen auf dem Vorplatz stand ein silberblauer Mercedes Kombi Streifenwagen. Sie öffnete die Beifahrertür und ließ sich in den Sitz sinken.

Ein Beamter saß am Steuer und fragte belustigt: „Nun, Frau Hauptkommissarin, wie war es?"

„Scheiße!", knurrte die Frau. „Was auf dieser Weiterbildung erzählt wird, weiß ich schon alles. Aber etwas ganz anderes ist mir heute klar geworden: Wir müssen etwas gegen die Brunnenvergifter unternehmen …"

Irenäus Moll verließ den Gerichtssaal und plauderte dabei mit dem Richter, der ein dünnes Aktenbündel unter dem Arm trug. Eigentlich handelte es sich um keinen stilechten Gerichtssaal mit gediegenen Sitzbänken aus geschnitztem Eichenholz, sondern um weiter nichts als einen etwas größeren, weiß getünchten Raum. Die Anwesenden saßen auf Stahlrohrstühlen an modernen Tischen. Allein der Blick aus dem Fenster geriet eher ungewöhnlich, fiel er doch auf die grauen Sandsteinblöcke der gut erhaltenen Befestigungsanlagen, die in einiger Entfernung die mittelalterliche Stadt im Südosten einschlossen.

Vor einem Vierteljahrhundert existierte noch das alte Kreisgericht. Mit ihren dunklen Holzpanälen hatten dessen Räumlichkeiten einen wesentlich herrschaftlicheren Eindruck gemacht. Als Kind hatte Irenäus hier einst einer Verhandlung beigewohnt, in der es um einen Mann ging, dessen Profession nach seiner Erinnerung Müllfahrer gewesen war und dem man den Kiefer zerschlagen hatte. Aus seiner unteren Gesichtshälfte hatten zentimeterlange Schrauben geragt, notdürftig mit etwas schmutzigem Mull abgepuffert, was dem Knaben für immer im Gedächtnis geblieben war.

Heute befanden sie sich nicht im Kreisgericht, sondern im Amtsgericht, denn den Kreis gab es natürlich ebenfalls nicht mehr. Es existierte nunmehr der Landkreis Harz. Für alle. Das Amtsgericht befand sich im Haus der ehemaligen Kreisleitung der SED. Doch es existierten weder Kreis noch SED mehr. Letztere nannte sich inzwischen „Die Linke".

Zwischen den kindlichen Eindrücken im geschnitzten Prunksaal des Palais Salfeldt, übrigens dem vormaligen Gebäude des Stadthauptmanns, und der gerade in der ehemaligen Kreisleitung der SED erlebten Verhandlung lagen einige Jahrzehnte.

Alles begann ganz trivial. Irenäus begegnete auf einem Feldweg einem Paar, das gerade in einen ziemlich heftigen Streit vertieft war. Während die Frau klein und zierlich war, handelte es sich bei dem Mann um einen großen, etwas grobschlächtigen Menschen mit kahl rasiertem Schädel. Recht bald zückte die Frau ein Messerchen und stach damit in das üppige Bauchfett ihres Partners. Nur so tief, zeigte sie vor Gericht mit der dürftigen Spanne ihres mageren Händchens. Trotzdem wollte ihr klotziger Mann dafür einige tausend Euro Schmerzensgeld erstreiten.

Irenäus und ein zweiter Zeuge sollten dazu ihre Aussagen abgeben, und alles lief auf einen Vergleich hinaus. 'Welcher Film lief nur in den Köpfen dieser Menschen', fragte er sich. Er kannte sie alle, sie duzten einander sogar, die Angeklagte und der Kläger sowieso, aber auch die Anwälte, Jochen und Uli, und selbst Richter und Zeugen.

„Bis bald!", verabschiedete sich Dieter Majorowski, der Richter, mit dem er hin und wieder ein Bier in seinem Stammlokal trank. Wenig später klopfte Irenäus an eine Tür inmitten der einsamen Flure. Man zahlte ihm eine Aufwandsentschädigung aus, die er dem Staat nicht schenken wollte. Die Summe kompensierte so etwa eine Vierteljahresrate GEZ, einer Vereinigung, für deren Existenz er nicht das allergeringste Verständnis besaß.

Danach stand er wieder in einsamen Fluren und überlegte, was er mit dem angerissenen Tag beginnen sollte. Langsam stieg er die breite Freitreppe hinab ins karge Vestibül. Hinter sich hörte er hastige Schritte. „Herr Moll!", rief eine Frauenstimme. „Warten Sie bitte!" Er blieb stehen und blickte sich um. Die Treppe setzte sich nach oben in einer rechtwinkligen Kurve fort. Von dorther nahte eine Frau mit hastigen Bewegungen. Sie hatte sich ihm bereits bis auf etwa zehn Stufen genähert und hielt nun in ihrem eiligen Lauf inne. Das Vestibül lag in mattes Tageslicht gehüllt, so dass die Gestalt darin ausgesprochen dunkel wirkte. Es handelte sich um eine ziemlich große Frau, die im übrigen auch noch schwarz gekleidet war und die langen, etwas lockigen schwarzen Haare offen trug. Der feine Pullover war schwarz, genau wie der mittellange Rock, der vom Knie an schwarze Strümpfe erblicken ließ. Die Hacken der schwarzen Pumps klapperten auf den Granitstufen. Diese Person schwebte über ihm und schaute mit aufgeregten dunklen Augen auf ihn herab.

Das Schwarze Pferd, dachte Irenäus wie aus heiterem Himmel. Dieser Begriff war ihm schon sehr lange abhanden gekommen. Er stammte aus seiner Studienzeit. Yogi und Acki hießen zwei Freunde, die mit ihm an der TU Dresden studiert hatten. Sie erzählten ihm damals von einer bizarren Schönheit, die sie „Das Schwarze Pferd" nannten. Irenäus hatte diese Frau niemals gesehen, aber genau in diesem Moment fiel der Begriff aus der geistigen Schublade, denn so hatte er sie sich damals vorgestellt.

„Verzeihen Sie", bat das Schwarze Pferd devot und klapperte verlegen mit den Hufen auf der Granitstufe, „dass ich Sie so überfalle, aber ich muss dringend mit Ihnen sprechen."

„Mit mir?", fragte Irenäus ungläubig und grinste. „Sind Sie hier im Hause beschäftigt?"

„Ja, seit Kurzem", erwiderte die Frau und näherte sich bis auf eine Stufe Abstand. Er konnte den leichten Hauch eines herben Parfüms wahrnehmen. „Der Richter erzählte gerade von Ihnen und der Verhandlung, und da bin ich Ihnen nachgeeilt."

„Sie unterhalten sich über mich?", fragte Irenäus und musterte die Frau etwas intensiver. „Bin ich hier etwa bekannt?"

„Sie sind doch bekannt wie ein bunter Hund", rutschte es ihr heraus. Dabei errötete das Gesicht sofort um eine Nuance, soweit dies bei dem braunen Teint überhaupt möglich war. „Oh, Verzeihung, ich wollte sagen, dass Ihr Buch Sie schon ziemlich berühmt gemacht hat. Außerdem hat es sich herumgesprochen, dass Sie sich auch als Privatdetektiv einen Namen machen. Deshalb wollte ich Sie um ein Gespräch bitten …"

„Privatdetektiv!", unterbrach sie Irenäus. „Lassen Sie das in diesem Gebäude niemand hören! Ich besitze weder eine Lizenz noch eine Waffe. Manchmal … durch Zufall. Aber worum geht es denn?"

Das Schwarze Pferd reckte ihm verschwörerisch die Mähne entgegen. Er sah, dass sie lange dunkle Wimpern hatte und ziemlich ausgeprägte Brauen, die offenbar nicht frisiert waren. Leise sagte sie: „Ich kann Ihnen das so nicht erzählen. Die Wände haben hier Augen und Ohren." Sie senkte die Stimme noch weiter: „Die Stadt Quedlinburg schwebt in großer Gefahr. Geben Sie mir Ihre Telefonnummer?"

Irenäus fand das Anliegen dieser Frau ganz schön merkwürdig, aber seine Neugier war geweckt, sowohl auf das geheimnisvolle Problem als auch auf das Schwarze Pferd. Deshalb nannte er ihr die einfache Zahlenfolge seiner Telefonnummer.

„Danke!", sagte die Frau und stieg bereits wieder eine Stufe nach oben. „Ich werde mich sehr bald bei Ihnen melden. Auf Wiedersehen!" Sie lächelte ihn mit leichten Fältchen im Gesicht an, drehte sich um und galoppierte die Treppe hinauf. Ihr etwas üppiger Hintern tänzelte dabei in einem aufreizenden Takt.

Irenäus sah ihr nach, bis sie im oberen Gang verschwunden war. Dann blickte er hinauf zu der Kamera, die das Vestibül im Visier hatte und setzte seinen Weg fort.

„Die Stadt schwebt in großer Gefahr." Dieser Satz hatte sich in seinem Gehirn bereits festgesetzt, als er eilends das Gebäude der ehemaligen SED-Kreisleitung verließ.

Wenige Tage zuvor …

Zugegeben, das Grundstück war sehr schön. Es maß einige tausend Quadratmeter, es besaß einen kleinen Wald, eine Streuobstwiese, einen Froschteich und einen großzügigen Hausgarten.

Hacki saß im Schatten eines hohen Nussbaumes, um sich vor der prallen Sommersonne zu schützen. Der Computer stand vor ihm auf dem Gartentisch. „Kannst du mal kurz die Leiter halten?", schrie sein ungeduldiger Vater. Das nervte extrem. Stöhnend erhob sich Hacki und trat hinaus in die sengende Sonne. Sein Vater wollte in den Schornstein gucken, der sich etwa einen Meter über das geteerte Flachdach des Gartenhauses erhob. Warum gerade jetzt? Die Leiter für den Schornsteinfeger war selbst geschweißt und hing wackelig vor der Windfeder.

„Danke!", sagte sein Vater. „Wenn ich hier abstürze und mir eine Haxe breche, das wäre die Katastrophe."

Ja, ja, Hacki sah das zwar genauso, aber gerade jetzt ging ihm sein Vater damit gnadenlos auf den Geist. Gelangweilt schaute er zu, wie der diesen öden Schornstein inspizierte und von oben rief: „Der muss dringend verfugt werden, bevor der Herbst kommt! Und eigentlich müsste ein Aufsatz drauf, damit er besser zieht!"

'Ja, ja', dachte Hacki, 'nun gib endlich Ruhe.' Seit seine Mutter tot war, lebten sein Vater und er in diesem Gartenhaus. Der Alte hatte keine Lust, irgendwo Miete zu zahlen, obwohl er einen guten Job bei der Stadtverwaltung hatte. Eigentlich war das Grundstück ja auch wirklich Klasse. Keiner nervte. Es gab eine herrliche Aussicht auf den Harz und auf die alte Kaiserstadt Quedlinburg. Die Burg samt Stiftskirche war in voller Breitseite im Panorama, dafür aber ziemlich weit in der Ferne. Für einen Siebzehnjährigen war das einigermaßen trist. Und dann jeden Tag drei Kilometer zur Schule radeln, das machte auch nicht immer Freude. Okay, jetzt waren Sommerferien …

„Danke! Kannst weitermachen!", lächelte sein Vater. Er war drei Zentimeter kleiner als Hacki, ein blonder, braun gebrannter, drahtiger Typ, der nur in Turnhemd, Slip und Sandalen herumlief, wenn er auf dem Grundstück werkelte. So ähnlich sah auch der

Sohn aus, nur schon eine Idee größer und mit kurzen rötlichen Haaren, die er von seiner Mutter geerbt hatte.

„Alles klar!", grinste Hacki zurück. Er liebte seinen Vater, wenn der ihn nur nicht immer aus seinen Gedanken reißen würde ...

Wieder unter dem Nussbaum, nahm er den Computer und tat endlich das, was er schon den ganzen Tag lang tun wollte. Er klinkte sich auf Hexenline ein. Genüsslich wartete er, bis die Seite aufging. Nach einigen Sekunden erblickte er ihr Gesicht auf dem Schirm. Es war schmal mit großen Augen, die total schwarz geschminkt waren. Die Lippen waren hellgrün und die halblangen Haare orange. Sie lächelte bezaubernd. Unter ihr öffnete sich ein Fenster: „Hey, Leute! Ich hoffe, Ihr seid mit dem zufrieden, was Odin und die anderen heute so für euch bereithalten. Hexenline als ihr bescheidenes Werkzeug hält für den heutigen Tag folgenden weisen Ratschlag parat:

Zieht eure stinkenden, muffigen, albernen Schuhe oder gar Strümpfe aus und werft sie weit fort. Lauft mindestens eine Woche barfuß oder noch viel länger! Das regt die Chakren in euren Fußsohlen an, viel mehr als ein Joint, ein Bier oder Redbull. Das kribbelt und massiert auch euer schlaffes Hirn! Wacher als wach! Und supercool! Und lasst euch nicht einlullen von irgendwelchen Altenpflegern!"

Fasziniert schaute Hacki auf das exotische Gesicht und streifte knurrend die roten Sportschuhe von den Füßen. Er musste zugeben, dass er etwas verliebt in sie war, denn sie sah in Wirklichkeit viel schöner aus. Hexline wurde sie genannt oder Hexlein oder Hexline – wie Pauline. Na, eigentlich hieß sie Sibylle, was ja auch nicht allzu weit von Hexlein entfernt lag. Und sie ging auf dem Gymnasium in eine Klasse über ihm. Sie war schlank, fast so groß wie er und trug normalerweise enge Jeans. Ihre Lippen waren auch nicht grün. Wenn Hacki sie auf dem Schulhof ansah oder wenn er sie sonstwo traf, schaute sie grundsätzlich in eine andere Richtung. Vielleicht hatte sie ihn noch gar nicht bemerkt bei den vielen Verehrern, die um sie herumwuselten.

Hackis einziger Trost war, dass sie auch keinen anderen zu bevorzugen schien. Sie befasste sich nur mit Freundinnen. In diesem Herbst würde sie in die Abiturklasse kommen und dann aus der Schule entschwinden.

Allerdings gab es da dennoch zwei Männer in ihrer Nähe. Das waren ihr älterer Bruder Ron und sein Freund. Beide studierten

Elektronik an der TU Clausthal-Zellerfeld. Hacki bedrückte die Ahnung, dass Hexlein den beiden nacheifern würde, wenn sie mit der Schule fertig war. Schon jetzt galt sie als jugendliche Koryphäe auf dem Gebiet der Computertechnik. Während alle anderen noch an ihren Smartphones herumpfriemelten, schrieb sie bereits eigene Programme.

Und das faszinierte ihn fast mehr als ihr niedlicher kleiner Arsch. Denn er hieß ja nicht umsonst Hacki. Diesen Spitznamen hatte er sich redlich erarbeitet. Irgendwie besaß er ein untrügliches Gespür dafür, fremde Computer zu knacken. Bis jetzt hütete er sich davor, amtliche Systeme anzugreifen, er brach nicht in Konten ein und ließ die Polizei sowie ähnliche Dienststellen in Ruhe. Aber manch einer wusste: Wenn Hacki gewollt hätte …

Eigentlich wäre er unter diesem Aspekt der ideale Partner für Hexline gewesen, ein bisschen Magie und viel Rechnertechnik. Aber er war ihr ja keines Blickes würdig.

Das leise Klappern eines Fahrrades ertönte vom Eingang her. Das konnte nur Plasma sein. Sein schwarzhaariger Freund rollte auf den Hof und lehnte das Rad gegen eine Kiefer. Er begrüßte Hackis Vater, dann kam er zu ihm. Plasma war ein stämmiger Bursche. Er saß neben Hacki auf der Schulbank und war sein bester Freund. Irgendwann einmal hatte er an irgendeiner unpassenden Stelle geäußert, dass alles, Pflanzen, Tiere und insbesondere wir Menschen, eingeschlossen sämtliche Anwesenden, doch weiter nichts als Protoplasma wären. Das hatte einige der Anwesenden mächtig erzürnt, andere waren in schallendes Gelächter ausgebrochen. Seitdem hieß er Plasma.

Plasma lebte allein mit seiner Mutter, einer Frau, die sich überdurchschnittlich gut mit Computern auskannte. Seit einiger Zeit arbeitete sie beim Amtsgericht, wo gerade eine Beraterstelle für Computerdelikte eingerichtet werden musste. Das war ein ziemlich neues Sachgebiet: Verleumdung, Beleidigung, Cybermobbing, Persönlichkeitsfälschung, Ideendiebstahl und derartig bizarre Ideenkonstrukte. Wenn man etwas Erfahrung in diesem Metier hatte, konnte man heutzutage anderen Menschen die makabersten Dinge andichten, ihre Fotos verwandeln, sie heimlich mit dem Smartphone filmen und anschließend bei Facebook diffamieren. Sich dagegen vor Gericht zu wehren, war nicht gerade einfach.

Einen derartigen Fall hatte es gerade bei der jüngsten Wahl für den Quedlinburger Oberbürgermeister gegeben. Zwei alte, vergrätzte, notorische Nörgler, die sich etwas auf ihre völlig verdrehte lokalpatriotische Gesinnung zugute hielten, hatten mit allen Mitteln versucht, einen der Kandidaten über das Internet durch den Dreck zu ziehen, indem sie auf übelste Weise Fakten verdrehten und sinnentstellt neu zusammenbastelten.

Wenige Tage nach der Wahl hatte dann jemand diese beiden Unholde so brutal zusammengeschlagen, dass sie womöglich den Rest ihrer Lebenszeit im Rollstuhl verbringen werden. Was hatten diese beiden Veteranen mit den hunderten oder gar tausenden von Hetz-Emails, die sie verschickt hatten, ausgelöst? Wer von den vielen Empfängern hatte sich dermaßen provoziert gefühlt, dass er zum Knüppel gegriffen hatte? Hier ging es um Sachverhalte, die von Plasmas Mutter analysiert werden mussten.

Plasma nahm sich einen Stuhl und setzte sich zu Hacki unter den Nussbaum. Grinsend begutachtete er den Freund und sagte: „Na, leben deine Fußsohlen-Chakren bereits auf oder tut es nur weh?"

„Ich habe es noch gar nicht getestet", erwiderte Hacki ernsthaft, „aber es leuchtet mir durchaus ein. Die Gewöhnung an leichte körperliche Qualen und deren Überwindung schaffen Widerstandskraft."

„Ojeh!", stöhnte sein Freund. „Ich schreibe dieser Tussi jetzt mal was von deinem Computer aus."

Blitzschnell griff er nach dem Laptop und fingerte in die Tastatur.

„Ey, lass das!", protestierte Hacki halbherzig und ließ den anderen gewähren.

„Hey, süßes Hexlein!", entstand auf dem Bildschirm unter Hexenline. „Was passiert eigentlich, wenn ich mir einen rostigen Nagel eintrete? Leckst du dann die Wunde? Hacki."

Sein Freund feixte: „Ich muss doch mal was unternehmen, damit zwischen euch der Ofen glüht oder wie das heißt."

Hacki starrte ihn nur an und dann auf den Bildschirm. Wider Erwarten baute sich dort in Windeseile eine Struktur auf: „Hey, Hacki! Spinnst du? Leck deinen rostigen Nagel selber! Du hast doch überhaupt keine Ahnung von guter Magie!"

„Und du vom Umgang mit einem Computer!", tippte Plasma kichernd ein. In diesem Moment schob sich eine Wolke vor die Sonne und hüllte alles in fahles Licht. „Sie zürnt!", kicherte Plasma und schaute auf den Bildschirm.

„Willst du mich etwa provozieren? Wenn einer keine Ahnung hat, bist du es! Wie hast du dir eigentlich deinen Spitznamen erschlichen?"

„Wow! Die ist ganz schön aggressiv", meinte der Freund. „Was sagen wir nun?"

„Hm!", machte Hacki. „Wir haben Ferien und langweilen uns. Wir könnten einen Wettstreit anzetteln …"

„Das ist nicht schlecht", überlegte der andere und schaute auf den Bildschirm. Dort stand schon wieder etwas: „Dir hat's wohl die Sprache verschlagen?"

„Gib mir mal!", sagte Hacki und nahm seinem Freund den PC weg. Dann schrieb er: „Ach wo! Ich würde dir aber gern einen Wettkampf vorschlagen! Es ist so trist, den ganzen Tag in der Sonne zu liegen mit einem rostigen Nagel im Fuß. Willst du mich zu etwas herausfordern?"

Die Antwort kam prompt: „So lange dir dein Freund Plasma den Nagel rauszieht, zu empfehlen wäre eine Rohrzange, überlege ich mir das Thema. Geduld! Es muss möglichst fies werden …"

„Sie ist wirklich eine Hexe", stellte Plasma erstaunt fest. „Woher wüsste sie sonst, dass ich hier bin?"

Hacki zeigte ihm belustigt einen Vogel: „Das war nun wirklich keine Hürde. Erstens sieht man uns ständig beieinander, zweitens gab es eine Stiländerung in den Nachrichten und drittens kann man auch mal etwas erfolgreich raten. Was ich wesentlicher an der Botschaft finde: Sie hat uns bereits wahrgenommen!"

„Kaum zu glauben", kicherte Plasma. „Frauen sollen angeblich so ihre Spielchen treiben – sagt meine Mutter."

Sie tranken kalte Cola und schauten dem Vater beim Reparieren der Sense zu. In Hackis Kopf kreiste der Gedanke, was sie wohl für eine Aufgabe stellen würde. Was war möglichst schwierig zu lösen und doch lösbar? War Hexlein so fair, eine Aufgabe zu stellen, deren Lösung sie selbst noch nicht kannte, oder würde sie ihn eher betrügen und sich dann über ihn lustig machen? Würde sie den Wettkampf in der Öffentlichkeit führen wollen, zum Beispiel auf Facebook? Das könnte er nicht akzeptieren, denn er war Facebook-Gegner. Für ihn war das ein Menschenfänger-Server, der insgeheim keinen guten Zielen diente. Er war dazu da, die Leute auszuspionieren und um Werbung an den Nutzer zu bringen.

Und dann kam eine Antwort: „Ich stelle eine Bedingung: Der Wettstreit ist streng nichtöffentlich! Kein Facebook oder Konsorten, kein Altweibergewäsch!"

„Ooch!", gab Plasma von sich, der daraus ein Ereignis machen wollte. „Das hätte ich nicht akzeptiert!"

„Doch, so sehe ich das auch", konterte Hacki. „Ich habe keine Lust, mich zum Gespött der Leute zu machen. Wenn du gern willst, trete ich den Wettstreit an dich ab." Plasma hob abwehrend die Hände und Hacki schrieb: „Akzeptiert!"

Gleich darauf baute sich die Antwort auf: „Okay! Ich vertraue dir! Weil so ein heißer Sommer ist, wäre es doch hilfreich, für etwas allgemeine Abkühlung zu sorgen. Wie kann man das machen? Ich warte auf Antwort …"

Die beiden jungen Männer starrten sich an. Plasma rief ungehalten: „Was will die?"

„Sie stellt uns eine Frage", bemerkte Hacki lakonisch. „Ein Rätsel. Wie kann man hier für Abkühlung sorgen?"

„Eine Eiszeit können wir ja wohl schlecht herbeizaubern", sagte Plasma. „Und Regen auch nicht …"

„Aber Wasser!", überlegte Hacki und streckte unschlüssig einen Finger zur Tastatur aus. Dann tippte er zaghaft: „Erde, Feuer, Luft und Wasser. Die ersten scheiden aus. Was soll das in einem Computer-Wettstreit?"

„Du bist gar nicht blöd", kam als Antwort. „Was bringt Wasser und hat mit einem Computer zu tun?"

„Das Wasserwerk!", schrieb er.

„Das meine ich nicht!", antwortete sie. „Denk nach!"

„Die Bode", flüsterte Hacki und sah seinen Freund beklommen an.

Plasma machte dicke Backen und grunzte: „Diese blöde Hexe will doch nicht etwa an die Staumauer?"

Hacki schrieb: „Du willst doch nicht etwa die Bode manipulieren?"

„Guuuut!", kam es zurück. „Das hätte ich von dir gar nicht erwartet. Und wie manipuliert man die Bode?"

„Ich ahne bereits Schreckliches!", schrieb er zurück. „Aber sag du es mir!"

„Sei kein Feigling!", antwortete Hexlein. „Aber ich sage es trotzdem: Wer von uns schafft es als Erster, den Computer des Talsperrensystems Rappbode so zu manipulieren, das eine kleine Welle in Quedlinburg ankommt?"

„Die ist verrückt!", kommentierte Plasma. „Will die uns in den Knast bringen? Geh' da ja nicht drauf ein!"

Hacki sah einige Zeit vor sich hin ins Leere, dann schrieb er: „Das ist ein sehr riskanter Plan. Weißt du, was hier losgeht, wenn uns das entgleitet?"

„Warum sollte es?", kam die prompte Antwort.

„Eine weitere Frage ist, ob du bereits die Antwort kennst. Dann wäre der Wettstreit sinnlos."

„Ich habe eine Hexenehre zu verteidigen. Was denkst du von mir!? Du hast nur keinen Mumm! Was soll passieren, wenn wir genau dosieren?"

„Ein kleiner Fehler kann heftige Wirkungen haben …"

„Nimmst du nun die Herausforderung an oder nicht?", kam es schroff zurück.

„Okay! Ich nehme an, aber nur bis zu dem Punkt, an dem ich das System beherrsche. Ob ich die Welle kommen lasse, entscheide ich dann."

„Vorher wirst du längst meine kleine Flut beobachtet haben. Da du barfuß bist, kein Problem. Also okay! Okidoki von Hexenline"

„Auf Wiedersehen!", tippte Hacki. Nachdenklich schaute er Plasma an. Der stöhnte: „Du wirst uns um Kopf und Kragen bringen …" Und trank gierig kalte Cola.

„Ich hoffe nicht", erwiderte Hacki, „vorausgesetzt natürlich, du plauderst nicht!"

18 „Ich plaudere nie", sagte sein Freund beleidigt.

„Ach, komm! Lass mich dich lieber nicht daran erinnern", ermahnte ihn Hacki mit einem winzigen Grinsen. „Außerdem kannst du genau jetzt noch aussteigen."

„Spinne!", rief Plasma. „Ohne mich kämst du doch gar nicht zurecht. Und schließlich habe ich dir diesen grandiosen Wettstreit besorgt."

„Wenn du es so siehst", meinte Hacki. „Dann lass uns mal keine Zeit verlieren. Hexlein ist bestimmt schon eifrig am Hexen."

„Was sollen wir eigentlich machen?", erkundigte sich Plasma, der große Helfer.

Hacki begann, sich bereits mit dem Problem zu befreunden: „Sehr viel weiß ich über die Talsperre auch nicht, aber ich glaube, das ist ein ziemlich großes System. Und das hat bestimmt eine Zentrale Computereinheit. Und die sollen wir knacken. Dann können wir mit dem System spielen, dies und das bewirken."

„Okay!", dehnte sein Freund und starrte ihn an. „Dies und das …"

„Dazu müssen wir natürlich in diesen Computer eindringen, falls es eine Verbindung zur Außenwelt gibt. Wenn ja, brauchen wir zuerst sein Passwort."

„Hmmm ...!", machte Plasma. „Soweit kann ich folgen. Aber wie willst du das Passwort von einem derart hochsensiblen Teil bekommen?"

„Nun ja!", überlegte Hacki und schlürfte nun ebenfalls kalte Cola. Sein Vater warf ihnen aus einiger Entfernung einen neugierigen Blick zu. „Es gibt da verschiedene Varianten. Bei Behörden und so kann manchmal die Methode von Richard Feynman funktionieren."

„Von wem?", fragte der andere mit Argwohn. „Meinst du diesen durchgeknallten Physiker, den wir neulich im Unterricht hatten?"

„Er hat immerhin den Nobelpreis gekriegt", erklärte Hacki. „Mein Vater hat ein interessantes Buch von ihm. Der hatte neben der Physik noch zwei Hobbies. Er spielte vorzüglich Bongo, und er bekam jeden Tresor auf ..."

„Bongo? Was das?", Plasmas Stirn war gekraust.

„Eine Buschtrommel", grinste Hacki. „Aber darum geht's nicht. Eines Tages war die Zahlenkombination vom Haupttresor des Pentagons abhanden gekommen. Sie kriegten ihren Supertresor nicht mehr auf."

„Das brauchen die!", kommentierte Plasma.

„Jedenfalls blieb den Amis nichts anderes übrig, als Richard Feynman mit einem Jet aus Californien nach Washington zu holen und an ihren Tresor zu lassen. Feynman warf einen kurzen Blick auf das Ding, ließ sich die Werkspapiere des Tresors bringen, schaute kurz hinein und öffnete die Tür. Das ganze dauerte fünf Minuten."

Plasma hüstelte skeptisch und trank kalte Cola.

„Völlig geschockt, fragten ihn die hohen Militärs, wie er das gemacht habe. Wissen Sie, antwortete Fenyman, Behördenmenschen tragen ungern Verantwortung. Aus diesem Grunde will auch niemand für eine so wichtige Zahlenkombination zuständig sein. Der Tresor könnte ja mal geknackt werden. Deshalb behält man stillschweigend die Werkskombination. Und die steht in den Unterlagen. Sprach's und ließ sich wieder nach Californien fliegen."

„Eine schöne Geschichte!", lachte Plasma und trug seinen Stuhl aus der nachrückenden Sonne. „Aber was hat das mit dem Zentralprozessor der Rappbodetalsperre zu tun?"

„Mit den Computern in großen öffentlichen Einrichtungen ist es dasselbe in Grün", dozierte Hacki genüsslich. „Ich habe mich mal mit einem Mathematiker darüber unterhalten, und der hat mir Folgendes erzählt. Diese Computer werden von Firmen installiert, die in der Regel danach auch die Wartungsverträge bekommen. Der Rechner hat ein firmeneigenes Passwort, das oftmals nicht geändert wird, weil sich dazu niemand berufen fühlt und die Wartungsfirma es so bequemer hat."

„Okay, okay!", rief Plasma aufgeregt. „Aber selbst wenn es bei der Talsperre so wäre, müssten wir auch an dieses Passwort herankommen und auch das wird nicht einfach sein!"

„Einfach nicht, aber vielleicht leichter als das Finden eines Codes, den irgendwer nur im Kopfe hat oder so", antwortete Hacki. „Und außerdem sollten wir den zweiten Schritt nicht vor dem ersten tun und uns zuerst mit dem System vertraut machen. Lass uns mal schauen."

Innerhalb von zwei Minuten hatten sie die Web-Seiten des Talsperrensystems auf dem Schirm. Einige Minuten später erkannten sie, dass es sich beim Bodesystem um einen komplexen Organismus handelt. Wenn man es recht besah, ging es um ein System der Superlative, das wenige Jahre nach dem Ende des Zweiten Weltkrieges in Rekordzeit in einem arg zerstörten Land aus dem Boden gestampft worden war. Das Kernstück und den Blickfänger bildet zweifellos die Rappbode-Talsperre, die auch heute noch als gerade Betonmauer mit 106 Metern Höhe die höchste Staumauer Deutschlands ist. Sie wurde 1959 noch unter Wilhelm Pieck in Betrieb genommen.

Das Gesamtsystem besteht allerdings aus sechs Stauwerken mit den fünf Hauptzuflüssen Kalte und Warme Bode, Rappbode, Hassel und Bode. Dementsprechend existieren neben der Rappbode-Talsperre noch die Vorsperren Hassel und Rappbode, die Talsperren Königshütte und Wendefurt und das Hochwasserschutzbecken Kalte Bode. Dieses System von Wasserbecken ist teilweise direkt miteinander verbunden oder durch unterirdische Tunnel und erzeugt über zwei Turbinensätze und ein Pumpspeicherwerk elektrischen Strom. Außerdem speist es über Tunnel eine gigantische Wasseraufbereitungsanlage, die große Teile von Sachsen-Anhalt mit Trinkwasser versorgt. Insgesamt umfasst das Wassereinzugsgebiet 274 Quadratkilometer.

Neben der Trinkwassergewinnung und Stromerzeugung gibt es aber noch eine wichtige dritte Funktion dieses Systems, den

Hochwasserschutz. Dieses Prinzip konnte man allerdings auch umkehren, nämlich zur Hochwasser-Erzeugung. Alle sechs Anlagen zusammen speichern immerhin zusammen 132 Millionen Kubikmeter Wasser.

Fasziniert sahen sich die Jungen an. Schließlich meinte Hacki: „Hochinteressant! Wie es aussieht, geht es nicht unbedingt um die Rappbode-Talsperre, sondern eher um die Wendefurther Sperre, denn sie lässt das Wasser in die Bode bergab fließen."

„Es gäbe aber auch die Möglichkeit, die große Talsperre zu manipulieren, dann macht die Wendefurther vielleicht automatisch auf", überlegte sein Freund.

„Es sollte aber auch eine Rückmeldung aus dem Abfluss-System geben", erwiderte Hacki. „Wenn wir dem System vorgaukeln, dass die großen Abflüsse trocken liegen …"

„Also insbesondere die Bode", ergänzte Plasma.

„Oder dass der Rappbode-Stausee seine maximale Füllhöhe überschritten hat", sagte Hacki und blinzelte sichernd zu seinem Vater hinüber. Aber der fummelte immer noch an seiner Sense herum. „Oder beides!", frohlockte Plasma und strahlte seinen Freund an.

„Wie schön", freute sich Hacki, „dass in Computern imaginäre Welten hocken, an deren Stellknöpfen man nach Belieben herumspielen kann!"

Die Jungen lachten ausgelassen. |21

III

Die ursprünglich eigenständigen, über 1.000 Jahre alten Ortschaften Quedlinburg, Gernrode und Bad Suderode waren vor nicht langer Zeit im Rahmen neubundesdeutscher Verwaltungsstrategie zur Einheitsgemeinde Quedlinburg zusammengebacken worden. Gegen diese auch viele andere Ortschaften betreffende sogenannte Gebietsreform hatte es in Stadt und Land allerlei Proteste gegeben, die allerdings von den Herrschenden ignoriert worden waren. Der Leitspruch hieß Einsparung. Dummerweise hatten die Kritiker dieser Maßnahmen beim nächsten Mal genau dieselben Herrschenden wiedergewählt.

'Nun, gegen Volkes Wille ist kein Kraut gewachsen', dachte Irenäus Moll und schaute von einer Anhöhe aus auf die sogenannte Kernstadt. Quedlinburg ist eine schöne und interessante Stadt, die mit ihren vielen Fachwerkhäusern, Stadtmauern, Türmen und einer der wichtigsten Burgen Deutschlands zum Welterbe der UNESCO gehört.

Angeblich wurde unterhalb dieser Burg vor 1.100 Jahren dem Sachsenherzog Heinrich, als er mit seinen kleinen Söhnen Vögel fing, die Krone zum ersten deutschen König angetragen. Er liegt in dieser Burganlage begraben, neben ihm seine zweite Frau Mathilde, die aus der Quitilingaburg ein „Freies Weltliches Damenstift" machte, heute würde man sagen, eine Gattinnen-Schmiede für Mädchen aus dem Hochadel zur späteren Verheiratung mit den befreundeten Alpha-Tieren Europas.

Einige Jahrzehnte später herrschte ihre Enkelin, die ebenfalls Mathilde hieß, als Reichsäbtissin gemeinsam mit den verwitweten Kaiserinnen Adelheid und Theophano über ein Gebiet, das annähernd die Größe der heutigen EU besaß. Derart ausufernde Frauenpower wurde in den Jahrhunderten danach nie wieder erreicht.

Irenäus überlegte, ob er darüber nicht einmal ein Buch schreiben sollte, obwohl es bereits eine größere Anzahl gleichartiger Werke gab. Wie hatten diese drei sehr unterschiedlichen Frauen die schicksalhafte Gemeinschaft überhaupt vertragen? Jahrelang hüteten sie den minderjährigen Kaiser. Eifersüchtig bewahrten sie für ihn seine Machtstellung. Die Mutter, die Oma und die Tante! Bedauerlicherweise starb der jugendliche Kaiser wenige Jahre nach der Übernahme des Thrones an der Malaria, und die Macht des Reiches wanderte trotz allem an einen anderen Ort …

Irenäus dachte oft über den Ursprung des Macht-Prinzips nach. Wirklich klüger wurde er dabei letztendlich nicht. Betrachtete man es darwinistisch, so versuchten die meisten Individuen, möglichst weit oben in einer Hierarchie zu stehen, bei der es um die Erhaltung der Art ging. Diesen Kampf ums Dasein entschieden zumeist die stärksten Individuen für sich, zumindest entsprechend einer weitläufigen Lehrmeinung. Bei näherer Betrachtung tauchten hier allerdings eine Anzahl von Haken und Ösen auf. Der Mensch war das erste (uns bekannte) Wesen, das sich ein Stück weit aus dem Korsett der Natur befreien konnte. Freilich war er körperlich noch ein Tier, aber er hatte ebenso neue Refugien erschlossen, die ihm zuerst Macht über die zurückgelassene Natur und später über den ganzen Planeten verliehen.

Erstmals konnten auch schwache, alte oder kranke Individuen Macht ausüben. Sie mussten nur den Trick beherrschen, mindestens zwei weitere Gruppen von Individuen von sich abhängig zu machen: Diejenigen, die sie beschützten, und diejenigen, die für sie arbeiteten. Damit hoben sich die Mächtigen vom Rest der Population ab, in der nun eine gewisse Inhomogenität existierte, getreu der Volksweisheit: Wenn Arbeit eine schöne Sache wäre, hätten die Reichen sie nicht den Armen überlassen.

Um so richtig Macht ausüben zu können, bedurfte es jedoch noch eines besonders genialen Kunstgriffs. Douglas Adams beschreibt ihn als die Erfindung gewisser kleiner, buntbedruckter Papierfetzen. Erst mit dieser Erfindung lief das Prinzip der Machtausübung endlich rund.

Fast rund! Es bedurfte nämlich noch einer Begründung dieser Weltordnung. Solange man erfolgreich seine Nachbarn plünderte, fanden die meisten das System ganz okay, wenn sie aber selber auf den Acker mussten, muckte eine Anzahl notorischer Nörgler und Tagediebe schon einmal auf. Weil das blöde Volk weder irgendwelchen imposanten Feldherren noch gar gewissen bettlägerigen Schlusslichtern der Evolution auf die Dauer abnahm, dass ausgerechnet sie die Lizenz zum Drucken dieser kleinen buntbedruckten Papierfetzen von den Göttern in die Wiege gelegt bekommen hatten, musste sehr bald etwas Neues her: Eine übergeordnete Begründung, ein Glaubenssystem, eine Heilslehre, eine Ideologie. |23

Dieses Konzept war erst mal gar nicht so verkehrt. Es gab da nur zwei Schwachstellen, die zu allem Überfluss auch noch miteinander rückkoppelten. Zum einen gab es immer eine gewisse Anzahl von Ungläubigen, die nicht an dieses System glaubten, und zum anderen verstießen alle Mächtigen grundsätzlich eklatant gegen die Sprüche, die sie selber permanent klopften. Und je heftiger diese dagegen verstießen, um so rasanter wuchs die Zahl jener an.

Das war eine wahrlich saublöde Situation. Jahrtausende lang versuchten die Mächtigen zwar mit mehr oder weniger Erfolg, diesem Dilemma zu begegnen, durch Einschüchterung, Kreuzigung, schlichte Verbrennung und Lagerhaft, aber die notorischen Querulanten wuchsen nach wie die berüchtigten Köpfe der Hydra. So erfand man im Laufe der dahineilenden Weltgeschichte, gerade so wie die Natur immer wieder das Fliegen neu erfand, bei den Insekten, den Fischen, den Sauriern, den Vögeln, den Flughunden und den Drachen, immer einmal wieder, in unterschiedlichen Epochen eine geniale Scheinlösung zum Eintritt in eine völlig neue gesellschaftliche Dimension:

D i e   D e m o k r a t i e .

Nun durften alle mitreden! Und im Anschluss abstimmen.

Doch auch hier tauchten leider wieder spezielle, kaum überwindbare Probleme auf. Abgesehen davon, dass einige penisbetonte Staaten und Organisationen die Demokratie nur als Feigenblättchen vor sich hertrugen, existierten tatsächlich reale erkenntnistheoretische Schwierigkeiten mit dieser neuen Daseinsform.

Für Irenäus bestand die Hauptschwierigkeit im objektiv unterschiedlichen Erkenntnissstand der agierenden Individuen. Theoretisch konnte sich jedermann informieren, konnte Erkenntnisse gewinnen über Personen und deren Wahlprogramme, über Missstände und Sachverhalte aller Art.

Praktisch war es jedoch so, dass sich der allergrößte Anteil der Wähler selbst nicht zur Wahl stellte. Viele von ihnen arbeiteten auf dem Acker, oftmals war ihr Interesse gering. Sie bekamen Informationen über alles und jeden, doch wie das mit Informationen so ist, sie sind sehr zahlreich, und sie stammen aus bestimmten Quellen.

Und damit sind wir schon fast beim Knackpunkt. Denn viele dieser Quellen liegen per definitionem bei denen, die gewählt werden wollen (als Wahlprogramme, Wahlpropaganda, Wahlwerbung, Wahlspots usw. usf.) oder stammen von ihren Mitstreitern, zu denen heutzutage nicht nur Parteien, sondern auch Medien und staatliche Institutionen gehören. Wenn dann auch noch konträre politische Gruppen, die vor der Wahl scheinbar sehr verschieden daherkamen, nach der Wahl zu einem Einheitsbrei verschmelzen, wenn immer größere Informationsmengen zurückgehalten werden, dann verzagen immer mehr Menschen oder entscheiden nur noch blindlings.

Irenäus ging seit langem davon aus, dass genau dies in einer Demokratie beabsichtigt war. Die Mächtigen konnten unbehelligt weiter regieren, und der Rest arbeitete für sie. Genau wie immer! Nur etwas perfekter und ohne zu viel Aufhebens davon zu machen, so wie damals in den Anfängen.

Außerdem wurden nun zwischen Herrschenden und Beherrschten abdämpfende Machtebenen eingebaut. Das waren Ämter und Institutionen mit weitreichenden Befugnissen. Sie konnten das Allgemeinwohl fördern, und sie konnten einzelne Menschen gnadenlos fertigmachen. Nur in wenigen Ländern auf diesem Planeten hatten die Menschen Bürgerrechte erkämpft, die genau diese Willkür einschränkten oder stark dämpften. Irenäus wusste und gab ohne weiteres zu, dass er in einem der fortgeschrittensten Gefüge lebte, aber er wusste auch, dass der Wille zur uneingeschränkten Macht und Despotie darin keineswegs erloschen war und jederzeit wieder aufflammen konnte.

Wenn auch die unmittelbaren Auswirkungen von Machtgehabe in seinem nahegelegenen Umfeld ein wenig besser gezügelt waren als anderswo, hieß das noch nicht, dass sie auch in den niederen Gefilden des Alltags gebannt waren. Während es in den oberen Etagen der Hierarchie eindeutig um die kleinen, buntbedruckten Papierfetzen ging, war das in tiefer gelegten Ebenen oftmals weniger oder gar nicht der Fall. Zwischen Eltern und Kindern, Lehrern und ihren Zöglingen, über die bewaffneten Organe, über Amtsstuben bis hin zum Altersheim existierten sehr vielfältige und zum Teil bizarre Spielarten von Machtgehabe.

Er warf einen letzten nachdenklichen Blick auf die Stadt. Rechts prangte im Sonnenschein die Burg mit romanischer Stiftskirche, auf einem Berge gelegen, einer uralten Kultstätte der Heiden, die dem mächtigen Eifer christlicher Missionare weichen musste. Links leuchteten die putzigen Häuschen des Münzenberges, einer halb vergessenen Klosteranlage. Auch hier hatte eine Kathedrale gehockt, ebenso groß und imposant. In ihr betete einst die Äbtissin des Marienklosters mit ihrem Gefolge, während in der noch existierenden Stiftskirche die Reichsäbtissin ihren frommen Gedanken nachhing. Ein typischer Machtkonflikt. Welches Bauwerk war gewaltiger, welche Äbtissin war wichtiger?

Irgendwann hatte ein Steinmetz einen Türsturz mit einem figürlichen Relief gemeiselt, über das sich Irenäus immer wieder amüsieren musste, wenn er es zu Gesicht bekam. Das steinerne Bildnis hing früher über dem Seitenportal der Marienkirche, wurde dort irgendwann entfernt und über den Seiteneingang der Wipertiikirche, einer sehr alten Hallenkirche, gemörtelt. Dieses Relief zeigt zwei Frauen. Die eine der beiden ist die Reichsäbtissin und sitzt stockstorf auf einem Thron. Die andere Frau soll die Äbtissin des Marienklosters sein. Sie kriecht wie eine Hündin auf allen Vieren auf die Sitzende zu.

Trifft man beim Betrachten dieses makaber-typischen Bildwerks zufällig auf einen Katholiken, so erklärt der einem in beschwörenden Worten, dass es sich hier um ein interpretatorisches Missverständnis handele. Für Irenäus ist diese peinliche Darstellung wahr – typisch menschlich!

Denkt man laut über derartige Dinge nach und gerät dabei an einen Vertreter der einzigen möglichen, wahren und marktwirtschaftlichen Weltsicht, avanciert man blitzschnell zum Ketzer, zum linken Unhold, zum ewiggestrigen Kommunisten. Auch das war allerdings schon immer so gewesen …

Irenäus wandte sich nun endgültig vom Panorama der Stadt ab und machte sich auf den Heimweg. Er wanderte neben einem lichten Sandweg, gesäumt von bereits in die Jahre gekommenen Birken. Vor ihm trottete sein langhaariger, schwarzer Altdeutscher Schäferhund, dem es ähnlich wie den Birken ging. Und auch sein Herrchen war keineswegs mehr der Jüngste. Durch ausgedehnten Aufenthalt unter freiem Himmel besaß er eine sehr braune, ein wenig gegerbte Haut. Er war etwa einsfünfundachtzig groß. Lange, dunkle, teilweise ergraute Haare flatterten um sein Gesicht, das dominiert wurde von buschigen, schwarzen Brauen, leuchtend blauen Augen und einem etwas sanguinischen Mund. Er trug ein T-Shirt, Jeans und an den nackten Füßen Teva-Sandalen.

Neben dem Weg erhob sich auf einer kleinen Erhebung eine Feldwarte, ein mittelalterlicher, mehrkantiger Turm aus grauen Sandsteinquadern, der einst zum äußeren Beobachtungs- und Verteidigungssystem der Stadt gehörte. Es existierten noch mehrere erhaltene Warten dieser Art rings auf den Anhöhen, die heute zumeist als Aussichtstürme dienten. Auf dem sandigen Grund wuchs Trockenrasen, dazwischen eingesprenkelt die bunten Blüten verschiedener Nelkenarten, Heidekraut, Königskerzen und vieler anderer duftender Kräuter. Das gesamte Gelände stellte ein Paradies für Heerscharen von Insekten, Vögeln, Reptilien und kleinen Säugetieren dar.

Dem Wanderer war sehr bewusst, dass es derartige Refugien der Artenvielfalt vielerorts nicht mehr gab und das gewisse Besitzer besonders vieler dieser kleinen buntbedruckten Papierfetzen eifrig daran arbeiteten, ihre Anzahl kontinuierlich zu verringern. Kurz flatterte noch einmal die Machtfrage durch seinen Kopf, dann erreichte er eine Ahorn-Allee, die zwischen hohen Fichten und Kiefern den Weg fortsetzte. Der Halbschatten spendete ein wenig Schutz vor der sommerlichen Hitze. Zwischen den Blättern und Nadeln glitzerten die gebrochenen Strahlen der Nachmittagssonne.

In diesem flirrenden Lichtspiel meinte der Mann plötzlich, weit vor sich den Schattenriss einer Person zu entdecken. Er beschleunigte seine Schritte und näherte sich allmählich der Gestalt, die sich ebenfalls in Bewegung befand. Woher kam sie so unverhofft?

Als die Person am Ende der Allee auf einen Querweg trat, sah Irenäus im hellen Sonnenlicht, dass es sich mit an Sicherheit grenzender Wahrscheinlichkeit um eine Frau handelte. Zwei Sekunden später verschwand sie nach links hinter den Randbäumen des Waldes.

„Komm!", befahl er leise seinem Hund und beschleunigte das Wandertempo. Titus blickte kurz und wenig begeistert zu ihm auf. Als sie die bewusste Stelle erreichten, erblickte er im Sand tatsächlich die Abdrücke leichter Damenschuhe. Irenäus war ein recht guter Fährtenleser, eine Eigenschaft, die zweifellos auf die Karl-May-Lektüre in seiner Kindheit zurückzuführen war. Niemand hatte das Lesen von Spuren so minutiös beschrieben wie dieser leider aus der Mode gekommene sächsische Volksschriftsteller. Der Weg machte hier einen Knick und verlief danach in doppelter Ausführung weiter. Irenäus musste nicht lange überlegen, denn er sah die Frau gerade in einiger Entfernung auf der Sonnenvariante des Weges hinter Bäumen verschwinden. Eilig folgte er ihr.

Hier grenzte der Wald an eine verwachsene Fahrspur, die neben einem Ackerrain verlief. Man lief ungeschützt unter der heißen Sonne und wurde durch einen weiten Blick in die Landschaft belohnt. In etwa zehn Kilometern Entfernung erhob sich die Nordkante des Harzes, deutlich hob sich in der klaren Luft die tiefe Kerbe des Bodetals ab. Hier kam der Fluss aus den Bergen und hatte durch die Äonen den größten und romantischsten Canyon nördlich der Alpen in das verwitterte Eruptivgestein gefräst. Ein Stück davor ragte gut sichtbar eine senkrecht stehende, viele Meter hohe Schichtrippe aus hartem Quarzsandstein in die umgebende Landschaft. Diese sogenannte „Teufelsmauer" erstreckte sich vor der gesamten Nordharzkante mit vielen außerordentlichen Felsformationen.

Kleine Ortschaften lagen zwischen Getreidefeldern, und die Frau wurde etwas langsamer, wahrscheinlich, um den herrlichen Ausblick zu genießen. Irenäus holte auf. Er sah die Gestalt nur von hinten, aber irgendetwas an dieser Erscheinung kam ihm bekannt vor. Sie schien ziemlich groß zu sein. Lange schwarze Haare fielen über ein dunkelblaues T-Shirt. Nach unten flatterte ein gleichfarbig gemusterter Sommerrock aus leichtem Stoff bis hinab zu den Waden. Über der Schulter trug die Frau eine Tasche aus Leinen.

Irenäus hatte sich alsbald bis auf fünfzig Meter genähert. Er gab dem Hund ein stummes Zeichen, an seiner Seite zu bleiben, und behielt diesen Abstand konstant. Die Frau bemerkte ihn nicht. Sie schien in Gedanken versunken. Ihr Schritt wirkte kraftvoll, die Schultern waren nicht fraulich schmal, was gut mit ihrem Hinterteil harmonierte, das ebenfalls leicht ausladende Form aufwies. Es schaukelte ein wenig hin und her im Takt ihrer Schritte, wobei sich auf den Rock eine rhythmische Schlenkerbewegung übertrug. Die langen, ungezügelten Haare wuschten dazu im Gegentakt über den Rücken. Alles in allem gab sie von hinten eine durchaus interessante Erscheinung ab.

Der Pflanzen-, Tier- und Menschenfreund Irenäus Moll war mit der Gabe guter Kommunikationsfähigkeit gesegnet. Er musste sich nie über Einsamkeit beklagen, bezeichnete sich jedoch selber als geselligen Einzelgänger. Das war kein Widerspruch, auch wenn es sich für Außenstehende so anfühlen mochte. Nein, er war gern allein, war vorzugsweise in der Natur oder in seinem Häuschen anzutreffen. Vor allem liebte und beobachtete er die Frauen, die sich dies zumeist gern gefallen ließen, zumal er ein guter, aber nicht aufdringlicher Unterhalter war, der über eine reichhaltige Fantasie verfügte, auch in der Liebe.

Er ging inzwischen bereits eine ganze Strecke hinter der Gestalt her, ohne wirklich darüber nachzudenken, sich bemerkbar zu machen. Der sonnige Abschnitt des Weges würde bald in den Halbschatten eines Wäldchens münden. Vor diesem Übergang befand sich eine überdachte, hölzerne Sitzgruppe für ermüdete Wanderer, denn immerhin betrug die Entfernung zum Stadtzentrum von hier aus etliche Kilometer. Er vermutete, dass auch die Unbekannte an diesem Ort eine Rast einlegen könnte, und war ziemlich gespannt darauf, welche Erscheinung sie wohl von vorn abgeben mochte.

Tatsächlich steuerte die Frau genau auf diese „Sitzraufe" zu, nahm die Leinentasche von der Schulter und legte sie mit einem leicht klackenden Geräusch auf den Mitteltisch. Dann raffte sie den dunkelblau gemusterten Rock, so dass ihre schlanken, gebräunten Unterschenkel bis zum Knie sichtbar wurden. Mit einem leisen Seufzer der Entspannung ließ sie sich auf das vordere Holzbrett sinken und drehte nun endlich den Kopf.

Irenäus war inzwischen bis auf zehn Meter heranmarschiert. Er war bereits gespannt darauf, was jetzt passieren würde. Schon als er die Frau im Profil erblickte, wusste er auf einmal, warum sie ihm die ganze Zeit über bekannt vorgekommen war. Endlich drehte sie sich ihm voll zu und zuckte vor leichtem Schreck zusammen. Dann stieß sie ziemlich barsch hervor: „Herr Moll, müssen Sie mich derartig erschrecken?! Gehen Sie schon lange hinter mir her?"

„Erst seit einer halben Stunde", flunkerte er und grinste.

„Das glaube ich nicht!", erwiderte sie und ein Lächeln zog auf ihr Gesicht. Es handelte sich bei dieser Frau um das Schwarze Pferd, wie er mittlerweile messerscharf erkannt hatte. Aber wohin wollte sie?

IV

Wiederum wenige Tage zuvor …

Ihre Hüfte war anmutig schlank, fand sie und drehte sich ein bisschen vor dem hohen Spiegel, und ihre Taille war noch etwas schlanker. Zugegeben, ihre Brüste waren auch ziemlich schlank, um nicht zu sagen, nicht besonders groß, aber sie fand das besser als solche Apparillos, die einem beim Rennen um die Ohren klatschten.

Ihr schmales Gesicht wurde dominiert durch die großen, fast schwarzen Augen und einen Mund mit sehr sinnlichen Lippen. Wenn sie die pechschwarzen Haare nach vorn über die Schultern fallen ließ, berührten die Spitzen genau ihre dunkel pigmentierten Brustwarzen, wie sie soeben feststellte. Das kitzelte außerdem angenehm. Sie legte den Kopf etwas schief und streichelte fasziniert die dunkelbraungebrannte, glatte Haut.

Dann drehte sie sich um, ging mit langen Schritten zum Swimming Pool und sprang kopfüber in das klare Wasser. Mit kräftigen Zügen bewegte sich ihr Körper zur ungefähr 15 Meter entfernten Beckenwand, drehte dort unter Wasser, schwamm zum Ausgangspunkt zurück, drehte wieder, schwamm unter Wasser zur gegenüberliegenden Kante und tauchte dort mit einem verhaltenen „Wuff" auf. Zweimal atmete sie tief durch und kraulte dann einige Zeit kreuz und quer durchs Becken, um schließlich an ihrem Ausgangspunkt abzubremsen und den Pool mit einem sportlich eleganten Stemmschwung zu verlassen.

Sie schüttelte einen Teil des Wassers vom pudelnackten Körper, wobei sie in der heißen Sonne einen kleinen Trocknungstanz einlegte – oder so etwas in der Art. Dann ging sie zum Liegestuhl im Halbschatten und ließ sich darin nieder. Auf einem flachen Beistelltisch lag ihr Computer.

Bei ihnen war alles sauber und geordnet und ließ kaum Wünsche übrig. Ihr Vater war Medizinprofessor in Halle und ihre Mutter Oberärztin im Klinikum. Diese schöne, alte Villa hatte Mutter überdies geerbt – es war alles perfekt. Und gerade das regte sie ziemlich auf. Es musste doch im Leben noch ein Abenteuer geben …!

Nun, sie kannte ein paar Mädchen, die ihr näher gekommen waren. Aber trotzdem, sie verhielten sich zu einfältig, plapperten alles nach, und so wirklich war mit ihnen nichts anzufangen. Und die Jungen waren noch verkalkter mit ihrem albernen Getue und feigen Blicken. Sie wusste nicht, was sie mit denen auf die Reihe bringen sollte, obwohl sie alle so schön fanden und hinter ihr her hechelten.

Und dann vorhin das!!!

Sie war noch etwas verwirrt, was sie nur sich allein eingestand. Sie hatte diesen Typen bereits vor einiger Zeit wahrgenommen und fand ihn auch eine Idee verschärfter als die anderen Bubis. Aber immerhin war er sogar ein Jahr jünger als sie. Man hatte ihr erzählt, dass er mit seinem Vater in einer Gartenlaube hauste und dass er sich außergewöhnlich gut mit Computern auskannte. Ausgerechnet dieser Typ hatte sie als erster so richtig angemacht mit seinem rostigen Nagel. Darauf musste man erst mal kommen, wahrscheinlich lagen bei seiner Gartenlaube lauter rostige Nägel rum, weil die kurz vorm Zusammenbrechen war. Manno, so ein Bullshit! Und überhaupt, diese Herausforderung zum Wettkampf hatte sie gar nicht gewollt. Dieser Hacki hatte sie überrumpelt. Das Talsperren-System zu hacken, war eine Schnapsidee, die sie bereits bereute. Wie konnte sie nur derartigen Unfug vorschlagen! Aber nun gab es kein Zurück mehr.

Höchstwahrscheinlich.

Zögerlich nahm sie den Computer vom Beistelltisch und legte ihn sich auf die Oberschenkel. Sie verharrte. Was wollte sie eigentlich? – Das Rappbode-System!

Sie schlug nach und war einige Zeit später ein ganzes Stück klüger. Denn besonders viel hatte sie über diese recht komplexe wasserwirtschaftliche Anlage nicht gewusst. Auf die Idee war sie auch nur gekommen, weil sie vor einigen Tagen über den Thriller „Black out" diskutiert hatten, in dem Hacker die Stromversorgung Europas lahmgelegt hatten. Natürlich waren das Terroristen gewesen, weil überhaupt schon so gut wie jeder, der etwas gegen den Staat oder „Die Marktwirtschaft" hatte, als Terrorist zählte. In der Schule hatte sie in einer Arbeitsgruppe zum Thema „25 Jahre nach der DDR" mitgeforscht. Zwar hatte sie die DDR niemals erlebt, aber dort war jeder, der an der Regierung herum gemäkelt hatte, ein „Staatsfeind" gewesen. Terroristen und Staatsfeinde schienen auf dasselbe hinauszulaufen. Wer diesen Status einmal erworben hatte, durfte erbarmungslos gejagt werden.

Irgendwer hatte damals in der „Black out"-Diskussion laut darüber nachgedacht, wie gut oder wie riskant es eigentlich wäre, dass heutzutage fast alle etwas komplexeren Systeme vernetzt sind. Auf diese Weise würden sie doch mannigfache Angriffsziele für eine externe Manipulation bieten. Als Beispiel wurde dabei das Rappbode-System angeführt. So war es heute zu ihrem verhängnisvollen Vorschlag gekommen. Der Teufel hatte sie dabei geritten, was auch kein Wunder war, denn sie war schließlich Hexline. Bei diesem Gedanken musste sie grinsen.

Inzwischen wusste sie, dass gar nicht unbedingt die große Staumauer manipuliert werden musste, sondern nur die Wendefurther Sperre. Von hier aus würde ein Schwall Wasser in der Bode hinabrauschen, vorbei an Altenbrak und Treseburg, dann die knapp zehn Kilometer durchs Bodetal preschen, wo wahrscheinlich eine gewisse Kompression stattfände, und sich dann beim Austritt aus der Schlucht im Städtchen Thale entspannen. Dort wurde die Natur gerade mit jeder Menge touristischer Tinnef-Kultur verschandelt, von der ruhig ein bisschen wegschwimmen könnte. Anschließend käme die Flut dann in Quedlinburg an und würde vor allem die historische Altstadt ramponieren, denn sie war ja in den früher noch existierenden sumpfigen Niederungen erbaut.

Ihr war natürlich klar, dass dieses Szenario sie um Kopf und Kragen bringen würde, weil es Millionen an Schaden anrichten und vielleicht sogar Menschenleben fordern würde. Es lief also wohl oder übel darauf hinaus, diesem Hacki zu schreiben und den Wettstreit auf der Stelle abzublasen. Vielleicht ergab sich etwas anderes.

Aber was?

Ihre Gedanken schwärmten erneut aus. Sie wusste inzwischen, wo sich die Zentrale des Talsperrensystems befand, nämlich in Blankenburg, am äußersten südlichen Ende in Richtung Harz. Hier befand sich garantiert auch die Zentrale Rechnereinheit. Mal ganz theoretisch angenommen, sie würde es doch machen, natürlich nur bis zu einem ganz bestimmten Punkt … Dann benötigte man eigentlich das Passwort des Rechners. Wie aber sollte sie das bekommen?

Sie würde den Wettstreit absagen! Sie musste das Hacki sofort mitteilen. Tief seufzend setzte sie die Finger in Bewegung.

„Welche schweren Sorgen plagen dich denn?", ertönte in diesem Moment eine tiefe Stimme hinter ihr.

Hexlein zuckte zusammen und klappte schnell den Computer zu. Dann fuhr sie ein Stück in die Höhe, ohne sich zu bedecken: „Musst du dich immer anschleichen? Das ist fies!"

„Ach, Schwesterlein!", lachte der junge Mann. „Ich habe mich doch gar nicht angeschlichen. Du träumst nur immer so viel!"

„Bist du allein?", fragte sie.

„Aber klar doch, sonst hätte ich mich doch nicht angeschlichen", erwiderte ihr Bruder Ron und beugte sich zum Liegestuhl hinab, um die Schwester mit einem angedeuteten Luftkuss zu begrüßen. Die Geschwister verstanden sich prächtig. Der große Bruder Ron war tatsächlich etwas größer als Hexlein, er war stark, wanderte oft und studierte an der TU Clausthal-Zellerfeldt Informatik. Oft kam er mit seinem Studienfreund Gregor im Schlepptau, aber heute war er allein. Er ging über die Veranda ins Haus und kam mit Bier und Schweppes zurück. Er zog sich einen zweiten Liegestuhl heran, reichte ihr das Schweppes und nahm, als er selbst in der Waagerechten lag, einen tiefen Schluck Bier.

„Was hast du gerade so züchtig vor mir verborgen?", fragte er und blickte das Mädchen mit wissendem Grinsen an. Auch er besaß dunkle Augen. Die kurzen, verstrubelten Haare waren schwarz wie bei Hexlein.

„Hast du das etwa mitgekriegt?", fuhr sie ihn in gespielter Wut an.

„Das war nicht schwer", meinte er. „Also, verrätst du mir das Geheimnis?"

„Das hätte ich sowieso gleich getan", erwiderte sie mit gefurchter Stirn und nuckelte an ihrem Schweppes. „Ich glaube, ich bin gerade zu dumm."

„Unglaublich!", frotzelte ihr Bruder. „Du doch nicht!"

„Wir haben einen guten Computer-Freak an der Schule", fuhr sie fort. „Hacki! Er hat mich heute ein bisschen angemacht, und da habe ich ihn zu einem Wettkampf herausgefordert …"

„Und der wächst dir jetzt über den Kopf", unterbrach sie Ron und bot jovial an: „Ich helfe dir gern bei der Lösung."

„Lieber nicht", murrte Hexlein, „die Aufgabe besteht nämlich darin, den Computer des Rappbode-Systems zu hacken."

„Oh!", entfuhr es ihrem Bruder, dann lachte er lauthals los. „Bist du auf diese Idee gekommen? Das schafft ihr sowieso nicht, weder du, noch dieser Hacki!"

„Lach' mich nicht aus! So unmöglich ist das gar nicht." Hexlein wurde etwas zornig. „Gerade haben sich sogenannte Terroristen, auch noch muslimische, versteht sich, in diesen französischen Sender eingehackt …"

„Die Typen von diesem Sender waren aber auch selten deppert", meinte Ron, während sie gierig die Flasche leerte. „Die hatten einen Zettel mit ihrem Passwort am Bildschirm kleben und haben damit ihr Studio im Internet dargereicht. So viel Blödheit kommt nicht alle Tage vor."

„Mir macht etwas ganz anderes Sorgen", sagte Sybille ernst. „Was ist, wenn wir den Rechner tatsächlich hacken und eine Welle laufen lassen? Das kann uns Kopf und Kragen kosten. Deshalb habe ich gerade beschlossen, Hacki anzurufen und den Wettstreit abzublasen."

„Nun warte mal!", bremste sie ihr Bruder und drehte die Bierflasche in den sehnigen Händen. „An sich ist die Fragestellung sehr interessant. Ihr wolltet es doch nicht wirklich rauschen lassen, sondern nur den Computer übernehmen, oder?"

„Nun ja", druckste das Schwesterlein. „Eine klitzekleine Beweiswelle wollten wir schon loslassen. Aber stell dir vor, irgendetwas klemmt oder wir dosieren falsch …"

„Dabei kennst du doch das System gar nicht, oder?", erkundigte sich Ron.

„Ich habe es mir eben gerade im Netz angeschaut", sagte sie. „Die Knackpunkte sind eigentlich die Rappbode-Talsperre, aber noch direkter die Wendefurther Sperre. Wenn die voll sind – oder denken, sie wären voll – müssen sie ablassen. Nehme ich an."

„Man fährt einfach den Abfluss etwas weiter auf", überlegte ihr Bruder, „aber das Bild im Netz reicht nicht aus. Man müsste sich das schon einmal vor Ort anschauen. Zeig mal her!"

Ron ließ sich den Computer geben. Sehr flink fingerte er daran herum. Dann meinte er: „Morgen ist Mittwoch. Da findet um 14 Uhr eine Führung durch die Wendefurther Sperre statt. Und hier: Floßfahrten auf dem Stausee! Das ist der Höhepunkt!" Er amüsierte sich wieder köstlich.

Das Schwesterlein fragte skeptisch: „Du solltest die Sache ernster nehmen. Hacki könnte schneller sein als wir. Was ist denn der Höhepunkt?"

Ron gluckste: „Das sind Floßfahrten mit gastronomischer Betreuung. Das machen wir! Und Gregor nehmen wir mit. Und anschließend stellen wir einen kleinen Schlachtplan auf. Man muss auch mal ein kleines Exempel statuieren!"

Hexlein ließ sich nach hinten sinken und richtete die dunklen Augen gen Himmel.

V

Das fiel Irenäus nicht schwer, sich die Freude einzugestehen, die er innerlich bei dieser Begegnung empfand. Schon bei ihrer ersten Kontaktaufnahme vor einigen Tagen hatte ihn ihre Erscheinung angenehm berührt. Obwohl er sie schnell wieder vergessen hatte. Trotzdem schien sie beide etwas Vertrautes miteinander zu verbinden. Sicherlich handelte es sich hierbei um ein irrationales Gefühl, wie es hin und wieder bei gewissen Gelegenheiten in ihm aufwallte.

Völlig gelöst konnte er sich der Frau zuwenden: „Hallo! Was hat Sie denn in diesen Wald verschlagen? Doch hoffentlich nicht der Untergang Quedlinburgs?"

„Hallo!", grüßte die Frau und lachte nicht über diese ziemlich spöttisch klingende Bemerkung. Vielmehr strich sie mit einer Handbewegung die Mähne nach hinten und erwiderte: „Doch, Herr Moll, genau das ist der Grund meiner Wanderung. Und genau zu Ihnen bin ich auf dem Weg."

'Hat sie nicht alle Tassen im Schrank', dachte Irenäus, sagte aber freundlich: „Dann habe ich Ihnen jetzt wohl die Show gestohlen? Sie sind ja noch gar nicht bei mir angekommen. Aber wenn Sie Lust haben, können Sie mir die Geschichte gern bei mir zu Hause erzählen. Dabei können wir dann auch etwas Erfrischendes zu uns nehmen."

„Ja, ich weiß nicht …", meinte sie verlegen und nestelte an ihrem hellen Beutel. „Ich kann es Ihnen auch hier erzählen. Wahrscheinlich halten Sie mich sowieso für etwas meschugge."

„Ach, so hart würde ich nicht an die Sache herangehen", konnte sich Irenäus mit einer kleinen Frotzelei nicht zurückhalten. Er sah sofort, wie ihr Gesicht einen traurigen und abweisenden Ausdruck annahm. Deshalb fügte er schnell hinzu: „Nun kommen Sie! Ich lade Sie herzlich zu mir nach Hause ein! Und nehmen Sie sich meinen milden Sarkasmus nicht zu sehr zu Herzen."

Die Frau lächelte unsicher: „Na gut! Ich komme mit. Aber den Wein habe ich mitgebracht." Damit zog sie den hellen Beutel vom Tisch, wobei sie wiederum ein klackendes Geräusch erzeugte, dessen Ursprung sich Irenäus nun erhellte.

Das Schwarze Pferd erhob sich durchaus schwungvoll vom Sitzbrett und tänzelte neben ihm her – nein, sie tänzelte nicht, das hatte er sich nur so vorgestellt. Sie schritt neben ihm und war wirklich nur unwesentlich kleiner als er.

„Wissen Sie, Herr Moll, es ist ja tatsächlich eine ziemlich fantastisch anmutende Geschichte. Zugegeben. Aber …", begann es aus ihr zu sprudeln, während sie ihm das gebräunte Gesicht zuwandte und kaum auf den Weg achtete.

„Moment, Moment!", unterbrach er sie. Er lächelte dabei, obwohl ihr Eifer ihm recht aufstieß: „Nicht so hastig. Wir sind gleich bei mir, und da öffnen wir die Flasche Wein, und dann höre ich mir deine Story an. Außerdem finde ich, dass wir uns duzen sollten. Wir sind hier im Outback und werden uns wahrscheinlich in wenigen Minuten über konspirative Dinge unterhalten. Ich bin also Irenäus."

Sie schüttelte die Mähne zur Seite und lachte diesmal ungezwungener: „Okay, okay! Hab's verstanden! Ich bin Martina."

„Angenehm, Martina", erwiderte er. Sie gingen gerade einen ziemlich steilen Hang hinunter. Dahinter setzte sich der sonnige Weg fort.

Nach einer Weile meinte sie: „Schön hast du es hier!" Und schwieg wieder. Titus wuselte vor ihnen her. Das war sein Revier. Irenäus antwortete mit einiger Verzögerung: „Ein Erbstück, aber nur ein ideelles Erbstück. Früher habe ich auch in der Stadt gewohnt. Dann hat mir jemand dieses Grundstück überlassen. Als Dauerleihgabe. Bis auf Widerruf."

„Schleudersitz!", meinte die Frau leise, wie zu sich selbst.

„Könnte man so sagen", entgegnete er. „Aber ich denke darüber selten nach. Es gehört einer alten Freundin von mir, die schon lange in Neuseeland lebt."

Sie hatten einen bewaldeten Streifen erreicht, der das Feld durchschnitt, das bis hinunter zur Straße ins Dörfchen Warnstedt reichte. Zwischen Getreide und einem ewig langen, von Büschen überwuchertem Drahtzaun verlief eine geschotterte Fahrspur. In deren oberen Teil, bei dem sie gerade anlangten, befand sich eine verborgene Einfahrt, die man so etwa im vorletzten Moment wahrnahm. Irenäus öffnete das Eisengittertor und forderte das Schwarze Pferd auf, zwischen blühenden Büschen hinter ihm her zu traben.

Und dann stand da tatsächlich ein Haus, nicht besonders groß, aber immerhin ein richtiges Haus und keine Gartenlaube oder Bauhütte. Es besaß eine rustikale hölzerne Haustür und mehrere Fenster. Über dem Erdgeschoss erhob sich ein Giebel mit einer Dachgaube und einigen weiteren Fenstern. Davor lag eine sonnige Hoffläche, auf der ein Tisch mit mehreren Gartenstühlen stand. Im Hintergrund waren Gemüsebeete und einige Obstbäume zu erahnen.

Das Schwarze Pferd tänzelte auf den Hof, warf die Mähne zurück, schaute nach oben und wieherte: „Das hätte ich jetzt nicht erwartet!"

Irenäus grinste: „Setz' dich an den Tisch. Ich hole Gläser. Das Innenleben zeige ich dir nachher."

Durch die Haustür betrat man direkt die Küche. Das Prunkstück dieses Raumes stellte eine große Kochmaschine dar, ein beheizbarer Herd mit stählernen Beinen, der aus dem vorigen Jahrhundert stammte. Darauf kochte Irenäus, wenn er sie mit Holz angefeuert hatte. Gleichzeitig verschaffte sie dem gesamten Innenraum mit ihrer Abwärme eine angenehme Grundtemperatur. Aus einem Küchenschrank nahm er zwei einfache Stielgläser und ging damit zum Gartentisch zurück. Die Flasche Pinot Noir besaß praktischerweise einen Schraubverschluss, den Martina bereits gelüftet hatte. Sie ließ es sich auch nicht nehmen, eifrig die Gläser zu füllen.

Irenäus besaß natürlich keine Chips oder Salzstangen im Haus, und für eine etwas herzhaftere Beilage empfand er es noch als zu früh. Also erhob er das gefüllte Glas, stieß mit dem Schwarzen Pferd an, sagte die dabei übliche Floskel, wobei er ihr in die dunklen Augen sah und trank ein Schlückchen. Das Pferd gefiel ihm, er konnte es nicht bestreiten. Aufmunternd lächelte er sie an.

„Jetzt darf ich?", fragte sie und lächelte verhalten zurück.

„Lass mich mit einer Frage beginnen. Welche internen Katastrophen könnten deiner Meinung nach die Stadt Quedlinburg vollständig vernichten? Ich denke jetzt nicht an Meteoriten oder so etwas, nein, an hausgemachte Katastrophen." Sie schaute ihn erwartungsvoll an.

Irenäus musste nicht lange überlegen. Als erstes kam ihm in den Sinn: „Giftgas. Ein industriell einfach rein herzustellendes Gas ist Chlor, es ist in der Natur in großen Mengen vorhanden, sozusagen in jeder Salzstange. Chlor ist ein extrem starkes Atemgift. Schon im Promillebereich in die Atmosphäre gebracht, tötet es jegliches Leben. Chlor wurde im Ersten Weltkrieg als sogenannter Maskenbrecher in die Schützengräben gelassen. Es durchschlug die Filter der Gasmasken, sodass Gelb- und Grünkreuz nachströmen konnten. Vor vielen Jahren habe ich eine amerikanische Studie gelesen. Darin stand, dass die Havarie eines 25-Tonnen-Chlortanks die gleiche mortale Wirkung entfaltet wie die Atombombe von Hiroshima"

Das Schwarze Pferd sah ihn mit großen Augen an und fragte: „Ja, aber was hat das mit Quedlinburg zu tun?"

Irenäus blickte leicht belustigt zurück: „In Quedlinburg stand bis 1990 und länger ein 25-Tonnen-Chlortank. Er wurde von Armin betreut, einem alten, deutschen KaLeu. Weißt du, was ein KaLeu ist?"

„Ojeh!", stieß Martina hervor. „Natürlich nicht!"

„Ein KaLeu ist ein Kapitänleutnant auf einem U-Boot der deutschen Marine im Zweiten Weltkrieg. Armin war Anonymer Alkoholiker. Er erzählte mir eine besonders bizarre Geschichte. Weil es auf den U-Booten auf jedes Kilogramm Gewicht ankam, durfte man nicht allzu viele Flaschen Schnaps mit an Bord nehmen. Andererseits waren diese Schiffe oft viele Wochen unterwegs. Wie das Problem also lösen?"

Das Schwarze Pferd starrte ihn entgeistert an.

„Man spritzte sich den Alkohol intravenös! Wir haben uns das immer vorgestellt mit Boonekamp ..."

„Nun hör aber auf!", fuhr sie ihm in die Parade. „Wie geht deine Geschichte weiter?"

Irenäus nahm einen Schluck Wein: „In unserer Stadt gab es einen Betrieb, der Psychopharmaka, ein Magenmittel, ein Wurmmittel und insbesondere spezielle chemische Grundstoffe produzierte. Er lief sehr gut, denn Hauptabnehmer waren westliche Firmen, die die hochgiftigen Synthesestoffe selbst nicht mehr verwenden durften. Eine Komponente für die Synthese von chlorierten Medikamenten und Chlorameisensäureestern wurde auf einfache Weise hergestellt: Man verbrannte einfach Koks mit reinem Sauerstoff, so entstand Kohlenmonoxid, ein schweres Nervengift, das beim Menschen zu irreparablen Schäden des Zentralnervensystems führt, beziehungsweise zum sogenannten 'Inneren Erstickungstod'. Dieses Gas wurde mit Chlor in einem kleinen Reaktor zusammengeführt. Das Produkt war ein extrem gefährliches Kampfgas namens Phosgen, das hier aber zur Produktion benötigt wurde."

„Oh, Irenäus!", wieherte das Schwarze Pferd dazwischen. „Das hört sich ja schrecklich an! Woher weißt du das alles?"

„Nehmen wir an, ich hätte dort für ein paar Jahre in der Produktionsüberwachung gearbeitet. Danach bin ich Aussteiger geworden. Aber das ist eine andere Geschichte", erklärte er lapidar. „In diesem Betrieb wurde übrigens mächtig viel Alkohol getrunken. Man kann schon sagen, dass fast die Hälfte der Belegschaft permanent unter Strom stand. Und so endete dann auch der Betriebsdirektor auf wahrlich mysteriöse Weise: Weit nach Mitternacht kam er mit dem Auto von einem feuchtfröhlichen Meeting aus Halle. Die damalige Fernstraße 6 führte über das Städtchen Könnern nach Quedlinburg. Hinter dem Ortsausgangsschild gab es einen Bahnübergang. Etwa hundert Meter davor querte ein Anschlussgleis die Straße. Es kam sozusagen aus dem Nichts und wurde niemals befahren. Hohes Unkraut überwucherte den Gleiskörper. In jener Nacht um zwei Uhr fuhr unser Betriebsdirektor mutterseelenallein mit seinem Lada über dieses Anschlussgleis. Und genau in diesem singulären Augenblick tauchte aus dem Nichts eine Rangierlok auf und zerquetschte den Lada und den Betriebsdirektor."

Irenäus machte eine Kunstpause, trank einen Schluck Wein und ließ die Geschichte wirken.

„Ojeh, das ist ja wirklich makaber!", rief Martina. „Zum Glück ist das ja alles lange her und die Gefahr heutzutage gebannt …"

„Könnte man meinen", unterbrach Irenäus. „Der Betrieb schloss wie die meisten DDR-Betriebe nach der Wiedervereinigung ebenfalls seine Pforten. Allerdings kannten Insider den unerhörten Schatz, der in seinem Inneren schlummerte."

„Nun wird's aber verrückt, Irenäus!", wieherte das Schwarze Pferd. „Was denn für ein Schatz? Die Goldbarren des Betriebsdirektors?"

„Viel wertvoller", grinste er. „Ein für das neue Westeuropa wahrscheinlich fast einmaliger Schatz ..." Er machte erneut eine kleine Trinkpause, um das Schwarze Pferd zum Wiehern anzuregen. Das schüttelte dann auch die Mähne und schnaubte: „Nun spann mich doch nicht auf die Folter mit deinem Schatz! Was war es?"

Irenäus lächelte provokant und erzählte dann: „Die Betriebsgenehmigung für die Phosgenherstellung. Laut Einigungsvertrag stand diese unter Bestandsschutz, so dass die Produktion exotischer Chlorkohlenwasserstoffe ununterbrochen fortgesetzt werden konnte. Es handelte sich um ein sehr einfaches und billiges Verfahren, und es stand sofort jemand auf der Matte, es weiterzuführen."

„Das ist ja ein Ding", sagte Martina und blickte ihn mit gefurchter Stirn an. „Und die produzieren heute noch mit dem Phosgen?"

„Ganz genau weiß ich es nicht", gab Irenäus zu. „Aber es ist anzunehmen. Kannst dich doch mal erkundigen, schließlich bist du beim Amtsgericht."

Sie blähte die Nüstern, fragte dann aber: „Und gab es nie einen Unfall?"

„Doch", erwiderte er. „Vor 1990 gab es mehrere ziemlich schwere Havarien. Einmal waren sogar mehrere Quedlinburger betroffen, ansonsten nur Betriebsangehörige. In der DDR wurde so etwas nicht an die große Glocke gehängt. Einmal", Irenäus kicherte fröhlich, „entstand bei der sogenannten Sprengung von Fässern mit Abfallschlämmen von chlorierten Benzolen eine zyklische Qualmwolke, die bis nach Halle-Neustadt zog. Von Westen her! Da wurde Katastrophen- und Gefechtsalarm ausgelöst. Zum bewaffneten Konflikt kam es nicht ..."

„Nun gut! Das war also eine Möglichkeit, die Stadt zu vernichten", sagte sie mit leichtem Drängen. „Welche Möglichkeiten gibt es noch?"

„Nun, die Stadt wird übrigens nicht vernichtet, sondern nur alle Lebewesen, einschließlich der Menschen", belehrte er Martina. „Es ist wie in dieser Anekdote über den Erfinder der Neutronenbombe, der die Sauberkeit seiner Waffe anpreist: Stellen Sie sich einen Raum mit vier Menschen vor, die gerade Suppe löffeln. Die Neutronenbombe fällt. Die Menschen sind sofort tot, aber die Suppe können Sie noch weiter essen."

„Nun bleib mal bei Quedlinburg!", ermahnte ihn die Frau.

„Ja, ja!", beeilte er sich und schaute sich zur Abwechslung ihre schlanken Hände an. „Also, wenn wir von einer Feuersbrunst in Zusammenhang mit einer schweren Stadtgas-Havarie einmal absehen, würde ich nur noch auf einen Bruch der Rappbode-Talsperre tippen. In diesem Fall würde auch der größte Teil der Stadt weitgehend zerstört."

„Meinst du nicht, dass alles vollständig zerstört würde?", fragte sie mit merklich anwachsendem Interesse.

Das Gebaren des Schwarzen Pferdes kam ihm zwar langsam etwas merkwürdig vor, aber Irenäus war die Allüren schöner Frauen gewöhnt. Also sagte er ihr seine Meinung: „Nein, glaube ich nicht. Nehmen wir mal an, jemand steuert ein Flugzeug mit 20 Tonnen Nitroglyzerin gegen die Rappbodetalsperre, und diese fällt vollständig auseinander. Dann ergießen sich zuerst Millionen Kubikmeter Wasser in den Wendefurther Stausee, überfluten dessen Staumauer und ergießen sich ins Bodetal. Das wäre natürlich das Ende der kleinen Ortschaften Altenbrak und Treseburg. Im eigentlichen Canyon würde das Wasser dann stark komprimiert werden und eine Unmenge von Gestein und Bäumen mit sich reißen. Aus der Literatur weiß man, dass es in solchen Fällen sogar durch Verkeilung zur Bildung eines natürlichen Dammes kommen kann. Trotzdem gelänge es einer gewaltigen Menge Wasser, aus dem Bodetal zu fluten und zuerst alle touristischen Anlagen und wenige Sekunden später weite Teile der Stadt Thale wegzuschwämmen. Allerdings käme es nach dem Durchfluss zwischen Roßtrappe und Hexentanzplatz zu einer Entspannung der Wassermassen. Es flösse dann in die Tiefebene, das ehemalige Urstromtal der Bode. Der Wasserstand wäre jetzt wesentlich niedriger. Die Flut selber wäre aber nur ein Teil des Problems, mindestens genauso zerstörerisch wäre die Beifracht, also alles was an Bäumen, Geröll und Trümmern von Bauwerken mitgeführt wird. Nachdem Neinstedt von der Bildfläche verschwunden ist, müsste nun die gesamte Innenstadt von Quedlinburg dran glauben. Nur die höher gelegenen Stellen würden wohl verschont werden wie die Altenburg, Langenberg und Münzenberg, oder die Süderstadt. Selbst die Burg sollte eigentlich nichts abkriegen. Von dort oben würde man das Spektakel, nebenbei gesagt, wundervoll bestaunen können."

„Du bist ja ganz schön abgebrüht", sagte die Frau und blickte ihn forschend an. „Außerdem hätte mir ein Terrorist die Katastrophe kaum besser beschreiben können."

„Nun, nun!", erwiderte er verunsichert. „Als Literat besitzt man natürlich eine blühende Fantasie, und als Quedlinburger denkt man hin und wieder an derartige Desaster. Zum Beispiel im Jahr 1994 war die Rappbode-Talsperre bis obenhin gefüllt. Damals trafen natürliche Phänomene und Managementfehler aufeinander. Große Mengen Wasser mussten abgelassen werden. Das sah schon recht beeindruckend aus. Das eigentliche Problem basierte aber auf einer Schluderei. Beim Bau einer Gashochdruckleitung zwischen Quedlinburg und dem Harz hatte man den Bodedamm an einer Stelle zerstört und den Durchbruch offen gelassen. Von hier aus ergossen sich erhebliche Wassermassen in das angrenzende Gebiet und richteten hohen Schaden an."

„Was du alles weißt", meinte das Schwarze Pferd etwas verträumt. „Übrigens habe ich dich wegen des Rappbode-Systems aufgesucht. Man muss nämlich nicht unbedingt mit einem Flugzeug voll Nitroglyzerin gegen die Staumauer fliegen. Es geht auch einfacher."

Seine Neugier wurde zwar geweckt, trotzdem betrachtete er sie schweigend. Sie sah ziemlich aufreizend aus, als sie sich so über den Tisch beugte, so dass die strammen Brüste, der Schwerkraft gehorchend, das blaue T-Shirt ausbeulten. So etwas interessierte einen Mann wie Irenäus eigentlich mehr als der Smalltalk über den Untergang der Stadt. Und weil sie schwieg, schaute er weiter. Ihr Rückgrat wurde ein wenig nach vorn gedrückt und betonte eine markante Rinne auf ihrem Rücken, die bis hinunter zum Rockbund reichte und deren weiterer Verlauf wegen der Stuhllehne nur zu erahnen war.

Martina richtete sich nun gerade auf. Sie war seinem Blick begegnet und setzte eine leicht missbilligende Miene auf. Allerdings konnte sie es doch nicht lassen, ihren Brustkorb andeutungsweise nach vorn zu drücken, als sie fragte: „So richtig scheint dich das Thema wohl nicht zu interessieren?"

Rasch riss er sich von ihrem Anblick los und antwortete: „Doch, doch! Natürlich! Ich war nur gerade noch mit einem anderen Gedanken beschäftigt. Außerdem dachte ich, du erzählst mir nun von den weiteren Möglichkeiten, die Talsperre zu zerstören."

Ihre dunklen Augen blitzten ihn an, und er bildete sich ein, es läge eine Aufforderung darin. Aber gleich darauf sagte sie doch nur: „Ich habe ein ziemlich schwerwiegendes Problem und weiß nicht genau, wie ich es dir erklären soll, derart erklären, dass du meine Sorge teilst, ohne unüberlegte Schritte zu tun. Du denkst bestimmt schon, ich hätte einen Spleen mit der Zerstörung Quedlinburgs oder hältst mich gar für eine arme Irre. Aber es ist nicht so. Der Rappbode-Stausee könnte auch zerstörungsfrei geflutet werden. Die Wirkung für Quedlinburg wäre etwa genauso groß wie bei einer Sprengung oder zumindest ziemlich verheerend."

Jetzt stieg sein Interesse doch, und er sah ihr nun erstmalig fragend ins Gesicht. Sie lächelte kurz und fuhr fort: „Wie die meisten modernen öffentlichen und industriellen Betriebseinheiten besitzt auch das Rappbode-System einen zentralen Rechner, übrigens schon seit DDR-Zeiten, der Schnittstellen zum Internet hat. Findige Computer-Freaks können sich hier einhacken."

„Oh ja!", staunte Irenäus und schenkte ihnen neuen Wein ein. „Damit ließen sich möglicherweise die Schleusen auffahren. Aber bei so etwas kenne ich mich überhaupt nicht aus. Ich verabscheue diese Abhängigkeit vom Computer sogar ein Stück weit ..."

„Du?", unterbrach sie ihn mit ungläubiger Miene. „Warum das denn?"

„Erstens finde ich Computer seit jeher nicht besonders interessant", erklärte Irenäus gleichmütig. „Ich denke lieber selber, trainiere mein Gedächtnis und lese Bücher. Aber wesentlich mehr nervt mich eine andere Seite dieses Themas: Computer machen die Menschen in hohem Maße von sich abhängig und das auf den unterschiedlichsten Ebenen ..."

„Du bist ja ein Maschinenstürmer!", wieherte das Schwarze Pferd und vergaß für eine Weile die Rappbode. „Die Menschen können sich doch den Umgang mit Computern einrichten. Es liegt ganz bei ihnen, ob sie sich abhängig machen lassen oder nicht! ..."

„Oh, Martina!", rief Irenäus schon mehr erzürnt als verzweifelt. „Dass du solch einen Schwachsinn auch noch daher plapperst! Freilich! Die Menschen können doch wählen, ob sie in der Ukraine Krieg haben wollen, wer sie regiert, ob sie Atomstrom nutzen wollen oder Geschmacksverstärker, oder den Lieben Gott, Mohammed oder den Papst anbeten ...!

Sie können fast gar nichts wählen und am allerwenigsten ihre Abhängigkeit von Computern. Bei der Arbeit kann sich praktisch kaum noch jemand dagegen wehren. Selbst mir würde kein Verlag ein handschriftliches oder getipptes Manuskript abnehmen. Aber das ist noch das wenigste. Wirklich fatal wird es bei der Überwachung und der Erzeugung von Wünschen. Geile Autos, geiler Sex, coole Klamotten, einmalige Reisen, fantastische Geldanlagen. Aber für all diese schönen Dinge benötigt man Geld, viel Geld und dieses Geld möchte erarbeitet werden in einem heißen Kampf um Aufträge und Kaufverhalten. Saturierte Vorgaukler nennen das Marktwirtschaft – ein nie erprobtes Modell menschlichen Verhaltens, zumindest in der maschinengestützten Variante.

Ich kann dir nur sagen, meine Liebe, seitdem es mit der Computerei so richtig losging, sind die Hälfte meiner Bekannten reif für die Klapper. Und du siehst momentan auch nicht gerade glücklich aus. Ich mache jede Wette, dass deine Angelegenheit ebenfalls computergesteuert ist."

„Hast die Wette schon gewonnen", seufzte sie und blickte sich vergeblich nach einem weiteren Schluck Wein um.

„Dachte ich's mir doch", meinte er ungerührt, erhob sich und nahm die leere Flasche vom Tisch. Er ging in die Küche und kramte eine neue Flasche hervor, diesmal einen Regent, eine Rebsorte, die angeblich resistent gegen Mehltau und Co. gezüchtet wurde, worauf das Re hinweist. Ohne Genmanipulation! Ebenfalls angeblich …

Er überlegte, was er ihnen anbieten könnte. Sie hatten inzwischen bereits so lange geschwatzt, ohne auf den Punkt zu kommen, dass der Anstand gebot, irgendetwas Essbares aufzutischen. Nur was? Er stellte den Regent auf den Tisch und fragte: „Hast du Hunger? Soll ich ein paar Halberstädter Würstchen warmmachen?"

„Nein, nein!" Das Schwarze Pferd schüttelte abwehrend die Mähne. Sie hatte sich erhoben und warf einen neugierigen Blick in die Küche. „Schön hast du es hier. Aber ich möchte nichts. Ich muss gerade abnehmen."

„Oh, was soll ich da sagen", lachte Irenäus. „Du bist doch gertenschlank."

„Heuchler!", wieherte sie und reckte die linke Hüfte vor. „Viel zu viel Speck! Hier, fühl' mal!"

Das war jetzt die Härte, dachte er und kam der direkten Aufforderung nach. Schmunzelnd und unverzüglich schloss er die Finger der rechten Hand um ihre Hüftbeuge. Unter dem T-Shirt spürte er das warme Fleisch, stramm und fest und nicht sonderlich üppig. Sie ließ es sich gefallen und blickte ihn dabei mit feinem Lächeln an. Irenäus zog sie einige Zentimeter zu sich heran, dann glitt die Hand hinunter zum Hintern und begann zu massieren. Das Gefühl war sehr angenehm, währte aber leider nur wenige Sekunden.

„Lass uns weiter reden!", sagte die Frau und stieß sich von ihm ab. „Sonst werden wir nie fertig."

Mit einem raschen Griff schnappte sie ihm die Flasche aus der anderen Hand und goss am Tisch die Gläser wieder voll. Dann ließ sie sich auf ihren Stuhl sinken, schaute ihn kurz prüfend an und erzählte weiter, als wäre nichts geschehen: „Unter den Straftaten nimmt die Computerkriminalität einen immer größeren Raum ein. Es ist nicht nur so, dass die Rechenmaschinen uns von sich abhängig machen, sondern mit ihrer Hilfe lassen sich Menschen auch massiv manipulieren, verleumden, unter Druck setzen, bespitzeln oder ausrauben. Konten lassen sich abräumen und Geheimnisse verraten, man kann große Datenmengen vernichten oder Scheinwelten aufbauen. Selbst kleine Kinder machen sich mit Cybermobbing gegenseitig fertig. In den letzten Tagen wurde eine Kampagne gestartet, damit Eltern endlich merken, was mit ihren lieben Kleinen gerade abläuft. Auf so etwas war der Gesetzgeber nicht vorbereitet. Wenn sich Menschen wegen Computerdelikten an ein Gericht wenden, stehen Anwälte und Richter oft ziemlich ahnungslos da. Deshalb hat man mich beim Amtsgericht eingestellt, um derartige Sachverhalte aufzuarbeiten …"

„Dann bist du wohl eine Computer-Spezialistin?", unterbrach sie Irenäus staunend. „Und ich erzähle dir hier etwas von Manipulation, Verführung und Geldgier! Als bekennender Laie …"

Sie lächelte und hob ihr Glas, ohne zu trinken: „Nun, ich gebe zu, dass ich mich etwas zurückgenommen habe. Ich wollte einfach sehen, wie du dieses Problem angehst."

„Und wie gehe ich es an?", erkundigte sich Irenäus argwöhnisch.

„Interessanter Ansatz!", meinte Martina. „Du siehst nicht nur den allgemeinen Aspekt, sondern auch den weltanschaulichen. Missgunst und blanke Geldgier sind die eine Seite, wesentlich tiefgreifender ist die Frage nach der Formung einer neuen Wirklichkeit, aber nicht durch die Maschine, sondern durch ihre Benutzer."

„Da ist viel Wahres dran", überlegte er. „Früher dachte ich auch, dass die Maschinen demnächst die Herrschaft über den

Planeten an sich reißen würden, à la Stanislaw Lem oder Isaac Asimov. Doch langsam glaube ich eher, dass es die Besitzer der Maschinen sein werden. Aber entschuldige, du wolltest mir ein ganz anderes Problem darlegen."

Das Schwarze Pferd seufzte tief und begann mit ihrer eigentlichen Geschichte: „Ganz Recht! Ich habe einen Sohn, der auf's Gymnasium geht. Er hat mich darauf gebracht, dass man den Zentralrechner des Rappbode-Systems hacken und manipulieren könnte. Es ist da etwas im Gange, und ich weiß nicht was."

Irenäus musste grinsen: „Na, weißt du, wenn es wirklich so schlimm ist, solltest du zur Polizei gehen oder die Talsperrenverwaltung anrufen. Dann können die sich kümmern. Außerdem arbeitest du beim Gericht und sitzt damit an der Quelle. Oder ist es so vage, dass es doch nur nach Paranoia klingt?"

„Eher letzteres, aber nicht nur, es gibt auch noch eine zweite Hemmschwelle", gab die Frau zu und trank Rotwein. „Mein Sohn hat darüber eine Andeutung fallen lassen, aber vielleicht war es auch ein leiser Hilferuf, weil er befürchtet, sich in etwas hineinzulavieren. Mein Richter Majorowski hat jedenfalls nur schallend gelacht. Und was die Polizei oder die Talsperren-Verwaltung betrifft, würde es sich dabei um die Anzeige eines terroristischen Anschlages handeln. Und das gegen meinen eigenen Sohn! Nein, das habe ich nicht drauf …!"

Sie schwieg. Irenäus betrachtete ihre nun wieder sorgenvollen Gesichtszüge und antwortete: „Und da hast du also gedacht, einen coolen Privatdetektiv ohne Lizenz und Waffe mit diesem Problem zu konfrontieren. Nun gut, ich kann damit leben. Aber was versprichst du dir davon? Kannst du mir wenigstens ein paar nähere Einzelheiten preisgeben?"

Betrübt schüttelte das Schwarze Pferd die Mähne: „Nicht wirklich. Mein Sohn fragte mich ja nur, ob ich das für möglich hielte. Dann erwähnte er noch kurz, dass das Hacken dieses Systems für einige Computer-Freaks eine prima Herausforderung wäre. Und genau bei dieser Bemerkung hatte ich solch ein flaues Gefühl im Bauch."

„Hm!", machte Irenäus. „Also ich sehe mich angesichts dieser Sachlage auch nicht gerade dazu animiert, irgendwelche Behörden einzuschalten."

„Das will ich auch gar nicht", sagte Martina. „Ich dachte mir nur, dass du möglicherweise der einzige kluge Kopf wärst, der sich den Verdacht anhört und vielleicht irgendwann einen guten

Einfall hat. Außerdem ist deine Freundin Hauptkommissarin und es gelingt dir zu geeigneter Stunde, sie für dieses Thema zu sensibilisieren."

„Woher weißt du denn das nun wieder?", erkundigte sich Irenäus und schenkte die erneut leeren Gläser nach.

Nun wieherte das Schwarze Pferd doch in alter Manier und entblößte seine liebenswürdigen Lachfältchen: „Weißt du, ich sitze in einer Behörde, die mit der Polizei eng zusammenarbeitet. Da gehört so etwas zum Tagesklatsch. Rita verhindert zum Beispiel nicht zuletzt, dass andere Frauen, die sich für dich interessieren, zum Zuge kommen."

„Oh, oh!", stöhnte er in gespieltem Entsetzen und blinkte sie charmant an. „Wie du zum Beispiel?"

Das Schwarze Pferd schob den Unterkiefer ein wenig nach vorn und musterte ihn kurz: „Nun bilde dir mal nicht zu viel ein! Bloß weil du mal meine Hüfte tätscheln durftest. Sag' lieber etwas zum Problem!"

„Ich finde das Problem interessant und werde trotzdem nichts unternehmen", erwiderte Irenäus. „Aus meiner Sicht als Laie müsste das Talsperren-System so gut gesichert sein, dass ein paar Teenager es nicht einfach manipulieren können, selbst wenn sie es schaffen würden, das Passwort für den Computer herauszubekommen. Andererseits bin ich Anarchist und denunziere ungern andere Menschen. Wenn die Behörden zu blöd dazu sind, die von ihnen selbst favorisierten Systeme im Griff zu haben, können sie ruhig mal nasse Füße kriegen."

„Aber es gibt auch unschuldige Bürger, die möglicherweise betroffen werden", warf die Frau eifrig ein.

„Unschuldige Bürger gibt es schon lange nicht mehr", räsonierte Irenäus und hob das Glas. „Spätestens nach Einführung der Demokratie sind alle verantwortlich, auch die Nichtwähler. Sollen sie sich doch eine Regierung wählen, unter der nichts mehr schiefgehen kann!"

„Wünsch dir das lieber nicht!", wies ihn Martina aufgebracht zurecht. „Derartige Versuche münden unweigerlich in einen Überwachungsstaat. Ich möchte ja nur, dass du mit mir an einem Strang ziehst, wenn es heikel wird …"

„… ohne, dass dein lieber Sohn gleich von der Antiterrortruppe weggefangen wird!", ergänzte er lachend. „Ja, das werde ich tun, allein schon, weil mich dieser Fall interessiert. Aber momentan kann ich gar nichts unternehmen. Ich kenne ja die

Kids überhaupt nicht und vom Talsperren-System erst recht niemanden."

„Mehr habe ich auch gar nicht gewollt", sagte sie mit einem indifferenten Augenaufschlag. „Wenn es dich interessiert und ich dich auf dem Laufenden halten darf, wäre mir das schon eine große Erleichterung. Ehrlich gesagt, habe ich mich da allein überfordert gefühlt, insbesondere, weil der Gedanke von meinem Sohn stammt."

„Wahrscheinlich handelt es sich um reine Fantasie", goss Irenäus zusätzlich Wasser ins Feuer ihrer Ängste. Innerlich jedoch hielt er die Problematik für sehr brisant. Eine alte Maxime von ihm war, dass die Zukunft im Wesentlichen von den Akteuren herbeigeredet wurde. Und mit diesem Anschlag auf das Rappbodesystem lag eine außergewöhnlich klare Idee auf dem Prüfstand. Vor allem steckte darin jugendlicher Überschwang und nicht destruktive Energie.

„Na gut!", sagte sie. „Ich hoffe, du siehst das nicht zu optimistisch. Aber ich werde jetzt mit diesem Thema aufhören. Am besten, ich begebe mich wieder auf den Heimweg. Rita wird bald von der Arbeit kommen und schöpft sofort Verdacht, wenn sie mich sieht. Ich kann dir doch nur eine konspirative Idee eingepflanzt haben. Und das muss nicht unbedingt sein."

„Du denkst falsch", erwiderte er. „Erstens geht Rita nach dem Dienst nach Hause, und das ist nicht hier. Zweitens hat sie heute eine Weiterbildung in Halberstadt und kommt erst tief in der Nacht zurück. Du könntest dir das Angebot mit den Halberstädter Würstchen also nochmal durch den Kopf gehen lassen."

Das Schwarze Pferd hatte sich bereits erhoben und stand vor ihm, um sich zu verabschieden. Mit schief gelegter Mähne blickte es ihn von der Seite her an: „Ich könnte inzwischen ebenfalls einen kleinen Imbiss vertragen. Denk' aber bitte an meine Hüfte!"

„Ich denke schon die ganze Zeit an deine Hüfte", antwortete Irenäus und legte ohne Vorwarnung den Arm um ihre Taille. Martina ließ es sich einen Moment länger gefallen als beim letzten Mal. Ihr Körper sank sogar etwas gegen den seinen. Irenäus' Hand glitt von oben durch ihre Rückgratsrinne bis hinunter auf den Rock. Durch den Stoff hindurch umfasste er die Rundung ihres Hinterteils. Sie schloss sehr kurz die Augen. Dann drehte sie sich langsam aus seinem Griff. Dabei glitten ihre Brüste für eine winzige Zeitspanne fordernd über seinen Oberkörper. Dann sagte sie leise: „Nun lege endlich deine Würstchen ins Wasser!"

Hacki lehnte sich mit einem verhaltenem Aufschrei der Freude auf dem Stuhl zurück. Er war der Lösung des Problems einen wesentlichen Schritt nähergekommen.

Das Gartenhaus war von innen wesentlich größer als es von außen wirkte, was an einer gewissen Perspektiven-Verschwenkung aufgrund einer halblegal vorgesetzten Veranda lag. Sein Vater hatte das Haus brüderlich mit dem Sohn geteilt, so dass Hacki ein schönes, helles Zimmer bewohnte, in dem er schlafen, Freunde empfangen, Schularbeiten machen und an seinem Computer experimentieren konnte.

Das Reich des Vaters befand sich im Nebenraum. Im „Salon" waren die wesentlichen Habseligkeiten untergebracht. Außerdem existierten noch eine Küche, ein Bad und die Veranda. Das reichte den Beiden zum Leben völlig aus, noch dazu, da sie ja auch noch ein riesiges Außenareal ihr Eigen nannten.

Hacki saß an einem dunklen, alten Holzschreibtisch, einem Familienerbstück, auf dem er seine Utensilien und Bücher ausgebreitet hatte. Er war ein Mensch, der gern zur Schule ging, dem das Lernen leichtfiel und für den eine Laufbahn als Wissenschaftler vorausbestimmt schien. Allerdings wollte er außergewöhnliche Phänomene erforschen, nicht gerade eintönige technische Fragestellungen. Momentan las er die fantastischen Romane seines Vaters. Auf der Schreibtischplatte türmten sich die Werke von Philip José Farmer mit Titeln wie „Die Flusswelt der Zeit" oder „Die Welt der tausend Ebenen", die außer ihnen beiden kein Mensch in ihrem Umfeld kannte.

Bei der Lösung seines Problems war Hacki davon ausgegangen, dass es einfacher war, an das Passwort des Zentralrechners zu kommen, wenn man die Wartungsfirma hackte, als die Institution selber. Damit schien er richtig zu liegen. Inzwischen war es ihm durch einen Abgleich zwischen gewissen Firmen und dem Talsperren-System gelungen, diese Wartungsfirma ausfindig zu machen. Er stand kurz vorm Eindringen in deren allgemeines Betriebssystem. Darin hoffte er, die Wartungscodes ihrer Kunden zu finden, und damit auch den des Rappbodesystems.

Das bedeutete noch etwas angestrengte Arbeit, aber die erste Hürde war überwunden. Damit hatte er sich bereits etwas strafbar gemacht. Er hoffte jetzt nur, dass seine elektronischen

Guardians ihn davor bewahrten, aufgespürt zu werden. Also lehnte er sich zufrieden zurück und wollte gerade die Hände hinter seinem rötlichen Haarschopf verschränken, als ihre Funkklingel bimmelte.

Das konnte nur Plasma sein!

Hacki löste die bereits verhakten Finger, sprang vom Stuhl und rannte, nein, verließ eilig das Häuschen. Der Vater pfriemelte draußen am Mitsubishi-Kombi. Der brauchte auch nicht alles zu wissen. Er legte die fast einhundert Meter bis zum Eingang in zunehmendem Tempo zurück. Selbstverständlich stand draußen auf dem Feldweg Plasma mit seinem Fahrrad.

„Und?", fragte er neugierig, nachdem sie sich begrüßt hatten. „Bist du weiter?"

„Ziemlich weit!", triumphierte Hacki und ließ ihn aufs Grundstück. „Hast du auch geschwiegen wie ein Grab?"

Plasma schob sein Fahrrad neben dem Freund her und antwortete mit beleidigtem Gesicht: „Natürlich! Wieso fragst du das ständig?"

VII

Heinrich Seidler radelte durch den Wordgarten, eine kleine Parkanlage nahe des Zentrums. Mit dem Wort „Word" bezeichnete man vor langer Zeit aus dem Sumpf herausragende Örtlichkeiten, die etwas trockener waren als ihre Umgebung. So war es zumindest auf einer der vielen Erklärungstafeln an Quedlinburger Fachwerkhäusern zu lesen. Viele Flächen hießen in dieser Stadt der Samenzucht „Garten": Lindengarten, Weyhegarten, Abteigarten, Stumpsburger Garten und sogar Drachenlochgarten.

Der Brocken, Norddeutschlands höchster Berg, machte mit seinem Regenschatten Quedlinburg das Geschenk, die regenärmste Stadt im ganzen Land zu sein. In einem fast mediterranen Klima reifte die Blumen- und Gemüsesaat hier besonders trocken und gesund auf den Feldern.

In dieser Stadt lag die Wiege der größten Saatzuchtfirmen Deutschlands, ja, fast ganz Europas. Hier produzierte man Saatgut für ein Gebiet vom Ural bis zur Adria. Noch heute erforschen zwei moderne Forschungsinstitute in Quedlinburg und Gatersleben die weitere Verbesserung pflanzlicher Eigenschaften durch mannigfaltige Methoden von Züchtung und Gentechnologie.

Als jedoch 1990 mit der Währungsunion endlich „hartes Geld" eingeführt und bald darauf der Einigungsvertrag abgeschlossen wurde, gaben die volkseigenen Saatzuchtbetriebe blitzartig ihre Existenz auf. Die sogenannte „Treuhandgesellschaft" vereinnahmte Flächen und Grundstücke und veräußerte anschließend einen Teil davon – wie der Volksmund es nannte – „für'n Appel und'n Ei" an westliche Glücksritter. Andere Liegenschaften wurden an Alteigentümer zurückgegeben, und einigen standhaften ehemaligen Saatzüchtern gelang es sogar, neue Quedlinburger Saatzuchtfirmen in den alten Fußstapfen aufzubauen.

Heinrich hatte sich erst um das Jahr 2000 in eine derartige Firma als Teilhaber eingekauft. Allerdings ging es hier nicht mehr um echte Saatzucht. Einige wenige Arten brachten sie zwar selber noch zur Reife, das Gros aber wurde ganz woanders produziert, in Ländern mit viel Sonne und billigen Arbeitskräften, die naturgemäß nicht in Europa lagen.

So war der Stand der Dinge auf dieser Welt; Geld erwirtschaften, ohne sich viele Gedanken um Nachhaltigkeit zu machen. Aber die Konkurrenz war nicht klein, und wirklich Spaß machte diese Arbeit auch nicht gerade. Ursprünglich war Heinrich Seidler ausgebildeter Bauingenieur, nur hatte er sich von der Blumenstadt Quedlinburg einfach mehr versprochen. Was den Saatguthandel anging, war das alte Charisma wohl für immer erloschen, nur in der Forschung sah es noch etwas zuversichtlicher aus.

Im Irish Pub „Nase" am Ausgang des Wordgartens ging es angenehm leger zu. Man musste nicht den ganzen Abend an einem Tisch hocken, sondern konnte zwischen Theke, kleinen Stehbrettern und dem Außenbereich hin und her wandeln, sich mit diesem und jenem unterhalten. Dazu spielte unaufdringlich Rockmusik, und es flimmerten zwei tonlose Fernseher. Nur bei Fußball-Übertragungen wurde der Ton aufgedreht, wenn es denn die Mehrheit so verlangte.

Jana und Jens betrieben das Pub seit einigen Jahren zur allgemeinen Zufriedenheit und hatten es geschafft, ein interessantes Gästeklientel zu etablieren. Deshalb schloss Heinrich auch an diesem Ort sein Fahrrad an und betrat den unteren Gastraum, wo sich Tresen und Ausschank befanden. Jovial lächelnd, gab er der blonden Jana einen Begrüßungskuss auf die Wange und bestellte ein Glas Bier. Dazu gab es einen Willkommenswhisky auf Kosten des Hauses.

Heinrich war ein relativ großer, sehr schlanker Mann. Er trug ein helles Poloshirt und gute, nicht abgewetzte Jeans mit den vagen Spuren von Bügelfalten, dazu flache, durchbrochene, braune Lederschuhe. Auch sein Gesicht war schlank, fast knochig, die Nase markant und leicht gekrümmt. Die hellblauen, ziemlich eng beieinanderliegenden Augen blickten scharf in die Runde. Das bereits recht schüttere, blassblonde Haar saß straff nach hinten gekämmt.

Nachdem er ein paar belanglose Sätze mit den Wirtsleuten gewechselt hatte, wandte er sich dem anderen Gast zu, der am Tresen stand und ihn gespannt betrachtete. Es handelte sich um den Richter Dieter Majorowski, der hier ebenfalls des öfteren sein Bier trank. Er war jünger als Heinrich und ein wenig kompakter gebaut. Die Stulpen des altrosa Hemdes waren einmal umgeschlagen, die Jeans sah schwarz aus und wie neu. Das ovale Gesicht des Richters wurde von einem leichten Lächeln beherrscht und wirkte dadurch freundlich-humorvoll. Ob dies tatsächlich die herausragenden Charaktereigenschaften waren, ließ sich nicht ohne weiteres klären.

Die beiden Männer kannten einander, gaben sich die Hand und plauderten über das Stadtgeschehen. Allerdings wäre das nachfolgende Gespräch wahrscheinlich nie zustandegekommen, hätte Heinrich Seidler bereits von jener schlimmen, unsensiblen |51| Tat seines Gegenübers gewusst, die gerade ganz Quedlinburg auf die Palme brachte. Im Sinne eines aufs Äußerste getriebenen Verständnisses von Marktwirtschaft hatte der Richter das einzige Café auf dem Münzenberg mit der allerallerschönsten Aussicht auf Burg, Stadt und Umland gekauft – und anschließend geschlossen. Das war einfach unverzeihlich …!

„Gibt es denn bei Gericht besonders spannende Ereignisse?", erkundigte sich der nichtsahnende Heinrich mit etwas näselnder Stimme und orderte nebenbei ein zweites Bier.

„Nichts wirklich Spannendes", plauderte Dieter Majorowski. „Nur eine Merkwürdigkeit kam mir letztens unter. Ich musste dabei sogar an dich denken, Heinrich."

„An mich?", hakte dieser nach, und sein Interesse an der Unterhaltung stieg sichtlich. „Nun spann mich aber nicht auf die Folter!"

Das Grinsen im Gesicht des Richters wurde breiter: „Du hattest mir letztens berichtet, dass dein Betrieb im Überschwemmungsgebiet der Bode liegt …"

„Okay, die Obere Wasserbehörde hat das so berechnet", fiel ihm Heinrich ins Wort und trommelte mit den langen Fingern auf dem Holz der Theke, „aber es ist eine sehr ängstliche Berechnung, und außerdem liegen zwischen uns und der Bode noch die Flussaue und ein Deich."

„Das Problem ist ja auch eher fiktiv", grinste Majorowski, der sich über Heinrichs schreckhafte Reaktion zu amüsieren schien. „Es gibt bei uns seit einiger Zeit eine Mitarbeiterin, die sich mit Computer-Delikten beschäftigt. Sie hat mich darauf hingewiesen, dass Hacker durch eine Manipulation des Zentralrechners des Rappbode-Systems im Vorharzgebiet eine Überschwemmung auslösen könnten. Deshalb dachte ich an dich."

„Hat diese Frau denn einen konkreten Anlass für diese Behauptung?", erkundigte sich Heinrich und unterließ das Trommeln, aber seine Augen waren forschend zusammengekniffen. „Ach was!" Dieter lachte nun offen heraus. „Angeblich hat ihr ihr Sohn diese Idee eingeblasen. Der geht auf's Gymnasium. Aber so blöd sind wohl selbst heutzutage die Kiddies nicht, dass sie ihre eigene Stadt unter Wasser setzen."

„Wer weiß", unkte Heinrich. „Was ist denn das für eine Mitarbeiterin? Nimmt die Frau vielleicht ihr Fachgebiet etwas zu ernst?"

„Nein, das ist an sich eine sehr patente Person. Die macht gute Arbeit", erklärte der Richter und warf der Wirtin einen Blick im Spiegel zu. „Mich hat auch nicht die Frage selbst beschäftigt, sondern die Vehemenz, mit der sie das Thema vorgetragen hat, so, als würde sie selber dran glauben."

„Kenne ich die Frau? Wie heißt sie denn? Vielleicht werben wir die euch ab, wenn sie so gut ist", meinte Heinrich Seidler in möglichst belanglosem Tonfall.

„So viel könnt ihr der gar nicht bezahlen wie bei uns", frotzelte der Richter. „Sie heißt Escher. Martina Escher, eine hübsche Person, lange schwarze Haare, fährt gern Fahrrad …"

„Kenne ich nicht!", grummelte Heinrich und blickte prüfend in sein leeres Bierglas. Er war nicht abgeneigt, diese Problematik ernstzunehmen, aber das zeigte er dem Richter mit keinem Wimperzuck. Er hatte plötzlich eine grandiose und sehr böse Idee.

Sie hatten sich noch recht lange unterhalten und dabei mit Genuss den Inhalt eines Glases Halberstädter Würstchen verschlungen. Dazu hatte es frisches Brot gegeben, und eine weitere Flasche „Regent" wurde angebrochen. Obwohl es ein wenig zwischen ihnen geknistert hatte, fanden keine neuen direkten Annäherungsversuche statt. Irenäus schätzte das Schwarze Pferd als einen einsamen Menschen ein. Sie war zweifellos eine hübsche Frau und besaß auch einiges Charisma. Aber gerade aus diesen Gründen bekam sie wohl ihr Leben lang von diversen Männern zu viele Anträge. Dieses Spiel war ihr offenbar auf die Dauer unangenehm geworden. Deshalb blieb sie lieber allein und wartete darauf, dass endlich der Richtige kam. Vielleicht gefiel ihr Irenäus sogar, aber sie war viel zu „anständig", um sich einfach so mit ihm auf ein Techtelmechtel einzulassen.

Selbst wenn er nichts dagegen gehabt hatte, sich sinnlich und körperlich etwas näherzukommen, gab er sich doch mit ihrer Entscheidung gegen eine derartige Eskapade restlos zufrieden. Immerhin blieb damit die Spannung einer möglichen Fortentwicklung. Außerdem behielt er seinen Seelenfrieden, was auf die Dauer durchaus eine angenehme Erfahrung darstellte.

53

Es ließ sich nicht leugnen und kaum übersehen, dass sich der Privatdetektiv Irenäus Moll nicht nur ausgesprochen leichtfertig, sondern mit sichtlichem Vergnügen in die Fänge von Vertreterinnen des „schwachen Geschlechts" begab. Es gab einen bestimmten Typus von Frauen, der es ihm unweigerlich angetan hatte. Dieses Phänomen galt mit ziemlicher Sicherheit für praktisch alle Männer, wenn auch vielleicht mit unterschiedlicher Intensität. Der berühmte Psychoanalytiker C. G. Jung (1875–1961), ein Schüler von Sigmund Freud (1856–1939), bezeichnete den für einen Mann besonders faszinierenden Frauentyp als „seine Anima". Diese Anima besaß nach Jung in der Regel eine kaum zu bestreitende Ähnlichkeit mit jener weiblichen Bezugsperson, die diesem Mann im Kindesalter am nächsten stand. Das war fast immer die Mutter, hin und wieder eine Amme oder Kinderfrau. Dieser Sachverhalt mag bei den einzelnen Männern unterschiedlich stark ausgeprägt sein, tritt bei manch einem notgedrungen in den Hintergrund und wird insbesondere von Frauen des öfteren bestritten. Trotz diesen Unregelmäßigkeiten hatte Irenäus die Beobachtung gemacht, dass man nach dem Anblick der Mutter eines Mannes in etwa wusste, wie seine Frau aussah und umgekehrt.

Dabei hatte man selbstverständlich die entsprechenden temporalen und kulturhistorischen Anpassungen ins Kalkül zu ziehen. Es verhielt sich wie mit der Rasterfahndung: Auch wenn Menschen sich verkleiden oder um viele Jahre älter werden, verändern sich bestimmte Kennzeichen und Maße niemals.

Für Frauen galt diese Weisheit analog. Jung bezeichnete den typischen Mann einer Frau als „ihren Animus". Hatte sich eine Frau zum Beispiel im Laufe der Zeit mit drei kleinen, drahtigen, braunäugigen, schwarzhaarigen Typen gepaart, lohnte es sich für einen Mann wie Irenäus nicht wirklich, sich hinten anzustellen.

So sah jedenfalls er die Welt in Bezug auf Männer und Frauen. Es muss allerdings hinzugefügt werden, dass diese Problematik wesentlich weitreichender greift, als nur bis Augenfarbe und Körpergröße. Oft spielen zum Beispiel Intelligenz und Bildung eine minimale Rolle, wenn nur Oberweite oder Penislänge stimmen. Andererseits verhalten sich nicht selten die Abmaße sekundärer Sexualmerkmale umgekehrt proportional zur Geländegängigkeit, insbesondere bei Frauen. Sehr schön kann man letztere Diskrepanz im Film analysieren. Ein Paradebeispiel stellt die Comic- und Filmfigur Lara Croft dar. Unter diesem Aspekt gesehen, kann man einer Frau mit ihren Maßen die entsprechenden akrobatischen Dauerleistungen einfach nicht glauben. Nicht umsonst nervt die Darstellerin dieser Figur denn auch die halbe Menschheit mit ihren diesbezüglichen gesundheitlichen Problemen. Die Rolle der Sigourney Weaver in „Alien" und anderswo wirkt in diesem Sinne wesentlich wirklichkeitsnäher.

Irenäus stieg die Holztreppe empor, die in das ausgebaute Dachgeschoss führte. Hier befand sich einst das Atelier der Malerin Dunja, das er inzwischen längst zu einem Schlafzimmer umfunktioniert hatte. Es besaß mehrere Fenster, hinter denen jetzt eine finstere Nacht hockte, nicht einmal die Lichter entfernter Lampen waren von hier aus erkennbar. Relativ mittig prangte ein großes Bett älteren Stils, noch aus gutem „echtem" Holz gebaut. Ähnlich verhielt es sich mit den anderen anwesenden Möbeln, die alle den mehr oder weniger berechtigten Charme von Erbstücken besaßen.

Er hatte den restlichen Rotwein in einem großen Glas mit nach oben gebracht und legte sich derart versorgt unter die

Bettdecke. Kaum hatte er das halb geleerte Glas auf einem Tischchen abgestellt, übermannte ihn gewaltige Müdigkeit und ließ ihn in die Kissen sinken.

Mitten in der Nacht riss ihn ein klopfendes Geräusch aus tiefstem Schlaf in einen verwirrten Dämmerzustand. Mühsam versuchte er, sich zu orientieren, und es dauerte eine Weile, bis er die Ursache des Klopfens orten konnte. Es handelte sich um den Schwanz von Titus, der in langsamem Takt auf die Bodenbretter schlug. Das hatte normalerweise zu bedeuten, dass sich ein liebenswertes Wesen annäherte. Das Problem war nur: So wahnsinnig viele liebenswerte Wesen gab es nicht, die sich um diese Uhrzeit in seine am Arsch der Welt gelegene Hütte verirrten.

Nun war ihm, als ob jemand auf sehr leisen Sohlen die Treppe heraufkam. Der Schwarze erhob sich von seinem Lager und trottete durch die absolute Finsternis. Irenäus war inzwischen ziemlich klar, dass es sich nur um ein ganz bestimmtes Wesen handeln konnte, das da nahte, und er beglückwünschte sich dazu, den Versuch gar nicht erst unternommen zu haben, das Schwarze Pferd zum Hierbleiben zu animieren.

Inzwischen war das liebenswerte Wesen in völliger Finsternis bis in sein Schlafzimmer vorgedrungen. Er hörte das kurze Rascheln von Stoff, dann hob sich hinter seinem Rücken die Bettdecke, und er fühlte wenig später die leichte Berührung samtig warmer Haut. Eigentlich konnte das nur eine ganz bestimmte Person sein, aber trotzdem ... Wenn er jetzt den falschen Namen nannte ... Also schwieg er und drehte sich ganz langsam um.

Eine schmale, kühle Hand glitt auf seinen Bauch unter das Schlafshirt, blieb jedoch sittsam in dieser Höhenlage. Unverfänglich und betont schlaftrunken fragte er: „Woher kommst du um diese Zeit?"

Die Person antwortete nicht, und ihre Hand glitt ein kleines Stück tiefer und zupfte verhalten am Ansatz seiner Behaarung. 'Manno', dachte er und wandte sich ihr noch weiter zu. Die Hand steuerte auf seine Beckenschaufel.

„Ist was passiert?", grummelte er und fand die Frage selber etwas deplatziert. Dann setzte er die eigene Hand in Betrieb und fuhr an ihrem Arm entlang, bis er den Brustkorb erreicht hatte. Dort tastete er, bis er eine volle, aber nicht allzu große weibliche Brust mit den Fingern umschloss und zärtlich massierte. Das konnte nur Rita sein. Er fühlte es zwischen den Beinen anschwellen und seine Lust wuchs rapide. Er versuchte, die Frau auf sich zu ziehen. Schweigend beteiligte sie sich an diesem Manöver, bis sie rittlings über ihm kniete. Es war immer noch stockdunkel. Langsam ließ sie ihn in sich eindringen. Es wurde ein wundervoller Slowmotion-Fick. Nachdem er all seine Lebenskraft verspritzt hatte, dämmerte er wieder ein.

Als er die Augen erneut aufschlug, war es im Raum taghell. Langsam drehte er sich zur wärmeren Bettseite und betrachtete die Rückenansicht eines offenbar weiblichen Wesens. Der gebräunte Rücken ging in ein angenehm gerundetes Hinterteil über. Die Haut fühlte sich samtig an, als er sie leicht berührte. Der Kopf war offenbar auf die Arme gekuschelt, wurde aber von langen, dunkelroten Haaren vollständig verborgen. Also handelte es sich zweifelsfrei um Rita.

Gerade, als er sich von hinten an sie schmiegte und sanft nach ihrer Brust tastete, drehte sich die Frau auf den Rücken. Grüne Katzenaugen blickten ihn prüfend an, und das angedeutete Lächeln passte nicht ganz zu der Frage: „Treibst du es eigentlich mit Jeder, die sich nachts stumm und heimlich in dein Bett schleicht, du Wüstling?"

„Nein, überhaupt nicht", schwindelte Irenäus und grinste sie freundlich an. „So viele sind das nicht …"

„Du Mistkerl!", schniefte sie und kniff ihn an einer gar nicht unempfindlichen Körperstelle.

Irenäus ertrug es klaglos und fragte: „Wie komme ich eigentlich zu diesem Vergnügen, meine Liebe?"

„Vielleicht habe ich einmal wieder Lust, bei dir zu sein", erwiderte Rita und schaute ihn forschend an. Sie lag jetzt neben ihm auf dem Bauch, der linke Arm winkelte über seiner nicht sehr ausgeprägten Taille ab.

Irenäus ließ eine Hand auf ihrem Hintern ruhen und meinte: „Na, das ist aber mal schön! Nur fand ich die Tageszeit etwas ungewöhnlich. Deshalb fragte ich auch, ob irgendwas passiert sei."

„Na ja, eigentlich ist etwas passiert", erklärte die Hauptkommissarin. „Erstens geht mir dieser Lehrgang in Halberstadt unendlich auf den Geist. Aber zweitens, und das ist das schlimmere Problem, mache ich mir jeden Tag mehr Gedanken über den Überfall im Zug. Die beiden Jungen sind mit an Sicherheit grenzender Wahrscheinlichkeit von irgendwem dafür bezahlt worden. Sie hatten das Geld sogar noch bei sich. In jener Nacht hatte ich überhaupt keine Lust mehr auf ein großes Tamtam, außerdem taten die beiden mir leid. Aber jetzt tauchen in meinem Kopf immer mehr Fragen auf …"

„Woher können die Burschen das Geld bekommen haben? Wer waren sie überhaupt?", beeilte sich Irenäus, als ihr bester Schüler zu glänzen. „Hatten sie es speziell auf dich abgesehen oder warst du zufällig das Opfer, weil niemand sonst in dem Zug saß?"

„Aber vor allem der Beweggrund für den Überfall, das Motiv", überlegte die Frau neben ihm. „Wollten oder sollten sie mich ausrauben und vergewaltigen oder sollte es nur so aussehen?"

„Du hältst also an deiner Brunnenvergifter-Hypothese fest?", erkundigte sich Irenäus und streichelte weiter die Rundung des Hinterteils. „Das hat was für sich!"

„Sie erscheint mir am plausibelsten", sagte sie entschlossen. „Hätte ich die beiden für gefährliche Straftäter gehalten, hätte ich sie nicht laufen lassen. Nachdem wir endlich gefrühstückt haben, werde ich gleich von hier aus nach Halberstadt in die ZAST fahren und mich mal umsehen. Der Leiter ist ein sehr zugänglicher Mensch."

„ZAST?", fragte Irenäus.

„Zentrale Anlaufstelle für Asylbewerber des Landes Sachsen-Anhalt", sagte sie und rollte sich zur Bettkante. „Los! Ich habe Hunger!"

Über diesen Befehl verdrängte Irenäus seine eigentliche Frage nach dem Computer des Talsperren-Systems. Im Inneren kannte er bereits die Antworten seiner Geliebten. „War etwa Martina hier?" und „Misch' dich da ja nicht auch noch ein!" Und eigentlich wollte er sich am liebsten ganz allein mit dem Fall beschäftigen. Er wusste nur noch nicht genau, wie er es angehen sollte.

Er stand unten am Herd, immer noch in Nacht-Shirt und Slip, da kam sie bereits die Treppe herunter gestrahlt. Rita litt unter einem leichten Grünfimmel. Sie trug praktisch immer grüne Kleidung, ob hauptsächlich als Kontrast zu ihren langen roten Haaren oder weil sie Polizistin war oder aus beiden Gründen, gehörte ebenfalls zu den Fragen, die Irenäus noch nicht gestellt hatte.

Dabei fuhr ihr Beziehungsschiff schon seit einer ganzen Reihe von Jahren auf einem wogendem Meer mit hohen Wellenkämmen und tiefen Wellentälern. Sie waren eben beide alles andere als einfache Charaktere, waren sich aber trotzdem bis jetzt letztendlich treu geblieben.

Die Hauptkommissarin frühstückte hastig, dann gab sie ihm einen Kuss, was auch nicht alle Tage vorkam, und entschwand mit dem kobaltblauen Dienst-Golf in einer Staubwolke vom Grundstück.

'Tja', dachte Irenäus und lenkte seine Gedanken wieder zum Talsperrenfall. Jedem Problem lag eine ganz eigene gedankliche Struktur zugrunde. Das Computer-System der Talsperre interessierte ihn. Er besaß sogar eine besondere Beziehung dazu. Vor annähernd dreißig Jahren war diese Rechnertechnik, wie ihm damals schien, bereits außergewöhnlich gut entwickelt gewesen. Es gab da einen passionierten Spezialisten, der Wolfgang Schlemminger hieß. Der hatte ihm die Zusammenhänge der Zu- und Abflüsse zwischen den verschiedenen Talsperren, Vorsperren, Auffangbecken, Verbindungsstollen, sowie den Wassermengen der natürlichen Gewässer, über die sich das System füllte und leerte, genau erklärt. Könnte er diesen Mann jetzt hinzuziehen, wären sie gewiss ein sehr gutes Ermittlerteam. Leider aber grassierte in dessen Familie eine unheilbare Erbkrankheit, die unweigerlich zum Wahnsinn führte und alle männlichen Mitglieder in etwas reiferem Alter aus dem Verkehr zog.

Vielleicht, nein, sogar sicherlich, gab es einen Nachfolger. Doch diese anonyme Figur war Irenäus unbekannt und er scheute davor zurück, diesen Menschen um Kooperation zu bitten. Derart viel Professionalität hatte er einfach nicht drauf.

Also überlegte er darauflos. Die Fragestellung gefiel ihm, und als eingefleischter SF-Liebhaber sah er die Manipulation der Rappbode-Maschine klar vor sich: Die Kids knackten den Zugangscode und manipulierten die entsprechenden Wasserflüsse im Zu- und Ablauf so lange, bis sich alle Schotten öffneten, um den Inhalt des übervollen Stausees in die ausgetrockneten Flüsse zu ergießen.

Genial! Natürlich nur im Modell.

Wie man so etwas in der Wirklichkeit bewerkstelligte und ob das überhaupt so funktionierte, konnte Irenäus leider nicht beurteilen. Die praktische Computertechnik war ihm sehr fremd. Er sah sich gerade einmal in der Lage, solch ein, noch dazu total veraltetes Gerät als Schreibmaschine zu benutzen und anschließend das Geschriebene auszudrucken. Ans Internet war er ebenfalls aus Prinzip nicht angeschlossen und konnte seine literarischen Produkte höchstens auf einem Stick weiterreichen. Irgendwie fehlte ihm da ein Einschub. Ein Mensch wie er müsste doch ohne jedwedes Problem eine Technik beherrschen, die Lieschen Müller und ihre Heerscharen aus dem Effeff betrieben. Aber er wollte das einfach nicht. Er fand das blöd und sah mit gemischten Gefühlen dem Tag entgegen, an dem der Gesetzgeber bei Strafe der administrativen Entmündigung den Besitz eines Computers vorschrieb.

Vielleicht lag es bei ihm auch daran, dass er als Kind ohne Fernseher aufwuchs. Irgendeine dubiose Schaltung in seinem Gehirn flüsterte ihm jedenfalls ein, dass das Starren auf Bildschirme mit noch dazu fremdgesteuertem Bildinhalt dumm macht …

IX

Die Zentrale Anlaufstelle für Asylbewerber des Landes Sachsen-Anhalt befindet sich in Halberstadt. Dieser alte Bischofssitz aus ottonischer Zeit liegt nur wenige Kilometer von Quedlinburg entfernt. Schon vor über 1.000 Jahren existierten gewisse Spannungen zwischen den Halberstädter Bischöfen und den Quedlinburger Äbtissinnen. Bereits zuvor hatte es sich Heinrich der Überflieger, erster deutscher König, mit Bischof Sigismund von Halberstadt verdorben, als er sich gegen dessen Ermahnung mit seiner ersten Frau Hatheburg verband, Mutter seines Sohnes Thankmar. Dann setzte er noch eins drauf, als er sich von ihr wieder trennte, um sich mit dem herzallerliebsten Mägdelein Mathilde zu vermählen. Diese stammte aus dem Hause des sagenhaften Recken Widukind, der sich erbittert gegen die Christianisierung der Heiden durch Karl den Großen aufgelehnt hatte. Mit Mathilde zeugte Heinrich das Geschlecht der Ottonen. Es ging um Macht, Einfluss und Reputation.

Wenn man heute mit der Straßenbahn aus der Stadt hinaus gen Süden fuhr, wurde die Qualität der Straße merklich karger. Sandsteinfelsen mit urtümlichen Wohnhöhlen rückten fast bis an den Fußweg. Die Bahn endete in einer Schleife mit Haltestelle, vor der sich zumeist exotisch anmutende Menschen drängten, die mit hoher Sicherheit keine Halberstädter Ureinwohner waren. Bewegte man sich dann noch ein wenig weiter stadtauswärts und konnte bereits die Felsen des Großen Thekenberges sehen, einer imposanten Steinformation in kurzer Entfernung, nahm die Landschaft idyllische Trockenrasenstruktur an.

Hier begann ein neuer Typ von Bebauung, der sich wohl in den meisten Gegenden der Welt sehr ähnlich sieht. Es handelte sich um langgestreckte, mehrstöckige Wohnblöcke, die in exakter Formation aufgestellt worden waren. Um dieses Areal führte ein weitläufiger Maschendrahtzaun, der am Eingang von einem Kontrollpunkt nebst Tor und Schlagbaum begrenzt wurde. Von hier aus zeigte eine Betonplattenstraße schnurgerade in das Objekt und zweigte zu den einzelnen Wohneinheiten ab. Das wiederum waren die Unterkünfte eines Ausbildungsregiments der NVA für die Grenztruppen der DDR gewesen. Der ehemalige Eiserne Vorhang hatte sich nur wenige Kilometer von hier entfernt befunden.

Die Hauptkommissarin näherte sich dieser Anlage nicht mit der Straßenbahn, sondern im kobaltblauen Golf, den sie bereits viele Jahre als Dienstfahrzeug benutzte. Ihr war das egal, und deshalb bekam sie auch kein neues Auto von ihrer vorgesetzten Dienststelle zugeteilt.

Vor Antritt der Fahrt hatte Rita allerdings doch noch einen kleinen Umweg gemacht, um Otto aus ihrer Wohnung zu befreien. Als sie gestern einen Sehnsuchtsanfall nach Irenäus bekommen hatte, musste Otto einfach zu Hause zurückbleiben. Otto liebte sie sehr, und die Zweideutigkeit der Aussage war hier voll gerechtfertigt. Eigentlich war Otto ein Unglücksfall. Vor einigen Jahren musste Irenäus auf die Rauhhaarteckelin seines Freundes Karl Wabenmond aufpassen, als dieser für einige Tage auswärts weilte. Dummerweise war Lucy, so hieß die Hundedame, empfangsbereit und Altdeutscher Titus freute sich darüber uneingeschränkt. So entstand ein skurriles Wesen, das einem überdimensionalen Dackel mit Schäferhundekopf ähnlich sah und sich augenblicklich in die Hauptkommissarin verliebte. Es kam zu einem innigen Verhältnis zwischen den beiden. Jetzt saß Otto auf dem vorderen Beifahrersitz und begutachtete die Umgebung. Sein Frauchen fuhr nach der Straßenbahn-Schleife auf eine Kopfsteinpflasterstrecke. Am Straßenrand bewegten sich um diese Tageszeit eine Menge Menschen unterschiedlichster Nationalitäten in die entgegengesetzte Richtung, also zum Stadtzentrum.

Sie durchfuhr die offene Schranke des Checkpoints und hielt vor dem ersten Block. Unterwegs hatte sie sich bereits telefonisch beim Lagerleiter angemeldet, ohne von ihrem Begehren zu reden.

Der Leiter der ZAST war ein sehr liebenswürdiger Mensch und versierter Spezialist auf seinem Fachgebiet, ungefähr in ihrem Alter, also um die Vierzig. Er kam ihr schon auf dem Flur entgegen und begrüßte sie mit einem Handschlag. Die beiden kannten sich von früheren Problemfällen. Der Mann war schlank, mittelgroß und trug sein braunes Haar kurz geschnitten.

„Womit kann ich Ihnen weiterhelfen, Frau Hauptkommissarin?", fragte er und schaute sie erwartungsvoll an.

Rita berichtete ihm von dem Überfall im HEX, ebenso von dem fatalen Ausgang für die beiden Männer, als auch davon, dass sie in jener Nacht keine Lust mehr dazu gehabt hatte, die beiden dingfest zu machen. „Es tat mir irgendwie leid, ihnen jede Zukunft bei uns zu verbauen", schloss sie ihren Bericht. „Allerdings mache ich mir inzwischen zunehmend Gedanken um die Drahtzieher dieses Anschlags. Entweder war er direkt auf mich gemünzt. Dazu fällt mir jedoch nichts ein. Oder ein Brunnenvergifter wollte die Bürger zum Ausländerhass verführen. Ich tendiere zu dieser Deutung. Von Ihnen möchte ich, dass wir wenn möglich, gleich hier und jetzt diese beiden Jungen ausfindig machen. Was haben Sie anzubieten?"

„Ojeh!", stöhnte der Mann und lehnte sich in seinem Stuhl nach hinten. Doch dann lächelte er sie an und sagte: „Ich glaube, ich weiß, wen Sie meinen. Die Beschreibung war sehr gut. Die beiden sind schon einige Zeit hier und kennen sich bereits von früher. Sie kamen mit einem ganzen Familienpulk hier an, jüngere Geschwister, ältere Verwandte und ihre Eltern."

„Na, sehen Sie, das erklärt auch, wozu sie das Geld brauchen!", kam es aus Rita heraus. „Scheiße! Ich will die beiden und ihre Familien nicht in Schwierigkeiten bringen. Ich will nur den Anstifter. Geht das?"

„Ich denke schon", meinte der Leiter versonnen. „Soll ich sie herkommen lassen oder wollen wir zu ihnen gehen?"

Rita überlegte einen Moment: „Wir gehen zu ihnen, sonst bauen die noch irgendeine Dummheit, wenn sie Lunte riechen."

Gemeinsam gingen sie zwei Wohnblöcke weiter. Unterwegs erzählte er ihr, dass ein weiterer Block gebaut werden müsse, weil sich die Tendenz hin zu stark ansteigenden Flüchtlingsströmen bewegte. Wenn früher ein paar hundert Menschen pro Zeiteinheit eintrafen, waren es heute bereits weit über tausend.

Rita hielt dazu mit ihrer Meinung nicht hinterm Berge. Insbesondere der Isis-Terror war für sie eine eindeutig von den Amerikanern hausgemachte Angelegenheit. Wie blöd oder wie skrupellos konnte man nur sein, allein um den letzten moskautreuen Präsidenten einer arabischen Republik abzuservieren, eine Horde von zusammengewürfelten Banditen aus der Wüste zu Rebellen zu stilisieren, mit modernen Waffen aufzurüsten und nach Damaskus zu schicken. Nachdem George Dawelju in seinem Wahn Bagdad verwüstet hatte und die uralten Kulturstätten der Zivilisation im Zweistromland zur Plünderung freigegeben hatte, setzte der „edle" Obama noch eins drauf und ließ mit seinem Knowhow die Perle des Orients, das schillernde Damaskus, genauso wie Quedlinburg ein Welterbe der UNESCO, in Schutt und Asche legen.

„Dreckschweine!", erregte sich Rita. „Es wird noch viel mehr Flüchtlinge geben, demnächst auch aus dem Osten, wenn unsere First Lady weiterhin ihre wahnwitzige Anti-Russland-Taktik fährt. Was geht uns die Ukraine an? Nichts!"

Die Hauptkommissarin war so richtig in Rage geraten. Der Lagerleiter lächelte still in sich hinein und enthielt sich eines Kommentars. Was hätte er auch sagen sollen? Fast alle Menschen in seiner Sphäre kamen aus ehemaligen europäischen Kolonien, Ländern, die heute noch genauso abhängig vom Weißen Mann waren, der mit eingeborenen Eliten paktierte. Es ging um Waffen, Geld und Bodenschätze. Menschen interessierten da nicht, es gab über genug davon auf unserem Planeten. Und ihre Anzahl nahm mit rasender Geschwindigkeit zu. Auch das war eine hauptsächlich vom Weißen Mann ausgelöste Situation, wenn zum Beispiel der Heilige Vater auf den Philippinen mit Plakaten verkünden ließ: Hätte es zu Marias Zeiten Kondome gegeben, wäre unser Heiland vielleicht nie geboren worden.

„Obwohl auch das eine condraticio in adjecto ist", murmelte er gedankenverloren vor sich hin.

„Was ist?", unterbrach Rita ihren Redefluss und schaute ihn mit grüner Verständnislosigkeit an.

„Nichts, nichts!", beeilte sich der Mann zu versichern. „Wir sind da. In diesem Block wohnen die beiden. Schnell, ehe Sie zu früh gesehen werden!"

Sie nahmen den ersten Eingang. Über eine Treppe aus Terrazzobeton gelangten sie in den ersten Stock. Zielsicher steuerte der Leiter in den rechten Flur. Auf dem Boden war billiger Linoleum-Ersatz aus der DDR verlegt, der die Abnutzung von Millionen Menschenfüßen auswies. Eine Frau mit arabischem Aussehen kam ihnen barfuß entgegengeschlurft. Sie hielt eine Teekanne in der Hand. Die Tür zur Küche stand offen. Als sie den Leiter erkannte, blieb sie stehen und sagte unterwürfig: „Oh, guten Tag!"

„Hallo!", erwiderte der Lagerleiter freundlich. „Wir möchten zu Ali und Achmed. Sind sie zu Hause?"

Die Frau lächelte ehrfürchtig: „Ja, ja! Ali und Achmed zu Hause. Hinten links!"

„Danke!", antwortete er und gab Rita mit einem leichtem Kopfruck das Zeichen, ihm zu folgen. Die Hauptkommissarin gewann zunehmend Respekt vor diesem drahtigen, völlig normalo wirkenden Mann. Er schien den Laden ausgezeichnet im Griff zu haben. Als sie an der letzten Tür links ankamen, klopfte er ohne jedes Zögern an und öffnete die Tür, ohne auf eine Antwort zu warten.

Rita folgte ihm auf den Fuß ins Innere. Die Ausstattung war karg. Zwei Doppelstockbetten, ein Tisch, vier Stahlrohrstühle und ein paar kleine Schränke. Drei Männer saßen am Tisch und spielten Karten, ein vierter lag auf einem Bett und döste vor sich hin. Als der Lagerleiter eintrat, erhoben sich zwei der Männer und der auf dem Bett schraubte den Kopf in die Höhe.

Der größte, ein kampferprobt aussehender, brauner Mann mit wolligem Haar und Schnauzbart, der ein hellblaues Turnhemd und eine verwaschene Jeans trug, streckte die Hand aus: „Hallo, Chiefe! Was können wir für Sie tun?"

Der Leiter gab auch den anderen Männern die Hand. Rita blieb im Hintergrund und spielte überhaupt keine Rolle. Dann sagte er: „Wir wollen zu Ali und Achmed. Fathi sagte, die wären hier. Wo sind sie denn wirklich?"

Das Gesicht des Schnauzbärtigen verfinsterte sich etwas, doch dann gab er Auskunft. Er zeigte durch die geöffnete Zimmertür auf die andere Seite des Flures: „Dort!"

Ohne sich zu verabschieden, und Rita wusste erst einige Minuten später, warum das so war, querte der Leiter den Flur, klopfte kurz an und öffnete die Tür. Der Raum war ebenso möbliert wie der vorige. Durch ein großes, doppelt verglastes Fenster sah man hinüber zum ersten Block und auf die Hauptstraße der ZAST. Am Tisch standen zwei junge Männer, eher Burschen, vor ihnen die Frau, der sie auf dem Flur begegnet waren. Ritas Eindruck war klar: Sie hatte versucht, die beiden zu warnen, war aber zu langsam gewesen.

Die Jungen sprangen auf, als sie Rita erkannten und blickten ihr halb tückisch und halb angstvoll entgegen. Die Frau bewegte sich rückwärts auf die Nische zwischen Bett und Spinten zu. Der Lagerleiter setzte einen zwischen leidvoll und ermahnend wechselnden Gesichtsausdruck auf und sagte: „Hallo, Achmed und Ali, diese Frau möchte mit euch reden. Versteht ihr? Sie ist …"

Weiter kam er nicht, denn der Große aus dem gegenüberliegenden Zimmer war inzwischen über den Flur gekommen und stand ebenfalls in diesem Raum. Seine drei Kumpane folgten ihm unauffällig, selbst der aus dem Bett.

„Nichts wird geredet!", befahl der offensichtliche Anführer mit Schnauzbart. „Diese Frau hat unser junges Kind geschlagen. Zahn raus und mehr! Sie muss zahlen für Doktor."

Rita sagte nichts. Sie wollte sich die Szene ruhig noch etwas länger zu Gemüte führen. Die drei Kumpels standen nun in der Zimmertür hinter ihrem Anführer. Ihre Gesichtszüge waren abschätzend und auf der Hut. Der Recke wandte sich an Rita: „Warum hast du Kinder geschlagen?"

Das wurde ihr zu blöd, deshalb erwiderte sie ganz ruhig: „Am besten, Sie lassen mich jetzt mal völlig normal mit den beiden reden. Das geht am schnellsten …"

„Nein!", unterbrach sie der Anführer und kam einen Schritt näher. „Nix reden, und du zahlen für Arzt!"

Langsam wurde es der Hauptkommissarin zu bunt: „Wenn Sie zurück in Ihre Heimat möchten, sollten Sie nur weiterreden. Ansonsten sind Sie jetzt ruhig und hören zu!"

Der Lagerleiter sagte kein Wort. Es erschien ihr so, als läge ein leises amüsiertes Lächeln um seine Mundwinkel. Der Anführer schwieg etwas verunsichert.

64 Rita wandte sich an die beiden jungen Leute: „Ihr habt mich überfallen im Zug. Macht ihr so etwas öfter?" Die beiden schwiegen. Sie hatte den Eindruck, dass sie immer noch darüber nachdachten, an ihr vorbei zu kommen und das Zimmer zu verlassen.

„Nix überfallen!", sagte der Anführer laut und legte ihr eine Hand auf die Schulter. „Du wirst zahlen Arztrechnung!"

Das ging jetzt zu weit. Eigentlich wollte sie es ja nicht tun, aber nun griff sie doch in die Arschtasche ihrer grünen Jeans, holte ein kleines, in schwarzes Leder gebundenes Klappheft hervor, machte es mit der einen Hand auf und zeigte Dienstausweis und Marke. Mit der anderen Hand stieß sie den Schnauzbart derart auf den Solarplexus, dass er ein Stück zurücktaumelte und sagte: „Kriminalpolizei Harz! Wenn du Klugscheißer nicht gleich die Klappe hältst", sie sah, wie der Leiter schmerzhaft das Gesicht verzog, aber das war ihr egal, „rufe ich in meinem Präsidium an. Die schicken dann zwei Transporter, die euch nach Berlin zum Flughafen fahren, und ihr schwebt zurück in die Heimat. Alles klar?"

Rita wusste, dass sie diese Macht nicht besaß, aber irgendwie ging ihr das Machogehabe dieses Typen auf den Geist. Der Mann setzte dann auch ein schuldbewusstes Lächeln auf und blieb in der Tür stehen, die anderen drei hinter sich. Rita drehte sich um und sah, dass die Frau immer noch in der Nische stand und sie mit schönen schwarzen Augen anstarrte. Die beiden Burschen hatten sich wieder ein Stück zurückgezogen und standen zwischen Fenster und Tisch.

„Setzen!", befahl Rita und als die beiden nicht sofort der Aufforderung nachkamen, winkte sie mit einer herrischen Geste in Richtung Tisch. Die beiden setzten sich auf die Stahlrohrstühle, die Hauptkommissarin blieb stehen.

„Wie gut sprechen sie deutsch?", wandte sie sich zuerst an den Leiter der ZAST.

„Sie sprechen gut deutsch", antwortete dieser ohne Zögern.

„Okay!", sagte die Frau. „Also bitte kein nix verstehen und solch Kram. Es dauert dann nur unnötig länger, oder wir müssen einen Dolmetscher hinzuziehen. Zur Sache: Ihr hattet einen Auftraggeber, der euch das Geld im Briefumschlag gegeben hat? War es so?"

Der schlaksige Achmed setzte eine aufmüpfige Miene auf, aber der etwas vierschrötige Ali legte ihm, ohne hinzusehen, beschwichtigend eine Hand auf den Unterarm. Dann erwiderte er: „Ja, wir hatten Auftrag."

„Seid ihr Brüder?", erkundigte sich Rita, denn ihr wurde klar, dass die beiden ein eingespieltes Team waren.

„Unsere Mütter sind Schwestern." Ali gestattete sich ein winziges Grinsen. „Wie sagt man – Cousins." Rita drehte sich zu der Frau zwischen Bett und Spint um, die verschämt mit dem Kopf nickte. „Wie habt ihr den Mann kennengelernt?", fragte sie weiter. „Es war doch ein Mann, oder?"

Ali nickte: „Wir sind öfter mal in Stadt. Dort er hat uns angesprochen und gefragt, ob wir würden machen Job für ihn. Wir haben uns dann getroffen in Nähe Bahnhof in diese Nacht."

Rita nickte versonnen, dann kam ihr eine ganz andere Frage in den Sinn: „Wie gut ist eure Schulbildung?"

„Sehr gut!", antwortete Ali, ohne zu zögern und sein Cousin nickte.

„Woher kommt ihr?"

„Von Damaskus, Syrien", erwiderte der junge Mann. „Unsere Väter haben studiert in Dresden, DDR."

Rita musste erst mal schlucken. Was junge deutsche Menschen gar nicht mehr wussten, hatte ihr Irenäus erklärt. Die sozialistische VAR, die Vereinigten Arabischen Republiken: Gaddafi in Libyen, Nasser in Ägypten, Jassir Arafat in Palästina, der Libanon, Assad in Syrien, bis hin zu den Wackelkandidaten im Irak, Iran und in Afghanistan. Diese Perlenkette kämpferischer Völker in ehemaligen Kolonien und Protektoraten des Weißen Mannes war den USA und der NATO schon ewig ein Dorn im Auge. Die alten, durchtriebenen Recken der Revolution hatten in Ost-Berlin, Dresden und Moskau ihre Ausbildung genossen. Sie liefen nicht umsonst ein Leben lang in Uniform herum und wurden vom Westen zu den Monstern der Weltgeschichte stilisiert.

Irenäus hatte ihr von den rauschenden Feten der ägyptischen und syrischen Studenten im Ausländerwohnheim in der Juri-Gagarin-Straße erzählt – sogar diese Straße bekam 1990 den Namen eines völlig unbekannten Mannes aufgedrückt, obwohl Juri Gagarin unbestritten der erste Mensch im Weltraum war. Irenäus hatte ihr auch erzählt, wie er für einen Studenten aus dem Libanon die Diplomarbeit getippt hatte. Selbst in Quedlinburg hatte es eine Medizinische Fachschule „Dorothea Erxleben" für intelligente Leute aus den sogenannten Jungen Nationalstaaten gegeben wie Mosambique oder Angola, übrigens, ein Grund dafür, dass es in der Stadt auch heute noch überdurchschnittlich viele Bürger mit kakaofarbigem Teint gibt.

66

Blitzschnell tauchte sie aus diese Gedanken wieder auf. Aber sie sah diese Burschen nun mit anderen Augen. Die Revolution schickte ihre Kinder, nein, ihre Enkel, und die saßen gerade vor ihr. Deshalb sagte sie: „Dann ist ja alles ganz einfach. Wenn es dieser Mann nicht speziell nur auf mich abgesehen hatte, dann wollte er Zwietracht säen. Ausländer misshandeln und vergewaltigen junge Frau im nächtlichen Nahverkehrszug. Wisst ihr, wie diese Geschichte in der Bevölkerung gewirkt hätte? Wisst ihr das? Illegal Eingewanderte schänden deutsche Frauen. Das wäre ein Kracher in ganz Deutschland gewesen. Ist euch das überhaupt klar? Und ihr hättet es getan, für 400 Euro, das ist ein besserer Staubsauger! Ihr könnt froh sein, dass ihr an mich geraten seid – auch mit dicker Backe." Sie lachte trocken auf. Ihre Augen funkelten jedoch grün.

„Und nun zur Sache!", sprach sie in hartem Befehlston. „Wie sah der Mann aus? Beschreibt mir jede Einzelheit, an die ihr euch erinnern könnt!"

„Das dürfen wir nicht", wehrte Ali ab. „Wir haben es ihm versprochen. Er wird uns Arsch aufreißen – und Geld weg!"

„Okay!", sagte Rita scheinbar resigniert – gleich würde sie die Burschen haben – und zog ihr Handy hervor. „Dann rufe ich jetzt die Ausländerbehörde an."

„Lass den Scheiß!", sagte es hinter ihr hart. Es war der Anführer der vier Männer, die immer noch im Raum standen und alles mitgehört hatten. Rita drehte sich ein wenig empört um. Doch der Mann hatte nicht sie gemeint. „Seid ihr taub! Sagt der Frau alles! Wir haben ihr viel zu verdanken."

Sofort standen die jungen Burschen stramm. Rita sah interessiert, wie sie sofort Haltung annahmen und sich etwas in ihren Augen veränderte. „Also gut!", begann Ali. „Ich glaube nicht, dass er Sie meinte. Wäre unlogisch. Risiko zu groß bei Polizeibeamte. Sie haben schon recht, Mann wollte Unruhe stiften."

„Und wie sah er nun aus?", hakte Rita sofort nach.

„War groß, ziemlich dünn, aber stark", erklärte Ali weiter.

„Wie groß?", fragte sie.

„So, etwa!" Ali zeigte einen Kopf größer als er selber.

„Augenfarbe, Haare?"

Ali verdrehte hilfesuchend die Augen. Nun sprang Achmed ein, der wohl visuelle Typ: „Blau, ziemlich hell. Die Haare waren grau und bisschen blond. Nach hinten."

„Gesichtsform?"

„Mager, dünn!", erwiderte der Bursche sicher. „Bei erstes Mal hatte er Bluejeans und helles Hemd an. Zweites Mal …"

„In der Nacht?", hakte Rita nach.

„Jawohl! Da kam er mit dunkle Mantel, lange Mantel, und dunkle Hut auf."

„War er zu Fuß?"

„Erste Mal mit Fahrrad, gutes Fahrrad mit viele Gänge. Die Farbe war rot. Rot und Silber. Zweite Mal zu Fuß."

„Ohne Auto?"

Die Burschen nickten synchron mit den Köpfen. „Ohne Auto. Er dann gleich verschwunden in der Nacht und wir zum Bahnhof …" Ali verdrehte die Augen, und die Hauptkommissarin konnte sich ein Grinsen nicht verkneifen.

„Na gut!", sagte sie. „Irgendwelche besonderen körperlichen Merkmale? Hat er gestottert, ist er gehumpelt? Hatte er Narben, eine Brille?"

Wieder schüttelten die beiden synchron die Köpfe.

Eigentlich wollte sie noch nach dem Geld fragen, ließ das aber auf sich beruhen. Ein anderes Problem war wichtiger: „Der Mann wird inzwischen mitbekommen haben, dass ihr keinen Erfolg hattet. Wahrscheinlich will er das Geld wieder haben. Wenn das geschieht, ruft mich sofort an. Jeder von euch ist verantwortlich, auch ihr! Und du!" Dabei schaute sie zuerst auf die vier Männer in der Türöffnung und dann auf die Frau, die jetzt wesentlich gelöster dastand.

„Sie können sich auf uns verlassen", sagte die Frau in gutem Deutsch.

'Sagenhaft', dachte Rita. Dann drehte sie sich zum Lagerleiter: „Sie haben alles mitbekommen. Wir behalten die Sache scharf im Auge und schweigen. Geht das?"

„Das geht", erwiderte der Mann.

X

Heinrich Seidler grübelte seit dem Zusammentreffen mit Richter Majorowski über das Talsperren-System nach. Im Gegensatz zu dem Justizbeamten hielt er es in der heutigen Zeit durchaus für möglich, dass ein paar intelligente Jugendliche auf die Idee kämen, am Zentralrechner des Rappbodesystems herumzuspielen. Er konnte es sich richtig gut vorstellen, dass diese Einrichtung dafür besonders geeignet war. Wie beim Hacken eines Fernsehsenders oder der Energieversorgung konnten hier viele Menschen den Erfolg der Freaks life miterleben. Bei einem Stahlwerk oder selbst einer Behörde blieb eine solche Tat weniger publikumswirksam.

Andererseits hatte Majorowski genau den richtigen Nerv getroffen – seinen Betrieb. Seit geraumer Zeit wollte er die Saatzucht an den Nagel hängen. Welcher Teufel hatte ihn überhaupt geritten, in dieses trostlose Geschäft einzusteigen. Aber so einfach war das nicht. Momentan lagen die Dinge leider so, dass er nur als weitgehend mittelloser Mann freikäme. Nur bei einem Totalschaden würde die Versicherung einspringen. Und dann fiele eine größere Entschädigung an alle drei Partner. Das wäre eine denkbare Lösung!

Das Gewerbe- und Industriegebiet „Magdeburger Straße" lag, wie der Name schon sagte, nahe der Stadtausfahrt in Richtung

Landeshauptstadt. Wie überall im Vorharzgebiet gab es bei seiner Erschließung Unmengen archäologischer Funde, sodass das Gelände erst sehr verzögert bebaut werden konnte, als die Karawane der Investoren bereits kurz vor der Ukraine stand. Nur deshalb gelang es auch, dort als Saatzucht-Firma Flächen für Flachbauten und einige Zuchtäcker zu erhalten.

Jahre davor ereignete sich in Quedlinburg das sogenannte Jahrhunderthochwasser. Das war 1994 und basierte eher auf dem Missmanagement eines von der Treuhand gerade frisch vergebenen Talsperrenbetriebes, als unbedingt auf den Kapriolen der Witterung. Wiederum etliche Jahre später beschloss ein Ministerium in Magdeburg, eine Studie über „potenzielle Überschwemmungsgebiete" anfertigen zu lassen. Das war in der Zeit nach den spektakulären Elbe- und Oder-Hochwassern. So kam man endlich vor nicht allzu langer Zeit zu der Erkenntnis, dass große Teile des Gewerbe- und Industriegebietes „Magdeburger Straße" potenziell hochgradig von Hochwasser bedroht waren, noch dazu als der Wall der segenspendenden Schnellstraße B6n unmittelbar angrenzte und wie ein Staudamm auf die Wassermassen einwirken könnte.

Genau in diesem neu definierten Überschwemmungsgebiet befand sich Heinrichs Saatzucht-Firma. Was lag also näher, als sich bei einer Überflutung die Hände zu reiben und mit anzusehen, wie Felder und Gebäude von Schlamm, Geröll und Wasser überspült |69 wurden. Und gerade jetzt standen die prallen Samenstände wie auf dem Präsentierteller für eine nette kleine Flutwelle. Sie musste nur hoch genug sein, um über die Deichkrone zu kommen.

Natürlich war es Heinrich nie ernsthaft in den Sinn gekommen, dass ihm das Schicksal noch zu Lebzeiten eine derartige Katastrophe angedeihen lassen würde. Erst seit gestern Abend wusste er, dass die Chancen dafür gar nicht so schlecht standen.

Heinrich kannte sich mit der Theorie der „Selbsterfüllenden Prophezeiung" gut aus, die im Volksmund eher als das „Herbeireden eines Unglücks" bezeichnet wurde. Wenn sich bereits mehrere Leute mental mit dem Hacken des Rappbode-Systems beschäftigten, brauchte es eigentlich nur noch einen Koordinator und einen Ausführenden geben.

Was also wusste der Sohnemann aus dem Gymnasium? Wie kam er an den heran? Und wie schaltete er sich unbemerkt in das entscheidende Betriebssystem ein? Es waren gerade Ferien, womit das unauffällige Warten vor der Schule ausfiel, falls er den Jungen überhaupt hätte ausfindig machen können. Und ansprechen konnte er ihn auch nicht einfach, vor allem nicht auf dieses Thema.

Da blieb nur noch die Mutter. Resolut griff er zum Telefonbuch und fand sehr schnell die Nummer des Amtsgerichts. Er wählte, und eine Stimme meldete sich.

„Ich habe nur eine ganz kurze Frage", erklärte er in schnellem Amtston. „Ich muss in den nächsten Tagen einen Katalog zu Frau Escher bringen. Wie lange kann ich sie bei Ihnen antreffen?"

„Bis 14 Uhr ist Frau Escher im Haus", sagte der Mann. „Möchten Sie einen Termin?"

„Nein, nein! Es geht ganz schnell. Vielen Dank! Tschüss!", beendete er schnell das Gespräch.

'14 Uhr, eine gute Zeit', dachte Heinrich, 'erfahrungsgemäß laufen da nicht so viele Menschen auf der Straße herum.' Er warf einen Blick auf die Armbanduhr. Sie zeigte Mittag. Dann wollte er sich mal mental in die Reihe bringen.

Heinrich besaß keine feste Partnerin, aber er verstand sich auf die weibliche Seele. Seine Züge wirkten herb und oftmals schaute er recht griesgrämig, zynisch oder ernst auf das Tun seiner Mitmenschen. Manchmal aber trat ein freundliches Lächeln, interessierte Zustimmung oder fröhliches Lachen in sein Gesicht.

Er war ein kulturvoller, belesener und sportlicher Mensch. Immer neue Frauen standen staunend in seiner großen, nobel eingerichteten Wohnung, teilten auch das Bett mit ihm und blieben eine gewisse Zeitlang dort. Ihm fehlte keinesfalls das nötige Selbstbewusstsein, eine völlig unbekannte Frau in ein Gespräch zu verwickeln. Allerdings benötigte er dafür einen Grund. Zumindest war das die einfachere Variante.

Bereits kurz nach 13 Uhr radelte Heinrich durch die Adelheidstraße. Sein Plan beruhte auf einer Annahme, die sich nur zu etwa 25 bis 30 Prozent erfüllen würde. Das wusste er. Einen wirklichen Plan B besaß er noch nicht. Die Adelheidstraße war eine großzügige Straße außerhalb des mittelalterlichen Stadtmauerrings. Hier standen die Villen vieler Ärzte und Bürgermeister. Direkt gegenüber des Gerichtsgebäudes lag eine kleine Parkanlage mit gepflegtem Rasen und einigen Blumenrabatten. Große Bäume warfen kühle Schatten. Am Ostende bildete das tief eingeschnittene Ufer der Bode einen natürlichen Abschluss. Zur Seite des Amtsgerichts war eine halbdurchsichtige Hecke gepflanzt. Der Hauptweg verlief diagonal hinüber zur Bahnhofsbrücke, denn am gegenüberliegenden Ufer stand das hübsch restaurierte Gründerzeitgebäude, aus dem der Bahnreisende hinaus in die Stadt Quedlinburg trat.

Heinrich inspizierte noch einmal die Örtlichkeit, dann setzte er sich auf eine Bank an einem Nebenweg. Das Fahrrad lehnte er vor die restliche leere Sitzfläche, um jedem vorbeitrottenden Langweiler unmissverständlich zu signalisieren, dass er allein zu sein wünsche.

Der erste Teil des Plans verlief optimal. Die Bank stand mit dem Rücken zur Hecke, sodass er nur den Kopf ein wenig drehen musste, um den Eingang des Amtsgerichts im Auge zu haben.

Die Zeit verlief schleppend. Nervös trommelte er mit den langen Fingern auf der Banklehne. Eine derartige Aktion, wie er sie plante, war auch für ihn ein Novum. Und einen Probeauftritt gab es nicht. Alles musste sofort funktionieren – oder gar nicht! Er schaute auf die Uhr.

Dann signalisierten ihm gleich mehrere Zeitmesser, dass es 14 Uhr war. Die Turmuhr der Nikolaikirche war bis hierher zu hören, und die Bahnhofsuhr konnte er auch gerade noch aus dieser Entfernung erkennen. Heinrich blieb sitzen und behielt die Tür des Amtsgerichts gespannt im Auge.

Seine Geduld wurde auf eine harte Probe gestellt. Niemand verließ das Gebäude. Aber dann, nach fast zehn Minuten kam eine Person hinter dem Haus hervor. Sie schob ein Fahrrad. War sie das? Sie musste es sein. Er nahm eine Frau mit langen schwarzen Haaren wahr. Das passte. Sie trug ein dunkelblaues T-Shirt und einen blauweiß bedruckten Rock. Jetzt schob sie das Fahrrad auf den breiten Bürgersteig. Sie war hübsch und nicht mehr ganz jung. Stimmte auch!

Langsam erhob sich Heinrich von seiner Parkbank. Er musste ein leichtes Zittern unterdrücken. Dann stieg er aufs Fahrrad, blieb aber abwartend stehen. Nun wurde es extrem spannend. Die Frau schob das Fahrrad bis zur Bordsteinkante, schaute brav nach rechts und links. Nun mach!! Dann überquerte sie die Straße. Jetzt war sie auf seiner Seite. Sie zupfte noch einmal am Rocksaum, dann stieg sie auf und radelte los, genau auf den Diagonalweg durch die Bahnhofsanlage zu.

Doch das sah Heinrich nur undeutlich aus den Augenwinkeln. Er war bereits los gesprintet. Dann sah er sie ganz nah vor sich durch die Lücke in der Hecke kommen. Sie beschleunigte noch … Jetzt hatte er sie erreicht. Sie drehte den Kopf und stieß einen leisen Schrei aus. Schwarze Augen starrten ihn weit aufgerissen an. Auch Heinrich schrie: „Scheiße!", dann krachte sein Vorderrad mit nicht allzu heftiger Wucht gegen ihre Vordergabel, genau wie er es ingenieurtechnisch berechnet hatte. Es schlug ihr den Lenker aus den Händen, das Fahrrad trudelte zur Seite und neigte sich immer mehr. Die Frau stieß einen weiteren Schrei aus und stürzte auf den von der Stadtverwaltung Quedlinburg gut gepflegten weichen Rasen.

Heinrich ließ sich wohlgezielt ebenfalls ins Gras fallen. Dieser Unfall war eine Meisterleistung gewesen. Schnell rappelte er sich auf und schnauzte in erster Rage: „Können Sie denn nicht aufpassen…?" Doch dann mäßigte er sich sofort: „Entschuldigen Sie bitte, gnädige Frau! Warten Sie, ich helfe!"

Die Frau lag auf ihrem Hinterteil und versuchte gerade, den Oberkörper emporzustemmen. Zuerst schauten die schwarzen Augen noch sehr wirr, jedoch klärte sich der Blick schnell auf. Ziemlich harsch stieß sie hervor: „Sagen Sie mal, fahren Sie hier immer wie ein Irrer durch's Gebüsch? Sie müssen doch völlig übergeschnappt sein!"

Sie hatte sich jetzt zur Seite gedreht und stützte den Oberkörper mit Händen und Armen ab. Er sah, dass sie wohl proportioniert war. Fast ohne Theater stammelte er: „Nein, nein! Eigentlich nicht! Mein Fahrrad ist nur so schnell …"

„Ach, jetzt war es auch noch Ihr Fahrrad!", unterbrach sie seine Rede und musterte ihn kritisch von unten. „Das arme Ding! Können Sie nicht selber zu Ihrem Benehmen stehen?"

„Doch, doch!", meinte Heinrich und konnte sich ein leichtes Grinsen nicht verkneifen. „Ich mache den Schaden wieder gut. Versprochen! Aber jetzt richte ich Sie erst mal wieder auf. Oder sind Sie verletzt?"

„Weiß ich noch nicht", knurrte sie.

Er streckte ihr einen Arm entgegen, und sie ergriff tatsächlich seine Hand. Mit einiger Anstrengung zog er sie in die Höhe, bis sie auf den Beinen stand. Sie stöhnte ein wenig und klopfte sich Grashalme vom Rock. Besorgt erkundigte er sich: „Geht es wieder? Oder haben Sie irgendwo Schmerzen?"

„Es ist, glaube ich, nichts weiter", erwiderte sie und schaute ihn immer noch mit gerunzelten Brauen an. Allerdings trat schon ein winziges schelmisches Lächeln auf ihr Gesicht, denn Heinrich versuchte, so bedeppert wie möglich auszusehen.

„Dann hebe ich erst mal Ihr Fahrrad auf", sagte er und hob das Damenrad auf den Ständer. „Hoffentlich ist nichts kaputt." Er war extra gegen die Gabel und nicht gegen die Speichen gefahren, damit sich das Vorderrad nicht noch verzogen hätte. Die Lampe saß etwas schief und das Gepäckkörbchen war halb zur Seite gerutscht, ansonsten schien kein weiterer Schaden zu sein. Linkisch rückte er die verrutschten Teile wieder gerade.

„Lassen Sie mich das machen!", forderte sie ihn lächelnd auf. „Sie sind wohl nicht gerade ein Praktiker?"

„Eigentlich schon", antwortete er. Zu blöd durfte er sich nun auch nicht anstellen. „Ich bin nur ein wenig verwirrt. So was ist mir noch nie passiert!"

Sie schaute ihn mit großen ernsten Augen an: „Vielleicht sind Sie ja verletzt? Immerhin sind Sie ebenfalls gestürzt. Ist Ihnen übel? Haben Sie Kopfschmerzen?"

„Ein wenig", gestand er, „aber ich kenne ein gutes Mittel dagegen ..."

„Und das wäre?", fragte sie automatisch und sah immer noch etwas besorgt aus.

Heinrich versuchte, sein allereinnehmendstes Lächeln aufzusetzen: „Ein schöner Eisbecher und danach ein Cappuccino. Ich habe doch versprochen, den Unfall wieder gut zu machen."

„Sie sind ja ein Charmeur!" Jetzt übertrieb zur Abwechslung sie ihr Erstaunen über dieses Angebot. „Haben Sie es denn nicht supereilig, wenn Sie hier herumrasen wie Täve Schur?"

„Wie wer?"

„Vergessen Sie's!"

„Jedenfalls muss man Prioritäten setzen", nahm er schnell den Faden wieder auf. „Jetzt lade ich Sie erst mal ein. Wo ist ein schönes Café?"

Die Frau hatte ihr Fahrrad vom Ständer genommen und stützte sich auf den Lenker. Als sie seinen bittenden Blick sah, meinte sie: „Okay, das 'Frieda K.' ist hier in der Nähe. Dort könnten wir hinfahren."

„O ja! Das ist eine gute Idee. Schön, dass sie annehmen!" Erst jetzt hob auch er sein Fahrrad vom Boden, und dann machten sie sich auf den Weg.

Sie radelten die Bahnhofstraße entlang in Richtung Zentrum, sie vorneweg und er dicht dahinter. Am Ende dieser Straße hätte das Pölkentor gelegen. Das wäre in unserer Zeit für eine Welterbe-Stadt natürlich eine zusätzliche Sensation gewesen. Nur hatten die Quedlinburger schon immer einen etwas übertriebenen Hang zur Moderne gezeigt und so alle ihre Stadttore bereits vor über hundert Jahren abgerissen. Immerhin war an dieser Stelle heutzutage der wohl spektakulärste Neubau der Stadt zu bestaunen, der sogenannte Wendler-Bau, eine Fachwerk-Zangen-Konstruktion des Architekten Klump im Auftrag der Familie Wendler.

Schräg gegenüber befand sich dann schon das „Frieda K.", benannt nach der berühmten lateinamerikanischen Malerin und Feministin, die sich fast ihr gesamtes Leben damit quälen musste, dass ihr als junger Frau bei einem Straßenbahn-Unfall eine Eisenstange durch den Unterleib schoss.

Die beiden Unfallopfer schlossen ihre Räder an, warfen sich einen skeptisch humorvollen Blick zu, wobei die Skepsis mehr auf ihrer und der Humor mehr auf seiner Seite lag, und betraten das Café. Soweit Heinrich das beurteilen konnte, betreute nur eine einzige Person dieses extravagante Stübchen. Es handelte sich wahrhaftig nicht um wesentlich mehr als zwei Stuben, die früher einmal eine kleine Drogerie waren, die allerdings dem aromatischem Druck von dm & Co. weichen musste. Die Räume waren mit verschiedenartigen Tischen und Sitzgelegenheiten möbliert. Man saß ziemlich dicht beieinander, was für ein Kennenlerngespräch nicht wirklich vorteilhaft war, aber zum Glück war die Stube noch völlig leer. Die einzigen Gäste saßen an schmalen Tischchen auf dem Bürgersteig.

Heinrich ging zum Tresen und gab Simone souverän die Hand, allerdings wurde er von seiner Begleiterin übertroffen, die sich mit der jungen Frau herzlich umarmte. Warum das so war, erfuhr er erst später. Jedenfalls bestellte er für sein Unfallopfer einen besonders großen Eisbecher samt Cappuccino, er selber begnügte sich mit einem kleineren Exemplar und einem Tässchen Mocca. Sie ließen sich an einem Ecktisch vor dem Fenster nieder, sie auf dem Sofa und er auf einem Stuhl. Zwischen ihnen entspann sich eine langsam an Fahrt zunehmende Unterhaltung, in der sie zum Beispiel zum Du übergingen, und er erfuhr, dass sie Martina hieß, was er ohnehin schon wusste.

Nach einer ganzen Weile, kam eine wesentliche Wendung in die Unterhaltung. Martina sah aus dem Fenster, brach ihre Worte im gleichen Moment ab, sprang auf und rannte aus dem Café. Heinrich schaute ihr gelassen nach, ihre Tasche lag ja noch auf dem Sofa.

Eine Minute später kam sie wieder durch die Tür, einen großen, schlaksigen Burschen im Schlepptau, der etwas mürrisch dreinblickte, so, als hätte er gerade einen ganz anderen Plan gehabt. Als erstes ging der junge Mann zur Bar und begrüßte ebenfalls Simone mit auffallender Herzlichkeit, dann kam er an ihren Tisch.

Martina stand wartend, und als er endlich kam, erzählte sie stolz: „Das ist mein Sohn Paul. Er hat gerade Ferien und kam hier zufällig vorbei. Und das ist Heinrich, der mich heute vom Fahrrad geschubst hat!" Sie lachte verhalten.

Heinrich stand auf und gab ihm die Hand: „Hallo, Paul!"

„Hallo!", erwiderte der Sohn und blieb stehen wie ein Bock.

„Na komm! Setz dich zu uns und trink was Kühles!", meinte die Mutter fröhlich und winkte Simone mit der Hand zu. Wider Erwarten ließ sich Paul tatsächlich auf einen Stuhl fallen. Er war recht groß, etwas massig, aber durchaus ein ansehnlicher junger Mann. Ohne Heinrich zu beachten, sagte er: „Ich wollte nochmal zu Hacki rausfahren. Fährst du auch bald nach Hause?"

„Ja, bald!", antwortete seine Mutter und warf einen kurzen Blick zu Heinrich, den dieser indifferent registrierte. Dann erklärte sie: „Sein bester Freund wohnt nämlich ziemlich weit draußen in der Feldflur, und wir wohnen noch viel weiter, aber in anderer Richtung. Da haben es die beiden immer etwas schwer miteinander."

„Wo wohnt ihr denn?", wagte Heinrich nun einen logischen Vorstoß.

„Auf der Gersdorfer Burg", erklärte Martina bereitwillig. „Da hat Simone früher auch gewohnt. Daher kennen wir uns so gut."

„Ach da …", sagte Heinrich mit gerunzelter Stirn. „Das ist wirklich ganz schön weit …"

Die Frau lachte burschikos auf: „Der weiß gar nicht, wo das ist! Ich hatte ganz vergessen, dass du ein Wessi bist …!"

„Mit Wessi hat das nichts zu tun!", unterbrach sie Heinrich pikiert. „Ich bin nur nicht aus Quedlinburg."

„Ist ja gut", beschwichtigte sie ihn und strich mit einer Hand über seinen Unterarm. Das war der erste körperliche Kontakt.

Paul hatte sein kaltes Getränk schon halb ausgetrunken, und Heinrich musste sich beeilen: „Wollt ihr Baden gehen?"

„Nein, wir arbeiten am Computer", antwortete der Junge.

„Ach so!", rief Heinrich und war innerlich höchst zufrieden. „Aber jetzt sind doch Ferien! Ruht ihr euch da nicht mal aus von dem Kram?"

„Uns macht das Spaß", erklärte Paul bereitwillig.

„Ach, ihr macht dann Videospiele und solche Sachen?" Interessiert blickte er den Burschen an.

„Nein, nein!", erklärte der Sohn. „Wir lösen eine ziemlich komplizierte Aufgabe."

„Vielleicht kann ich euch helfen", bot der Mann an. „Ich habe eine ganze Menge Ahnung, auch wenn ich älter bin."

„Danke!", erwiderte Paul höflich. „Aber mit dieser Sache müssen wir selbst zurechtkommen. So, ich muss jetzt weiter." Er erhob sich und deutete seiner Mutter einen Luftkuss an.

„Trotzdem, das Hilfsangebot steht!", rief Heinrich ihm nach, als er hinaus ging.

XI

Nachdem Irenäus genug über die Theorie eines Rappbode-Crashs nachgedacht hatte, beschloss er, irgendetwas zu unternehmen. Bis jetzt gab es noch nicht sehr viele Bezüge, und es konnte sich genauso gut um eine fixe Idee handeln. Da ihm Martina gut gefallen hatte, könnte er noch einmal ihre Nähe suchen, um sich mit ihr gemeinsam an die beiden Jungs heranzuschleichen. Mal sehen, was sie von dieser Idee hielt. Zum Beispiel hatte sie ihm erzählt, wo dieser Hacki wohnt. Das wäre ein schönes Ziel für eine gemeinsame Wanderung.

Allerdings hatte er keine Lust, sie in ihrem Amtsgericht anzurufen, um ihr am Telefon irgendwelche Pläne zu entwickeln. Er fand es besser, auf sie zu warten und nach der Arbeit mit ihr zu reden. Da sie ihm auch erzählt hatte, dass sie bis 14 Uhr täglich arbeitete, brauchte er sie eigentlich nur um diese Uhrzeit zu treffen. Keine schlechte Idee.

Also lenkte er sein ziemlich altes Daimler Kombi Modell in die Adelheidstraße und stellte sich so an den Straßenrand, dass er den Eingang des Amtsgerichts zwar im Auge hatte, von dort aber nicht so schnell ausfindig zu machen war. Er lehnte sich im Sitz zurück und wartete, Titus lag hechelnd auf der Rückbank. Es vergingen etwa zehn Minuten, dann kam sie aus dem Eingang. Was er allerdings nicht erwartet hatte – sie fuhr mit dem Fahrrad. An derartige Möglichkeiten denken eingefleischte Autofahrer einfach gar nicht.

Irenäus hatte die Tür bereits halb geöffnet, um auf sie zu zu eilen, doch sie überquerte die Straße, bevor er sich aus dem Sitz gewunden hatte. Etwas verwirrt stand er vor seinem Kühlergrill und wusste nicht, ob er jetzt ihren Namen rufen und hinterherrennen sollte oder was …

Gerade, als er sich dagegen entschied und wieder einsteigen wollte, um ihr nachzueilen, geschah etwas ganz unverhofftes. Zufällig stand er genau in der Sichtachse der Wegdiagonalen der Bahnhofsanlage, in die die Frau eingekurvt war. Er sah, wie sie kräftig in die Pedale trat – und dann geschah es! Von der Seite, hinter einer Hecke hervor, kam ein anderes Fahrrad mit ziemlicher Geschwindigkeit und fuhr genau gegen die Flanke des Schwarzen Pferdes. Das wurde samt Fahrrad zur Seite gedrängt und kullerte auf den Rasen. Der Verursacher des Unfalls – es handelte sich um einen Mann – ließ sich mit einer sportlichen Rolle ebenfalls auf den Grasteppich fallen. Das sah sehr künstlich aus, fand Irenäus. Überhaupt hatte der ganze Vorgang etwas filmisch Gestelltes an sich, er wirkte auf einen Unbeteiligten nicht echt. Zum Beispiel hatte der Mann überhaupt nicht gebremst, sondern bis zum Schluss voll in die Pedale getreten.

Irenäus, der bereits drauf und dran gewesen war, seinem Schwarzen Pferd zu Hilfe zu eilen, stellte sich geflissentlich hinter einen Straßenbaum und sah von dort der weiteren Entwicklung zu. Die Entfernung mochte fünfzig Meter oder etwas mehr betragen. Der Mann war als erster wieder oben und – nein, den kannte er ja! Das war doch Heinrich Seidler! Was machte der denn für Scheiß? Jetzt wurde es interessant! |77

Heinrich Seidler verwickelte die Frau in ein kurzes Streitgespräch, dessen Wogen sich zunehmend zu glätten schienen. Jetzt wieherte das Schwarze Pferd sogar verhalten. Irenäus wusste nicht genau, ob er eifersüchtig werden sollte. Heinrich hob ihr Fahrrad auf, und kurz darauf fuhren die beiden durch die Bahnhofsanlage davon. Das war ja ein Ding!

Schnell lief Irenäus zum Daimler und warf sich hinein. Dann kam er nicht sofort aus der Parklücke. Vorn an der Kreuzung zur Bahnhofstraße sah er die beiden Fahrräder bereits Richtung Stadt fahren. Und gleich darauf kamen die drei Busse, die um diese Zeit in alle vier Himmelsrichtungen fuhren, hinter sich einen Schwarm PKWs, die alle erst einmal an ihm vorüberzogen. Und das war's! Die beiden waren verschwunden. Sollte er sie suchen?

Er entschied sich dagegen. Schließlich war es dem Schwarzen Pferd nicht ergangen wie der Schwester von Catherine Deneuve in „Abenteuer in Rio", die ständig vor den Augen des unentwegt ihr nachjagenden Jean Paul Belmondo von dubiosen braunhäutigen Typen in ein grünes Auto gezerrt wurde. Nein, Martina hatte sich frei dafür entschieden, mit Heinrich Seidler das Weite zu suchen, sie war sogar voneweg gefahren. Ihn ging das nun nichts mehr an. Obwohl er natürlich bezweifelte, dass ihr in dieser Gesellschaft etwas nachhaltig Gutes widerfahren würde. Genau wie der Richter kannte auch er diesen Herrn aus dem Pub „Nase". Mit Heinrich war nur bedingt gut Kirschen essen. Er konnte sich über viele Dinge aufregen. Am meisten aber störte Irenäus an diesem Menschen, dass er sich oftmals darüber aufregte, dass er, Irenäus, sich über irgendwelche Sachverhalte aufregte, nur um ihm zu beweisen, dass man sich über so etwas nicht aufregen dürfe. Usw. Darauf verspürte er nicht die geringste Lust, das Schwarze Pferd aus den Fängen Heinrich Seidlers zu befreien – sollte sie selber zusehen …!

Bald darauf hakte Irenäus den Kombi in den Schatten einer größeren Gebüschgruppe am Quarmbach, einem Gewässer, das aus den Harzbergen zur Bode floss. Die Entfernung bis zur Einmündung betrug vielleicht noch zwei Kilometer. Sehr viel Wasser kam bei dieser sommerlichen Trockenheit nicht mehr an, aber immerhin wurden seine Füße bis über die Knöchel benetzt. Titus warf ihm einen sehr skeptischen Blick zu und sprang mit verhaltenem

Elan aus dem Auto, um sich ebenfalls eine minimale Kühlung angedeihen zu lassen.

Derart für wenige Minuten abgekühlt, gingen sie hinaus in die flirrende Hitze des jungen Nachmittags. Titus trottete neben seinem Herrchen her auf dem staubigen Feldweg. Er hatte die Hauptlast zu tragen, denn er hatte dichte schwarze Haare und war zudem nicht mehr der Jüngste.

Aber sie mussten nur etwa einen Kilometer laufen, dann erreichten sie das einsame Gehöft mitten in der Feldflur. Es war ungefähr einen Hektar groß und von einem massiven Maschendrahtzaun umgeben. Darin, als scharfer Kontrast zur Umgebung, standen dicht gedrängt große Bäume – Nadel-, Laub- und Obstbäume – wild durcheinander und versprachen lindernden Schatten.

Das musste das Grundstück sein, welches das Schwarze Pferd ihm beschrieben hatte. Irenäus hatte sich bereits eine gute Story zurecht fabuliert, um vielleicht nicht sofort wieder abgewiesen zu werden. Außerdem hing dem Schwarzen die Zunge bis auf den Fußboden, und so was machte auch immer Eindruck.

Tapfer durchquerte er das halboffene Eingangstor und stand auf einer Fahrspur, die zwischen Gras und Bäumen in einen lichten Dschungel führte. Hier und da rottete ein Bretterschuppen zwischen übermannshohen Brombeerstauden wie eine uralte Maya-Ruine vor sich hin. Langsam bewegten sich Titus und er voran. Nach zwei weiteren Maschendrahttoren wurde es heller.

Vor ihnen eröffnete sich eine Hoffläche, eingeschlossen von hauptsächlich Nadelbäumen. Zwischen den ausladenden Ästen, die bis zum Boden reichten, schimmerten an zwei Seiten Trockenmauern aus aufgeschichteten hellen Basaltplatten, wie sie im Harz als Bordsteine verwendet werden. Die dritte Hofflanke wurde von einem Flachbau dominiert, dessen weiß getünchten Wände das Sonnenlicht reflektierten, und neben dem Eingang zog sich eine Gebüschhecke, aus der ein großer Nussbaum über den Platz ragte.

Zuerst sah Irenäus niemanden. Er blieb zwischen den Büschen neben einem halbierten Stahlkessel voller Regenwasser stehen und rief verhalten: „Hallo! Ist jemand da?" Mit einer Handbewegung befahl er Titus, neben ihm zu bleiben. Zuerst rührte sich eine Weile nichts, doch dann geschah etwas. Jemand trat durch die Tür des Häuschens und schaute sich suchend auf dem Hof um, ehe er endlich den Besucher entdeckte. Es war ein mittelgroßer, gebräunter Mann mit einer auffallend langen Hippiemähne, der nur mit einem grünen T-Shirt und einem schwarzen Slip bekleidet war. Er kniff die Augen im hellen Sonnenlicht zusammen und sagte etwas verbissen: „Hallo, was gibt es denn?" Er blieb neben einem alten Holztisch stehen und blickte Irenäus und seinen Hund fragend an.

Die beiden wagten sich nun einige Schritte weiter auf den Hof. Irenäus verspürte leichte Ablehnung und beeilte sich zu sagen: „Entschuldigen Sie bitte unser Eindringen. Wir haben eine kleine Wanderung gemacht, und dabei sind wir dermaßen durstig geworden … Haben Sie vielleicht einen Schluck Wasser für uns? Wir gehen dann gleich weiter."

„Wohin wandern Sie denn bei der Hitze?", fragte der Mann, ohne auf die Bitte einzugehen.

„Ich wohne auf einem ähnlichen Grundstück wie Sie, nur auf der anderen Seite der Bode, am Eselstall. Wir streifen öfter mal durch die Feldflur, nur heute hätten wir vielleicht doch nicht so weit laufen sollen", erklärte Irenäus und lächelte den Mann an, bei dem es sich nur um den Vater des von Martina erwähnten Computergenies handeln konnte. Da ertönte neben ihm ein leichtes

Hüsteln. Irenäus war nun ein Stück weiter auf die Freifläche vorgedrungen und blickte überrascht zur Seite. Dort, im Schatten des Nussbaums, hatte die ganze Zeit über eine weitere Person in einem Gartensessel gesessen und sich das Spiel schweigend angesehen. Es handelte sich um einen jungen Mann mit kurzen rötlichen Haaren, der auf seinen Oberschenkeln einen Laptop liegen hatte. Als Irenäus ihm den Kopf zuwandte, hob er eine Hand lässig zum Gruß und nickte ein wenig mit dem Kopf. Das war also Hacki!

„Wollen Sie wirklich ein Glas Wasser oder lieber ein kühles Bier?", unterbrach der Vater ihren Blickabtausch. Er wirkte jetzt zugänglicher. „Der Hund kann dort aus dem Stahlbehälter saufen!"

„Oh, danke!", erwiderte Irenäus. „Ein Bier wäre natürlich nicht schlecht!" Dann ging er mit Titus zum Behälter und ließ ihn die Schnauze ins Wasser tauchen.

Anschließend setzte er sich mit dem Mann an den Holztisch und trank ein Glas Bier. Der Typ gefiel ihm, und sie unterhielten sich über das Leben neben der zivilisierten Urbanität. Sachte lenkte Irenäus das Gespräch auf die Computerarbeit. Doch hier gab sein Gastgeber zu verstehen, dass er davon Null Ahnung hatte. 'Wir kommen uns immer näher', dachte Irenäus.

„Aber mein Sohn, der sitzt den ganzen Tag an dem Ding", feixte der Mann und warf einen Blick unter den Nussbaum. Dann fügte er beschwichtigend hinzu: „Wenn er mir nicht gerade hilft. Auf so einem Grundstück gibt es viel zu tun, selbst wenn man es verschlampen lässt. Komm doch mal rüber, Hans! Wir unterhalten uns gerade über Computerkram, und da weißt du doch am besten Bescheid!"

'Er heißt also Hans', dachte Irenäus, 'das liegt ja nicht weit von Hacki entfernt.'

Der Bursche hob den Kopf und blickte etwas genervt zu ihnen hinüber. Dann klappte er seinen Computer zu und erhob sich. Er war schlank und schien etwas größer als sein Vater zu sein.

„Willste 'n Glas Bier oder 'ne Cola?", fragte sein Vater.

„Ein Bier", antwortete der junge Mann und kam an den Tisch. Er gab Irenäus nachträglich die Hand mit kräftigem, aber nicht protzigem Druck. Dann schwieg er.

Sein Vater kam und stellte ihm ein schäumendes Bier unter die Nase. Er erklärte: „Das geht hier nicht ständig so, aber in der

Elften haben wir ja alle schon mal ein Bierchen zu uns genommen, oder?"

Irenäus nickte grinsend. Sie prosteten sich zu. Hacki schaute den Besucher mit intelligenten, grünblauen Augen an. Er setzte das Glas ab und fragte: „Sind Sie nicht dieser Schriftsteller, der den Sciencefiction geschrieben hat – über das Steinkistengrab und den Recken Krrrrrsan?"

Irenäus war etwas verlegen, er hätte diese Enttarnung lieber vermieden, aber Hacki war eben ein genialer Mensch und sollte nicht unterschätzt werden. Deshalb sagte er: „Ja, das bin ich. Hast du das Buch schon gesehen?"

Hacki lachte: „Mensch, das hat doch jeder vernünftige Quedlinburger gelesen. Es spielt immerhin in dieser Gegend. Es gefällt mir gut."

Der Vater sprang auf : „Du bist das! Deshalb kamst du mir auch so bekannt vor! Das ist ja 'n Ding!"

Und dann quatschten sie erst mal über den Recken Krrrsan, über Dunja und die Hyperboreer hinter dem Polarkreis …

Endlich war auch dieser Part beendet und die Sonne ein ganzes Stück am Himmel weitergerückt. Die beiden Leute gefielen Irenäus wirklich gut, aber in Richtung Computertechnik waren sie kein Stück vorangekommen. Eigentlich wollte er sich gerade erheben und verabschieden, da fing Hacki selber damit an: „Aus diesem Stoff könnte man ein wunderbares Computerspiel |81 machen. Haben Sie, äh, hast du darüber schon mal nachgedacht?"

„Ehrlich gesagt, kaum", gab Irenäus freimütig zu. „Manche Leute fragen nach E-Books, aber ein Computerspiel wäre ja eine ganz andere Liga. Würdest du dir etwa so etwas zutrauen?"

„Ich würde mir das zwar zutrauen", erwiderte der Junge schlicht, „aber das geht nicht ohne ein Team. Man braucht dazu eine besonders gute Hardware, man braucht eine fetzige Geschichte, die sich an das Buch anlehnt, aber es auch weiterentwickelt. Das müssen dann andere Leute machen, als die Computerfachkräfte – immer vorausgesetzt, es soll profihaft werden."

„Bist du so gut in dieser Technik?", fragte Irenäus mit wachsendem Interesse.

„Er ist super!", platzte sein Vater stolz dazwischen. „Sein Spitzname ist Hacki, weil er so gut wie in jedes System eindringen kann! Aber abgesehen davon, könnte er der beste Computerfreak von ganz Quedlinburg sein. Das kannst du mir glauben, Irenäus!"

Dieser schaute Hacki fragend an.

„Wenn er es sagt!", grinste der Junge. „Allerdings gibt es auch noch eine sehr talentierte Schülerin. Wir rangeln immer um Platz Eins."

„Vielleicht solltet ihr beide mal einen Wettkampf machen", provozierte Irenäus diskret. „Wer hackt sich am schnellsten in die Harzsparkasse."

„So was machen wir nicht, weder Hexlein noch ich", brummte Hacki und ging wieder auf Distanz. „Wenn wir etwas hacken, dann nicht die Sparkasse."

„Hexlein", mischte sich nun wieder der Vater ein, „ist das nicht diese hübsche, schwarze Langhaarige aus reichem Hause, die du so anhimmelst?"

„Ja, ja", murrte Hacki. „Ich glaube, ich muss jetzt weitermachen."

„Sei nicht sauer! Dein Vater ist nur stolz auf dich", versuchte Irenäus zu beschwichtigen. Und diesmal gelang es. „Ist es wirklich möglich, in jedes System einzudringen? Kann man dann darin herumspielen, zum Beispiel einer Stadt den Strom abstellen oder einen Zug anhalten?"

Der Bursche lächelte nun wieder: „Im Prinzip kann man in jedes System eindringen, allerdings ist das eine Frage des Aufwandes und des Weges, den man einschlägt. Und natürlich abhängig von der internen Sicherung des Systems. Ob man darin manipulieren kann, ist wiederum davon abhängig, wie vernetzt das System überhaupt ist. Jeder Angriff geht nur dann, wenn es überhaupt eine Schnittstelle zum Internet gibt. Das ist die Achillesferse! Externe Kontrolle und externe Kommunikation sind die Hauptschwachstellen. Wenn in einem Stadtwerk auch nur eine Mitarbeiterin im Büro einen Zugang zum Internet hat, um „ein bisschen zu googeln", kommt man möglicherweise über sie bis ins Umspannwerk."

Irenäus setzte seine Aha-Mimik auf und fragte weiter: „Aber es gibt doch Passwörter und so. Wenn da alle dran vorbeikommen, wäre ja nichts mehr geheim."

„Es gibt Passwörter, aber die kann man umgehen, erraten, erfahren usw.", meinte Hacki. „Das können allerdings nur Profis. Deshalb kommt es auch so selten vor."

„Und du bist solch ein Profi?", erkundigte sich Irenäus und sah ihm tief in die Augen.

Hacki zog das Gesicht zu einer merkwürdigen Grimasse, dann erhob er sich und verkündete: „So, nun muss ich endgültig weitermachen. Es hat mich gefreut, Herr Schriftsteller!"

„Mich ebenfalls! Man lernt nicht alle Tage ein Computergenie kennen", antwortete Irenäus und wandte sich dann dem Vater zu: „Kannst stolz sein auf deinen Sohn! Es war sehr interessant, euch kennenzulernen. Ich wandere jetzt weiter, aber ich würde gern wiederkommen."

„Sehr gern!" Der Hippie-Vater sprang auf und brachte den Besucher bis hinaus auf den Feldweg. Nachdenklich marschierte Irenäus auf einem Umweg zu seinem Daimler zurück.

XII

Auch Hacki saß nun wieder in seinem Gartensessel und dachte über diese Begegnung nach. Da seine Pforten zur Wirklichkeit stets weiter geöffnet waren als bei anderen Menschen, war ihm die Eigentümlichkeit dieses Besuches nicht entgangen. Dieser Schriftsteller war nicht vordergründig auf ihr Grundstück gekommen, um ein Glas Wasser zu bitten. Während der Hund wirklich etwas abgeschlafft aussah, hatte das Herrchen nicht besonders durstig gewirkt. Für diesen Besuch gab es eindeutig einen besonderen Grund.

Und wo wollte dieser Typ wohnen, in der Feldflur, so wie sie hier? Hacki ging auf eine Datei, die er sich schon vor längerer Zeit angelegt hatte, das Melderegister der Stadt Quedlinburg. So etwas anzusteuern, war für ihn nur eine Fingerübung, er durfte es nur nicht zu oft machen. Deshalb brach er nicht jedes Mal neu ein, sondern übernahm gewisse Informationen und speicherte sie. Hier war er schon: Irenäus Moll, Feldmark links der Bode Nr. soundso. Okay, das stimmte also mit dem einsamen Grundstück. Trotzdem zappte er sich noch mal eine Karte rein und schaute einen Augenblick, bis er das Gehöft des Irenäus Moll gefunden hatte.

Seiner Ansicht nach war die Entfernung für solch einen heißen Tag wie diesen zu groß, jedenfalls, ohne einen Rucksack mit Getränken mitzunehmen. Der Mann musste die Bode und den Quarmbach durchqueren und die Bebauung umgehen. Das war alles unwahrscheinlich. Zwar stimmte die Grundfabel, aber das Drumherum war erfunden …

Warum also hatte sie dieser Typ in Wirklichkeit besucht, fragte sich Hacki ganz besorgt. Nach was hatte er Ausschau gehalten? Wollte er tatsächlich nur mal sehen, wie andere mit dem Leben auf einem einsamen Grundstück zurechtkamen? Sicherlich, es war ein angeregtes und schönes Gespräch gewesen … Oder sollte sein nächstes Buch vom Aussteigerleben handeln? Immerhin war das „Steinkistengrab", das vorige Buch des Irenäus Moll, definitiv abgeschlossen und verlegt. So richtig aufgedreht war er allerdings erst geworden, als es um Computer und ums Hacken ging. War er etwa deshalb hier gewesen, war er nur zu ihm gekommen?

Hacki rutschte nervös auf seinem Gartensessel umher. Der konnte doch unmöglich etwas vom Wettstreit um das Rappbode-System wissen. Davon wussten doch nur er und Plasma. Hatte dieser Blödmann etwa doch gequatscht? Aber zu Irenäus Moll? Der Zusammenhang war Hacki unklar. Nein! Es gab noch einen Mitwisser: Hexlein! Sollte Hexlein irgendetwas mit diesem Typen zu tun haben? Oder hatte sie bereits in der ganzen Stadt davon erzählt? Aber so blöd schätzte er sie nicht ein – im Gegenteil.

Durch das Läuten einer Fahrradklingel wurde er aus seinen Grübeleien aufgeschreckt. Gleich darauf kam Plasma auf den Hof geradelt. Wie immer begrüßte er zuerst den Vater. Dann kam er eilig zu seinem Freund: „Na, gibt es was Neues? Bist du weiter?"

Für einen winzigen Moment wurde er von Hacki prüfend gemustert, doch er bemerkte es nicht. Hacki beschloss innerlich, seinen Mitstreiter nicht schon wieder mit einem Verdacht zu belegen. Wahrscheinlich würde dieser dann nämlich das Handtuch werfen und sich abwenden. Und das war nicht beabsichtigt. Er konnte Plasma gut leiden, und außerdem brauchte er ihn bei der Verwirklichung der heißen Phase des Problems, die unmittelbar bevorstand. Deshalb antwortete er in fast gleichgültigem Tonfall: „Ich glaube, ich hab's gelöst!"

„Was sagst du da, als ob nichts wäre?", schrie Plasma, so dass der Vater erstaunt aus der Haustür schaute. Auf dem Gesicht des Jungen wechselten sich Freude und Bangigkeit ab, was Hacki sehr wohl registrierte. Hatte sein Freund derartigen Schiss vor dem Ergebnis? Es war doch nur reine Theorie!

Der Andre holte sich denn auch sofort wieder ein und forderte ihn auf: „Nun erzähl' doch mal! Wie hast du das geschafft?"

„Es ist noch nicht soweit", erwiderte Hacki grinsend, „aber wenn alles gut geht in zwei Tagen. Ich habe nämlich inzwischen die Kundenpasswörter der Wartungsfirma. Da steht auch das vom Talsperren-System dabei. Warte, warte! Das wurde natürlich inzwischen erneuert. Aber …"

Er legte eine Kunstpause ein und Plasma rief voller Neugier: „Nun sag's schon!"

„Aber Übermorgen ist der nächste Wartungstermin", führte sein Freund genüsslich aus. „Und spätestens da müsste ich das aktuelle Passwort herausfiltern."

„So lange noch?", fragte Plasma mit übertriebener Enttäuschung, aber wieder hatte Hacki den vagen Eindruck, dass sein Freund innerlich über diesen Verzug erleichtert war. Und wieder fragte er ihn nicht, ob er irgendwem gegenüber gequatscht hatte.

„Der nächste Wartungstermin hätte auch in drei Monaten sein können", sagte er stattdessen. „Ich habe also viel Glück gehabt. Es fragt sich nur, wie wir vorgehen, wenn wir das Passwort haben. Lassen wir wirklich eine kleine Welle kommen? Und von wo aus schauen wir uns das Spektakel an?"

„Du willst es also tun? Ich merke das schon!", entfuhr es Plasma aufgeregt. Er war einfach nicht cool genug. „Aber wenn uns das misslingt und die Stadt steht unter Wasser. Weißt du, was dann los ist?"

„Wenn du soviel Angst hast, solltest du einfach aussteigen", erwiderte Hacki etwas frostig. „Angst ist ein schlechter Berater. |85 Ich persönlich bin der Meinung, dass, wenn man den Abfluss nur kurzzeitig und ein kleines Stück auffährt, gar nichts passieren kann. Es darf eben nur so weit sein, dass selbst dann nichts geschieht, wenn man ihn nicht wieder zufahren kann – aus irgendwelchen Gründen."

„Und du meinst tatsächlich, dass du das im Griff hast?", erkundigte sich der Freund skeptisch.

„Ich werde mich in der verbleibenden Zeit damit beschäftigen, genau das herauszufinden", sagte Hacki und lächelte den anderen begütigend an. „Du brauchst keine Angst zu haben. Ich bin nicht leichtfertig. Hauptsache, du erzählst niemandem etwas davon, denn genau dann kann uns der Fall entgleiten, wenn Dritte anfangen, darin herumzupfuschen."

Wider Erwarten kam kein Protest seitens des Freundes, sondern er ging über diese Bemerkung hinweg. Stattdessen überlegte er laut: „Wenn man nun in diesem Falle einfach Hexlein anruft und ihr die freudige Nachricht übermittelt. Schließlich kam es doch ursprünglich gar nicht so sehr auf den Wettstreit an, sondern darauf, dass ihr euch endlich näher kommt."

„Hm!", machte Hacki und blickte eine Weile angespannt vor sich hin. „Die Idee ist gut. Wenn wir das Passwort haben, rufen wir sie an und lassen die kleine Welle gemeinsam abrauschen. Bestimmt ist sie auch bereits kurz vor dem Ziel, und zusammen macht das viel mehr Spaß!"

Plasma verdrehte zwar die Augen, aber das sah Hacki gerade nicht …

XIII

Zwischen dem Grundstück von Hackis Vater und der Gersdorfer Burg gab es verschiedene Wegeverbindungen, alle waren aber mehrere Kilometer lang. Man konnte eine Strecke durch die Stadt Quedlinburg wählen, aber auch nur durch die freie Feldflur radeln. An diesem Vorabend war Plasma nach Feldflur. Nicht übermäßig schnell fuhr er zwischen bereits abgeernteten Getreidefeldern auf geschotterten Feldstraßen für immer größer werdende Landmaschinen. Rechts und links standen abgegessene Kirschbäume, die man traditionell stehen ließ, aber nicht mehr offiziell aberntete. Im Supermarkt gab es Kirschen aus der Türkei zu kaufen, und nur romantische Menschen fuhren hinaus in die Felder, um sich die Bäuche vollzustopfen. Und natürlich die Vögel, die ebenso Freudenfeste feierten. Doch jetzt im August war diese Zeit schon vorbei.

Zur Rechten sah Plasma in einiger Entfernung den Höhenzug des Harzes, der hier als Pultscholle aus der Norddeutschen Tiefebene sprang, zur Linken und wesentlich näher erstreckte sich die Schichttrippe des Seweckenberges in Parallelformation. Man hatte ihm erzählt, dass vieles hier nach den alten Göttern benannt war, zum Beispiel nach Siwecko oder Sibiko, dem Göttervater Odin. Der Weg, der dort hinaufführte, hieß Hellweg nach Hel, der Göttin der Unterwelt, die in den Märchen als Frau Holle wiederkehrte, die das Leichentuch des Schnees über Feld und Flur ausbreitete und deren Reich die Hölle war, im Angelsächsischen immer noch Hell benannt.

Am Fuße dieses Höhenzuges lag die Gersdorfer Burg, ein altes landwirtschaftliches Refugium mit einem verwilderten Park.

Darin ragte weithin sichtbar der achteckige Bergfried empor, ein Wehrturm, erbaut von Markgraf Gero. Nach diesem Fürsten soll die Stadt Gernrode benannt sein. Markgraf Gero war auch eine dieser machtgierigen Killerseelen. Irgendwann lud er alle Slawenfürsten zu einem Gastmahl an die Elbe ein und ließ sie dann dort niedermetzeln.

Plasma interessierte sich sehr für derartige Zusammenhänge, viel mehr als für die Computerei, die für ihn mehr ein Mittel zum Zweck war, auch wenn er sich immer wieder von Hacki zu spannenden Spielchen verführen ließ. Heute hatte er damit allerdings ein besonderes Problem. Er rang mit sich. Er hatte Angst vor dem Herausfinden des Passwortes, das hatte Hacki vollkommen richtig bemerkt. Bloß, dessen Sprüche konnten ihm diese Angst nicht nehmen. Er mochte sich gar nicht vorstellen, was passieren würde, wenn eine außer Kontrolle geratene Flut ganze Ortschaften in Mitleidenschaft zöge. Inzwischen wusste er auch, dass selbst das maximale Öffnen der Tore längst nicht so schlimm wäre wie der Bruch einer Staumauer, aber trotzdem würde es reichen …

Die Tage wurden schon wieder merklich kürzer, und die Sonne ging bereits unter, als er die Gersdorfer Burg erreichte. Seine Mutter und er wohnten hier seit ihrer Scheidung, auch unter dem neuen Besitzer. Was sie eigentlich bewegt hatte, in diese Einöde zu ziehen, war ihm unklar. Der Weg nach Quedlinburg betrug vier Kilometer, noch weiter als es Hacki bis in die Stadt |87 hatte. Im Sommer machte es Spaß, aber im Winter war das schrecklich. Seine Mutter und er wohnten direkt in „der Burg", während vorn an der Straße zwei Neubaublöcke aus alten Zeiten standen, in denen ebenfalls noch gewohnt wurde.

Er fuhr auf den Hof, stellte das Fahrrad unter und stieg in dem alten Treppenhaus nach oben. Die Wohnung war gar nicht so übel, und so viel Miete bezahlten sie dafür auch nicht, aber alles andere war irgendwie bescheuert …

„Hallo, Paule!", begrüßte ihn seine Mutter. „Warst du bei Hacki? Gibt es was Neues? Hast du Hunger?"

Er merkte gleich, dass sie irgendwie aufgedreht war. „Was gibt es denn? Es riecht so gut."

„Gulaschsuppe!" Und schon stellte sie ihm einen Teller unter die Nase. So was hatte es fast noch nie gegeben. Was war denn nur los? Er hatte ziemlichen Hunger, war aber immer noch bedrückt. Das bemerkte die Mutter natürlich sehr schnell und begann zu bohren: „Du siehst so nachdenklich aus. Was ist denn passiert?" Er wackelte nur mit dem Kopf und aß schweigend Gulaschsuppe. „Habt ihr etwa wieder mit dem Talsperren-System herum gemacht?", kam sie sofort zur Sache.

„Hacki weiß übermorgen das Passwort", kam es aus ihm heraus, ohne dass er es eigentlich wollte.

„Wie?", rief die Mutter aufgeregt. „Er hat es geschafft? Das gibt's doch gar nicht!"

„Doch, doch!", murmelte Paul und aß schweigend weiter. „Ein bisschen Sorgen mache ich mir da auch, aber er meint, dass nichts passiert. Wir wollen uns auch mit Hexlein treffen, und dann hat der Spuk ein Ende."

„Hat dieses Hexlein den Code etwa auch geknackt?", fragte die Mutter empört. „Sag mal, spinnt ihr alle? Muss ich euch etwa doch noch anzeigen? Erspare mir das bitte, mein Sohn!"

„Lass es einfach! Es wird nichts passieren! Ich verspreche es und werde dafür sorgen", sprach Paul. „Außerdem ist Hacki auch nicht so blöd, dass er uns hinter Gitter bringt. Wir treffen uns übermorgen mit Hexlein und sagen: 'Schau, hier haben wir das Passwort.' Und dann können sich die beiden amüsieren."

„Und du machst Nase!", schimpfte die Mutter. „Ach, Paule!"

„Hacki ist eben mein Freund", knurrte er. „Ich hätte es dir einfach nicht sagen sollen. Aber ich habe nun mal Vertrauen zu dir."

88 | Die Mutter wollte noch etwas erwidern, aber in diesem Augenblick war ein leises Geräusch hinter der Küchentür, die gleichzeitig ins Treppenhaus führte, zu vernehmen. Dann klopfte es leise an der Tür. „Ich erwarte nämlich heute noch einen Besucher", flüsterte sie hastig, dann rief sie mit heller Stimme: „Herein!"

XIV

Heinrich Seidler hatte noch eine halbe Stunde mit Martina im „Frieda K." gesessen. Beim Aufbruch wollte er sie begleiten, denn sie hatte ihm bereits erzählt, dass sie auf der Gersdorfer Burg wohnt, aber die Frau musste noch irgendeinen Weg erledigen. Sie vertröstete ihn allerdings mit dem lukrativen Angebot, am Abend ein Süppchen für ihn zu kochen, falls er dann noch Lust hätte, sie zu besuchen. Freudig hatte er zugesagt und sich von ihr verabschiedet.

Wieder zu Hause, verzog er sich in seine Bibliothek, ließ sich in einen großen Ohrensessel fallen und dachte nach. Das konnte er in diesem, seinem Lieblingsstück, das er einst einer alten Oma abgeschwatzt hatte, am besten. Er hatte es also geschafft, die Bekanntschaft von Martina Escher zu machen. Aber ihm war klar, dass diese Frau nicht dumm war und möglicherweise schnell bemerkte, wenn er sie nur an der Nase herumführte und für seine Ziele missbrauchte. Bei dem Sohn war noch mehr Vorsicht angebracht. Der strahlte ihm gegenüber Verschlossenheit, wenn nicht gar Antipathie aus. Eine Fülle fast unlösbarer Aufgaben lag vor ihm. Auf jeden Fall musste er das Passwort haben. Wenn dieser Junge und sein Freund Hacki tatsächlich das Talsperren-System knackten, musste alles Schlag auf Schlag gehen. Dazu benötigte er aber mindestens die Passwörter der Computer der beiden Freunde. Wie sollte er aber da herankommen? Auch über die Mutter, vielleicht kannte die ja den Zugang zum Computer ihres Sohnes? Scheiße! Die Frau hatte auf seine vorsichtigen Fragen zu den Aktivitäten ihres Pauls keine erhellenden Antworten gegeben, so als erachte sie ihn dafür nicht für zuständig. Diesem Richter hatte sie sich doch bereitwillig anvertraut. Gab es noch einen anderen, einen besseren Vertrauten? Oder glaubte sie selbst nicht mehr an das Spiel der Burschen?

Endlich wurde es Abend. Eine genaue Zeit hatten sie nicht verabredet. Deshalb wollte er seinen Besuch in der Dämmerung absolvieren. Im letzten Moment dachte er daran, eine gute Flasche toskanischen Villa Antinori aus dem gepflegten Weinkeller zu holen. Dann setzte er sich endlich auf das rotsilberne Fahrrad und fuhr in Richtung Gersdorfer Burg. Den Weg hatte sie ihm beschrieben.

So recht in Stimmung war er nicht. Irgendetwas an dieser Frau ließ ihn Abstand halten. Sie war zweifellos eine schöne Frau, aber ganz sicher nicht sein Typ. Heinrich stand eher auf dürre, zickige Intellektuelle, die mit ihm in philosophischen Spielchen rund um moderne Kultur und Entertainment schwelgten. So etwa war auch seine intimste Freundin gestrickt, die ihn alle paar Wochen besuchte. Martina war da eher fraulich, üppiger und erdnah. Sie besaß einen derberen Humor und war mehr auf Natur und Handfestes eingestellt, für einen trendy Schlagabtausch schien sie überhaupt nichts übrigzuhaben.

In derartigen Gedanken hätte er beinahe den Radfahrer übersehen, der gerade durch die Felder hastete, etwa einhundertfünfzig Meter von ihm entfernt. Das war ja ein Ding! Wenn er sich nicht sehr täuschte, war das Paul. In einem ersten Impuls beschloss er, sich ihm anzuschließen und ihn in ein Gespräch zu verwickeln. Ganz gewiss kam er gerade von seinem Freund Hacki. Im zweiten Denkansatz jedoch sagte sich Heinrich, dass das diesen ohnehin in sich gekehrten Burschen unnötig misstrauisch gegen ihn machen könnte. Vielleicht erreichte er mehr, wenn er ihm unerkannt folgte und der Dinge harrte, die das Schicksal für ihn bereithielt. Also tauchte er blitzschnell hinter einem kleinen Gebüsch ab und ließ den anderen ziehen. Der Sohn erreichte denn auch gleich darauf die geteerte Straße zwischen Quedlinburg und der Gersdorfer Burg und fuhr in schnellem Tempo nach Hause.

Heinrich radelte gelassen hinterher. Vielleicht war er gerade einem glücklichen Zufall begegnet. Martina hatte ihm den Weg zu sich ziemlich detailliert beschrieben. Zuerst kamen zwei Neubaublöcke, dann sah er den Park mit dem Burgfried von Markgraf Gero, davor bog er nach links, kam an ein landwirtschaftliches Gebäude, das er umrunden musste, um von hinten den Hauseingang zu erreichen.

Vorsichtig schielte er um die Hausecke. Paul war schon weg. Auch sein Fahrrad war verschwunden. Heinrich rückte langsam nach und stellte sein Rad an die Wand. Schnell schritt er zur Haustür. Prima, sie war unverschlossen. In seinem mitgeführten Ledertäschchen, in dem auch die Flasche Wein verstaut war, führte er immer eine kleine Taschenlampe mit. Die schaltete er nun ein und sah sich kurz im Treppenhaus um. Dort gab es nicht viel zu sehen, außer einer Treppe, die nach oben führte, und Pauls Fahrrad, das ein Stück weit nach hinten geschoben war.

Mit den leichten Fahrradschuhen stieg Heinrich diese Treppe hinauf. Ein wenig bemühte er sich darum, nicht gehört zu werden. Einmal zuckte er zusammen, als eine Stufe knarrte. Genau wusste er nicht, was ihn erwarten würde, aber irgendwie war er auf diesem Trip darauf getrimmt, sich sehr zurückhaltend zu bewegen. So erreichte er denn auch geschwind eine geschlossene Tür, hinter der er Geräusche vernahm. Er erwog bereits anzuklopfen, als im Inneren Stimmen erklangen. Heinrich näherte das linke Ohr dem Türbrett, ohne es zu berühren. Oh, Jesses, sie sprachen tatsächlich über das Hacken des Talsperren-Systems. Er strengte sich aufs Äußerste an, alles zu verstehen. – Und er verstand alles!! Das war unglaublich! Er wusste nun eigentlich genauso viel wie die Mutter und könnte umkehren. Nur kannten sie alle noch nicht das magische Passwort, und wo sich dieser Hacki mit jenem dubiosen Hexlein treffen würde, erst recht nicht. Heinrich durfte nichts davon vergessen oder durcheinanderbringen!

Als er fühlte, dass das Gespräch zu Ende war, huschte er schnell ein Stück die Treppe hinab, gleich darauf stieg er wieder empor, wobei er es diesmal extra knarren ließ und klopfte an die Wohnungstür. „Herein!", tönte Martinas Stimme von innen. Heinrich öffnete die Tür und stand betont schüchtern in der entstandenen Öffnung. Dann sagte er: „Guten Abend! Da bin ich. Du hast mich ja eingeladen, oder ...?"

„Ja, natürlich habe ich dich eingeladen", rief Martina lustig. „Komm rein! Ich habe sogar eine Suppe gekocht."

Er trat ein Stück auf sie zu, verdrehte den Kopf nach oben und raunte genießerisch: „Oh, das riecht aber wirklich ganz fantastisch!" Dann hatte er sie erreicht. Sie umarmten sich, und er gab ihr einen Kuss auf die hingereichte Wange, aber sie küsste nicht zurück. Natürlich hatte er sofort gemerkt, dass ihr Sohn mit im Raum war. Aber der winkte ihm nur zu und sagte zu seiner Mutter: „Ich gehe dann mal in mein Zimmer." Damit stand für Heinrich ziemlich zweifelsfrei fest, dass er von diesem Spross nicht viel Kooperation zu erwarten hatte.

Auch Martina schien dieses Verhalten ihres Sohnes registriert zu haben, aber sie ließ darüber keine Bemerkung fallen. Vielmehr führte sie ihn ins Wohnzimmer, das zum Glück auf der anderen Seite lag und trug ein Töpfchen mit duftender Suppe hinter ihm her. Dann stellte sie zwei Porzellanteller auf den Tisch, brachte Brotscheiben und zwei Weingläser, dies alles in hausfraulicher Selbstverständlichkeit. Heinrich hätte fast vergessen, seine Flasche Wein zu überreichen, so perplex machte ihn ihr Verhalten.

„Übrigens habe ich eine Flasche Wein mitgebracht", fand er endlich die Sprache wieder. „Hast du einen Öffner?"

„Er liegt vor dir", erwiderte sie trocken und lächelte ihn an. Sie schien eine sehr tatkräftige Person zu sein. Und hübsch war sie außerdem, das meiste an ihr sah dunkel aus, die Kleidung, die Augen, die Haare und selbst die Haut war stark gebräunt. Sie war kein bisschen mollig, sondern eher kräftig, als hätte sie die meiste Zeit ihres Lebens in der Landwirtschaft gearbeitet.

Heinrich beeilte sich, die Flasche zu öffnen. Das konnte er ausgezeichnet. Er goss ein. Sie hatte inzwischen Gulaschsuppe auf die Teller verteilt und bot in einem Körbchen Brot an. Dann saßen sie sich gegenüber. Heinrich hob das Glas und intonierte mit fast feierlichem Gesicht: „Auf dein Wohl, liebe Martina! Vielen Dank für die Einladung. Ich hoffe, dass er dir schmeckt."

Martina funkelte ihn aus dunklen Augen an, nickte ein wenig mit dem Kopf und trank einen winzigen Schluck: „Oh ja! Der schmeckt mir gut! Nun koste aber mal meine Suppe!"

Gehorsam löffelte er ein Portiönchen, dann sagte er brav, allerdings ohne sich verstellen zu müssen: „Ausgezeichnet! Diese Suppe ist wirklich ausgezeichnet!"

Während und nach dem Essen unterhielten sie sich über die außergewöhnliche Wohnlage. Er erkundigte sich danach, wie denn ihr Sohn damit zurecht käme, weil er ja jeden Morgen zur Schule müsse. Heinrich sah die Zeit rasend schnell fließen, musste aber noch mehr erfahren, als er hinter der Tür erlauscht hatte. Er kam auf die Computerei zu sprechen, fand aber einfach keinen Einstieg in das Talsperren-Thema. Er hatte ja hinter der Tür mitbekommen, dass Mutter und Sohn damit große Probleme hatten. Die Frau reichte ihm auch nicht den kleinsten Finger hinsichtlich ihrer Sorgen, und selber damit anzufangen, hielt er für zu verräterisch. Wie er sie inzwischen einschätzte, hätte sie sofort Lunte gerochen. Offenbar wollte sie ihren Sohn schützen, und er schien der Letzte zu sein, den sie um Hilfe bitten wollte. Deshalb wurde ihm der Besuch in zunehmendem Maße lästig, und er begann, das Verabschiedungsritual einzuleiten, schließlich musste er noch eine ziemlich weite Strecke im Dunkeln mit dem Fahrrad fahren.

Sie sah ihn noch einmal mit ihren dunklen Augen an und gab ihm zum Abschied sogar einen leichten Kuss auf den Mund. Er umspannte dabei mit Hand und Unterarm ihren Körper, aber in Wirklichkeit dachte er an die dünnen, blauäugigen, esoterischen Frauen aus den Diskutierclubs in Hamburg, die im wesentlich näher standen als bodenständige Bauersfrauen.

Kurz darauf radelte er im Funzellicht seiner Fahrradlampe in Richtung Quedlinburg und war relativ unzufrieden. Eigentlich hatte er ja viel mehr erreicht, als er sich hätte träumen lassen: Die Jungen würden übermorgen das Passwort des Talsperren-Systems haben, sie würden sich mit einem gewissen Hexlein treffen, und die Mutter war zumindest gut informiert. Aber wie brachte ihn das seinem Ziel näher? Wer war Hexlein? Wo traf man sich? Wieso wussten sie plötzlich das Passwort? Wie konnte er nur an weitere Informationen aus dieser ihm völlig fremden Personengruppe gelangen?

Zu Hause angekommen, ließ er sich in den Ohrensessel fallen und aktivierte seinen Computer. Dann suchte er an der entsprechenden Stelle nach Hexlein. Zuerst wurde er nicht fündig, bis er endlich mitkriegte, dass es Hexenline heißen musste. Auf dieser Seite wurde er mit einem Haufen von Informationen überschüttet, die ihn allerdings samt und sonderst nicht interessierten. Kinderkram! Nur das Mädchen, das konnte er zuordnen. Sie stammte aus einer reichen Quedlinburger Medizinerfamilie und war zweifellos ein computertechnisches Ass. Die war also ebenfalls in den Fall verstrickt! Das war ja hochinteressant! Was konnte er daraus machen?

Heinrich lehnte sich nachdenklich im Ohrensessel zurück …

XV

Irenäus Moll saß an seinem Gartentisch. Die Abendsonne warf bereits lange Schatten über den Platz vor seinem Häuschen, aber die Luft war noch angenehm mild. Er war nicht allein. An der gegenüberliegenden Tischseite hatte sein Freund Karl Wabenmond Platz genommen. Er war der Förster dieses Waldes oder besser gesagt, der Hüter sämtlicher forstlicher und parkähnlicher Liegenschaften der Stadt Quedlinburg. Sein Forsthaus stand |93 unweit im Eselstall-Forst, und die beiden Männer besuchten sich gegenseitig sehr oft und hatten viele gemeinsame Abenteuer erlebt. Karl Wabenmond stammte aus Mecklenburg, von dorther, wo die Elbe den früheren Eisernen Vorhang querte. Als echtes Nordlicht besaß er lockige, blonde Haare und einen hellen Teint. Neben ihm, schon wesentlich gebräunter, saß seine Alpenländische Dachsbracke Birka, die stets und ständig an seiner Seite lief. Sie verstand sich mit Titus gut, momentan allerdings rückte der Schwarze den abendlichen Sonnenflecken nach, um sich zu wärmen, denn es ließ sich nicht mehr verheimlichen, dass er für ein Hundeleben bereits ein sehr alter Herr war.

Die beiden Männer waren gerade am Ende eines ziemlich grauenvollen Themas angekommen. Jeder hatte eine Flasche Harzer Pils getrunken, einer neuen Biersorte in Schnappverschlussflaschen, die ausgesprochen frisch schmeckte und das Potenzial besaß, renommiertere Marken im Kampf ums Dasein hinter sich zu lassen. Ihr Gesprächsthema drehte sich um ein besonders ekelhaftes Thema, das sie dazu veranlasste, jeweils eine weitere Flasche zu öffnen. Es ging um Glyphosate, das sind chemische Verbindungen, die in den letzten Jahren in großen Mengen in unsere Umwelt eindrangen. Glyphosate werden voraussichtlich im 21. Jahrhundert die Rolle spielen, die das Gift DDT im vorigen Jahrhundert einnahm. Wie ein Blick in ein altes Gartenbuch für jedermanns Kleingarten leicht zeigt, wurde die Chemikalie 4,4'-Dichlordiphenyltrichlorethan als wirksames Kontaktgift gegen Insekten nicht nur empfohlen, sondern geradezu als Allheilmittel gepriesen. Man sprühte damit um sich, als handele es sich um Haarspray, bis man dann plötzlich feststellte, dass die Eier von Vögeln so hauchdünne Schalen besaßen, dass sie von ihren Elterntieren zertreten wurden, und dass DDT in Robbenfett, im Sonntagsschnitzel und in der Muttermilch in hohen Dosen enthalten war. Nach einer Übergangsperiode, während der die Ewiggestrigen die Vorteile des Stoffes verteidigten, wurde DDT rigoros vom überwiegenden Teil der Weltgemeinschaft geächtet. Die sogenannten epigenetischen Folgeschäden schleppen sich bis heute durch die Generationen.

Da die Menschheit nun weitgehend unbelehrbar ist, jubelt sie momentan eine neue Variante agrochemischen Desasters in den Himmel. Diese Chemikalie wirkt wundermäßig gegen zweikeimblättrige Unkräuter. Seit Jahren wird sie in der Land- und Forstwirtschaft flächendeckend eingesetzt. Nicht nur Unkräuter werden gejagt, sondern auch viele Nutzpflanzen wie Bohnen, Erbsen oder Kartoffeln vor der Ernte tot gespritzt, um störendes Blattwerk zu beseitigen. Vor und nach dem Pflügen wird es auf die Felder gesprüht, um sie so rein wie Mutters Küchentisch zu halten. Die Bahn sprüht es auf den Schienenstrang, damit er nicht verunkrautet und jede Straßenkehrmaschine sondert es ab, um lästiges Grün zwischen den Pflastersteinen zu beseitigen. Natürlich wird es auch von unzähligen Gartenbesitzern genutzt, die nicht mehr jäten wollen. Es gibt bis jetzt wohl nur wenige Pflanzen, die gegen dieses Gift resistent sind, gentechnisch verändertes Getreide, Soja und Mais. Eine genveränderte Variante für die Bioenergiegewinnung von Monsanto lässt das Herbizid von sich abtropfen – alles stirbt, nur der Mais kommt prächtig.

Wer etwas pfiffig ist, kann sich nun auch schon denken, woher das Glyphosat stammt – von Monsanto. Es gehört wahrscheinlich zu den Jahrhundert-Geschäften der Chemischen Industrie. Das Problem besteht nur darin, dass man diesen Stoff inzwischen ebenfalls bereits vom Robbenbaby bis zur Muttermilch nachweisen kann – und dass die WHO ihn als zumindest potenziell Krebs usw. erregend eingestuft hat.

Diese Chemikalie werden viele Leute unter ihrer wissenschaftlichen Bezeichnung nicht kennen, aber fast jeder hat sie unter ihrem fast lustig-sportlichen Namen bereits verwendet: Round Up! Natürlich gibt es auch jetzt wieder einen Aufschrei der Ewiggestrigen, insbesondere aus dem Heimatland von Round Up, aber es lässt sich das Debakel heute wohl viel weniger leugnen als damals bei DDT. Und was sollen wir denn dann nehmen? Karl und Irenäus wussten es nicht ...

Gerade als sie an diesem Punkt angelangt waren, klingelte das Telefon. Irenäus ging ins Haus. Es war Rita. Sie erzählte ihm, dass sie an diesem Tage doch noch mit einem Zeichner zur ZAST gefahren war und die beiden Jungen ihr das Gesicht des Brunnenvergifters beschrieben hätten. Es erschiene ihr übrigens sehr bekannt, aber sie käme nicht drauf. Morgen würde sie es sich mit Irenäus anschauen, aber in dieser Nacht bliebe sie zu Hause und schliefe zusammen mit Otto im eigenen Bett.

Dadurch wurden die beiden Freunde in ein neues Thema geworfen, so dass Irenäus vergaß, dem Förster vom Anschlag auf das Talsperren-System zu berichten. Erst als es bereits dunkel geworden war, fiel ihm das wieder ein. Aber da war Karl Wabenmond schon mit seinem kleinen grünen Toyota-Jeep im Waldesdunkel untergetaucht. Leise vor sich hin unkend, kehrte Irenäus in seine Küche zurück. Im Freien war es inzwischen merklich kühler geworden, und Fledermäuse flatterten über den Hof.

Irenäus dachte zum wiederholten Mal über seine Begegnung mit Hacki und seinem Vater nach. Wie die beiden lebten, gab wirklich den Stoff für einen Computer-Thriller ab. Eine Chaotenfamilie übernimmt die sensibelsten Higt Tech-Systeme der modernen Spaßgesellschaft. Das war doch was! Auch dem Schwarzen Pferd würde er gern von dieser Begegnung berichten. Aber der heutige Zusammenstoß mit Heinrich Seidler berührte ihn unangenehm. Unschlüssig saß er in der lichtlosen Küche, bis es draußen stockfinster geworden war.

Plötzlich klingelte das Telefon.

Irenäus, der kurz eingenickt war, schreckte empor. Fast wäre er vom Stuhl gestürzt, da sein Bein eingeschlafen war und er überhaupt nichts mehr sah. Mühsam erreichte er den Lichtschalter und griff beim allerletzten Klingelton den Telefonhörer.

„Irenäus Moll!", meldete er sich mit verschlafener Stimme und unterdrückte ein Gähnen. Der rote Telefonapparat, den er von seiner Erbtante übernommen hatte und der natürlich analog war, besaß keine digitale Anzeige. Wer mochte ihn also um diese Zeit anrufen?

„Hallo!", meldete sich eine verhaltene weibliche Stimme. „Hier ist Martina. Störe ich gerade?"

Irenäus' Aufnahmefähigkeit schaltete sofort um mehrere Stufen nach oben. Erfreut rief er in die Muschel: „Nein! Überhaupt nicht! Ich habe gerade an dich gedacht, weil ich nämlich neue Informationen habe."

„Ach so?" Ihre Stimme wurde ein wenig argwöhnisch. „Ich habe auch neue Informationen. Nur war ich bis jetzt verhindert, dich anzurufen."

Irenäus warf einen schnellen Blick zur Uhr. Bis Mitternacht war es keine Stunde mehr. Trotzdem verspürte er auf einmal große Lust, diese Frau zu sehen. Ehe sie weiterreden konnte, fragte er ganz direkt: „Soll ich kommen?" Am anderen Ende entstand eine kurze Pause, dann hörte er wieder ihre Stimme: „... wenn du willst!"

„Dann bis gleich!", sagte er und legte auf, bevor sie es sich anders überlegen konnte.

Titus lag bereits auf seinem Lager und öffnete nur halbherzig ein Auge, als sein Herrchen beschwingt das Haus verließ.

Etwa zwanzig Minuten später parkte er vor dem Eingang zum Hof der Gersdorfer Burg. Er kannte sich hier aus und wusste, dass es auch einen Besitzer gab, dem ein größerer Anteil der umgebenden Ländereien gehörte und der mit Argusaugen darüber wachte, wer in seiner Feldflur welche Aktivitäten vollführte. Irenäus ging zum im Hofe gelegenen Hauseingang und stieg die Treppe empor, bis er vor einer Wohnungstür stand. Diese Tür wurde just in diesem Moment aufgerissen, und ein sehr erfreutes Schwarzes Pferd stand vor der Lichtquelle des Raumes, so dass sein Gesicht komplett dunkel wirkte. Die Mähne flatterte, und er fühlte sich kräftig umarmt. Den Mund musste er nicht erst suchen, denn volle, heiße Lippen pressten sich bereits auf den seinen, wenn auch nur für einen überschwänglichen Augenblick. Impulsiv schnellte seine Zunge nach vorn und löste in ihr einen wohligen Seufzer: „Irenäus, nicht so stürmisch!"

„Ja, Entschuldigung!", kicherte er. „Deine Lippen kamen mir gerade so vertrauensvoll entgegengehüpft."

Martina musste auch lachen, trat aber einen Schritt zurück, damit er erst einmal mitten im Raum stand. Dann blickte sie ihn schelmisch an, und die schwarzem Augen blitzten verführerisch. 'Oh, sie ist ja gut drauf', dachte Irenäus. Er streckte die Arme aus, um sie sofort wieder zu ergreifen. Aber diesmal wich die Frau aus und sagte: „Irenäus! Ich freue mich zwar über deinen Besuch wesentlich mehr als über den vorigen, trotzdem möchte ich mich aber mit dir unterhalten. Du bist nicht zum Schmusen hier!" Sie kicherte.

„Schade eigentlich!", meinte er. „Ich habe in letzter Zeit oft an dich gedacht."

„Komm erst mal in mein Zimmer", erwiderte sie und nahm zwei Gläser aus dem Schrank. Dann ging sie vor ihm her durch eine der abzweigenden Türen. „Mein Sohn schläft hier nebenan und will nicht gestört werden."

Nein, das muss nicht sein, dachte Irenäus belustigt. Bis jetzt versprach es, ein schöner Abend zu werden. Zwar plagte ihn untergründig stets wegen Rita das schlechte Gewissen, wenn ihm eine andere Frau eine Offerte machte oder wenn ihn die Lust überfiel. Er war auch bereits in einem Alter, wo er sich nicht mehr mit dem Endsechziger-Slogan herausreden konnte: Wer zweimal mit dergleichen pennt, gehört schon zum Establishment. Trotzdem … hatte ihm nicht das Schwarze Pferd erzählt, ihr Sohn hätte seinen Spitznamen erhalten, weil wir alle nur Protoplasma sind? Und der hatte es endlich auf den Punkt gebracht …!

Ein Blick auf eine schöne alte Wanduhr belehrte ihn, dass es bereits eine halbe Stunde vor Mitternacht war. Martina räumte unbekümmert zwei Weinneigen und eine fast leere Flasche zur Seite, rückte ein Deckchen gerade und stellte die frischen Gläser aufs Tischbrett. Dabei murmelte sie: „Ich hatte heute bereits einen abendlichen Gast. Jetzt aber bist du hier. Ich glaube, das wird mir besser gefallen."

„Lass mich raten!", fiel ihr Irenäus schnell in die Rede.

Abrupt schaute sie ihn an: „Das kannst du gar nicht erraten! Es geht einfach nicht!" Sie stützte sich mit beiden Armen auf die Platte und war mit dem Oberkörper in seine Richtung gebeugt.

„Vergiss nicht, dass ich Privatdetektiv bin." Er ließ eine winzige Kunstpause. „Es war Heinrich Seidler!"

Martina machte eine Vorwärtsbewegung, als wolle sie ihn beißen und sagte laut: „Nein! Das kann nicht sein! Du überwachst mich, du Mistkerl! Das hätte ich nicht gedacht!" Sie richtete sich auf und blickte ihn wütend und traurig an.

Er hob ernst den Zeigefinger und sprach: „Denk an deinen Sohn! Nein, ich überwache dich nicht, aber ich wollte dich heute auf eine kleine Wanderung einladen. Vor dem Amtsgericht. Und da wurde ich Zeuge, deines lustigen Fahrrad-Unfalls. Ich sah, wie ihr euch versöhntet und beschwingt von dannen radeltet. Da habe ich meinen Ausflug alleine gemacht. Was liegt nun näher, als dass er heute Abend hier war?"

„Hm", machte sie, „so nahe liegt es nun auch wieder nicht. Aber ich muss zugeben, dass du richtig geraten hast."

Irenäus hatte über den Tisch hinweg ihre Hand ergriffen, und sie lächelte versöhnlich. Dann fragte sie: „Sehr schade, wohin sollte die Wanderung denn gehen?"

„Zu Hackis Vater und seinem Sohn", berichtete er. Und dann erzählte er erst mal in groben Zügen von seinem Erlebnis. „Hacki ist zweifellos ein außergewöhnlicher Mensch, und deshalb lässt er sich auch überhaupt nicht in die Karten gucken."

„Gott sei Dank, dass ich nicht dabei war," seufzte sie und schenkte die Gläser voll Wein. Irenäus hatte inzwischen die Flasche geöffnet. „Die kennen mich doch gut. Das wäre es ja noch gewesen!" Sie schüttelte den Kopf. „Dann hätte Hacki sofort Bescheid gewusst und seine Freundschaft mit Paule gekündigt. Irenäus! Du hast es hier mit erwachsenen Menschen zu tun, die gerade ein sehr großes Experiment planen, und nicht mit kleinen Kindern. Ich glaube, du musst da mal in deinem Kopf etwas korrigieren!"

„Ein sehr großes Experiment", brummte Irenäus vor sich hin. „Na ja, so kann man's auch sehen. Aber nun berichte doch mal von deinen neuen Erkenntnissen!"

Martina sagte ihm ohne Umschweife, dass Hacki in zwei Tagen das Passwort des Rappbode-Systems kennen wird, dass sie aber nicht weiß, wie er es herausbekommt. Außerdem erwähnte sie Hexlein, die in diese Angelegenheit involviert ist und was es sonst noch mit dieser Person auf sich hat.

„Ein Wettstreit zweier Liebenden, die nicht zueinanderfinden!", rief er begeistert und prostete ihr zu. „Na, das gibt doch der Geschichte eine ganz neue Dimension!"

„Ich finde es nicht so toll", murrte sie und prostete zurück. „Mein Sohn macht dabei Nase!"

„Ach wo! Fast jeder junge Mann hat einen besten Freund, mit dem er sich auch die Liebschaften teilt", versuchte sie Irenäus zu beruhigen, vermied es aber zu bemerken, dass nun einmal Hacki eine besonders herausragende Persönlichkeit darstellt. „Was mich wesentlich mehr beunruhigt, ist die Annäherung von Heinrich Seidler. Ist er dein neuer Freund?"

„Nein, ist er nicht. Aber warum beunruhigt es dich?", fragte das Schwarze Pferd und angelte nun seinerseits nach seiner Hand.

Er überließ sie ihr gern: „Ich habe den sogenannten Unfall als unabhängiger Zuschauer gesehen. Er war hundertprozentig gestellt. Der Mann wollte nur deine Bekanntschaft machen."

„Nur …! Was soll denn das heißen?", fragte sie halblustig.

„Ich kenne diesen Mann einigermaßen", erklärte er eindringlich. „Dieser inszenierte Fahrrad-Unfall hatte einen rationalen Grund und ich ahne auch schon fast welchen. Über was habt ihr euch unterhalten, wenn es nicht um Persönliches ging?"

Martina dachte nach: „Über meine Arbeit. Computer-Kriminalität. Wie sich mein Sohn mit Computern auskennt … Du meinst …? Mir war auch so, als wolle er immer ein bestimmtes Thema anschneiden und getraute es sich nur nicht. Ich war ständig kurz davor, ihm das Problem mit Paule zu beichten … Meinst du etwa, er hat davon Wind bekommen? Wie sollte das möglich sein? Ich habe nur zwei Menschen davon erzählt: Dir und Richter Majorowski."

„Oh, Scheiße!", rief Irenäus so laut, dass die Frau vor Schreck seine Hand losließ. „Dass mir das nicht gleich eingefallen ist! Dieter Majorowski und Heinrich Seidler stehen doch ständig im Pub Nase und klatschen miteinander. Da können wir davon ausgehen, dass …! Und was für einen Betrieb hat Heinrich?"

Martina klimperte verwirrt mit den Augen und antwortete gehorsam: „Er ist Teilhaber in einer Saatzuchtfirma. Damit möchte er aber aufhören."

„Und wo befindet sich diese Firma?", erkundigte sich Irenäus resigniert.

„Das weiß ich nicht", sagte sie und schien schon ziemlich verwirrt.

Er sah das und wollte die Frau nicht weiter verrückt machen. Die Uhrzeit schritt mit rasender Geschwindigkeit voran. Auch hier gab es nicht mehr übermäßig viel Spielraum. Deshalb sagte er: „In Ordnung! Ich werde mich darum kümmern. Lass uns nur noch in Ruhe den Wein austrinken. Die allerletzte Frage lautet: 'Wie heißt nochmal das Mädchen, dass in dieser Sache mitmischt?"

„Sie wird Hexlein genannt", erklärte sie, „und stammt aus einer Quedlinburger Ärztefamilie. Ihre Webseite ist Hexenline. Eigentlich heißt sie Sybille und soll ebenfalls ein Computergenie sein."

„Na, das ist ja die richtige Frau für deinen Sohn", frotzelte Irenäus und schwenkte dann um. „Schenk nochmal ein bisschen Wein ein, bitte!"

Die Frau goss zuerst sich selber das Glas halbvoll, dann ging sie um den Tisch und stellte sich neben Irenäus. Ganz leicht legte sie die linke Hand auf seine Schulter und schenkte ihm mit der anderen ein. Er fühlte den Oberkörper an sich gelehnt. Sie trug ein schwarzes, ärmelloses T-Shirt und enge schwarze Hosen aus einem weichen Stoff. Sie besaß tatsächlich eine kräftige Figur, kein bisschen Fett, sondern eher muskulös wie ein Schwarzes Pferd. Derartige Körper kommen nur ausgesprochen selten vor. Langsam fragte er sich, warum diese Frau eigentlich allein lebte. War sie möglicherweise eine Lesbe und wusste es nur nicht?

Als sich ihre linke Brust weich auf seine Schulter senkte, waren die Skrupel bereits weitgehend vergessen. Klimpernd stießen sie an und tranken ein Schlückchen.

„Wir müssen herausbekommen, wo das Treffen zwischen den Jungs und Hexlein stattfindet", sagte Irenäus plötzlich. „Kriegen wir das in den Griff? Erst zu diesem Zeitpunkt können wir wissen, ob und wann es nötig wird einzuschreiten, einfach als zwei Menschen, nicht als Behörde!"

„Viel Zeit haben wir aber nicht mehr", antwortete Martina mit etwas verschwommener Stimme, „aber ich hoffe, das Paule es mir sagt."

„Und was Heinrich damit zu tun hat, das müssen wir auch noch wissen", bohrte Irenäus gnadenlos weiter.

„Vielleicht sollten wir uns darüber beim Frühstück unterhalten", sagte die Frau. „Oder willst du jetzt noch nach Hause fahren?"

„Wenn du mich so fragst – das Risiko wäre ziemlich groß nach dem Wein. Obwohl es soviel eigentlich auch nicht war", überlegte er. Dabei zog er sie ganz langsam an sich und schob sein Gesicht gegen ihr T-Shirt.

„Das stimmt auch wieder. Fahren könntest du noch", meinte sie mit besonders gelassener Stimme. Dabei legte sie jedoch mit leichtem Druck die linke Brust gegen seine Lippen. Sie traf genau mit der erigierten Brustwarze unter dem Shirt. Er wurde zunehmend erregt und berührte mit der Zunge den schwarzen Stoff.

„Könnte ich denn hier übernachten?", fragte er und schob das T-Shirt über der Hüfte aus der Hose und ein Stück nach oben. Ihre Haut war sehr samtig. Sanft fuhr seine Hand auf dem Rücken nach oben, bis seine Finger den Verschluss des BHs erreicht hatten, den er ohne Aufhebens öffnete. Wenige Sekunden später massierte er mit der Zunge ihre Nippel, erst rechts, dann links. Sie stöhnte. Er leckte ein wenig intensiver und blies dann mit seinem warmen Atem. Martina stieß einen ächzenden Laut aus. Die Brust war etwas füllig, aber nicht zu groß.

Dann schob sie ihn ein kleines Stück zurück und flüsterte: „Ich glaube, ich muss dir jetzt mein Bett zeigen."

Irenäus erhob sich vom Stuhl und stand nun vor ihr. Sie hing sofort mit den Lippen an seinem Mund. Während sich ihre Zungen umeinander schlangen, walkte er mit der Hand ihren prallen Arsch. Er öffnete den Bund der schwarzen Hose , die nach unten glitt und ihre Schenkel freigab. Sie strich verträumt über den Reißverschluss seiner Jeans. Dabei zog sie ihn langsam zu einer Tür. Dort war ihr Schlafzimmer. Peripher nahm er das große Bett wahr.

XVI

„Ich habe es Gregor erzählt", meinte Ron in völlig lapidarem Tonfall.

„Was hast du ihm erzählt?", fragte das Mädchen und legte den Thriller „Noah", der sich mit dem Überbevölkerungsproblem der Welt beschäftigte, zur Seite. Sie saß in ihrem Lieblingsliegestuhl neben dem Swimmingpool. Heute trug sie dunkelgrünes Hemdchen und Slip.

„Ich habe ihm von deinem Wettkampf mit Hacki erzählt", grinste Ron und nahm sich etwas von ihrer Sprite. „Er fand das genial."

„Das sollte doch keiner wissen!", sagte sie mit gekrauster Stirn. „Geht deine Geschichte wenigstens weiter?"

„Na, hör' mal!", lachte der Bruder. „Ich denke, wir wollen deinen Wettkampf gewinnen. Dann müssen wir uns langsam Gedanken machen. Ich glaube nicht, dass dein Hacki lange zögert."

„Er ist nicht mein Hacki …!", fuhr sie ihm in die Parade. Dabei schaute sie jedoch schon ein wenig verträumt. „Und habt ihr wenigstens eine kluge Idee?"

„Ich denke schon", meinte Ron, nun wieder ernst. „Der Vor-schlag stammt übrigens von Gregor. Er lädt uns heute auf ein Bier und eine Forelle ein, weil er noch eine Geburtstagsfeier offen hat. Es geht übrigens bald los. Wir werden auf der Schwim-menden Gaststätte Wendefurth tagen. Dort kann man die be-rühmten gastronomisch betreuten Floßfahrten unternehmen, und wir werden einen Special Guest begrüßen!"

„Das ist ja schräg!", knurrte Hexlein, die noch nicht über-zeugt war. „Ich meine, wir sind dann zwar direkt vor Ort – aber was soll das bringen?"

„Es wird viel bringen, wenn du es klug anstellst", erwiderte Ron und erhob sich. „Vor allem solltest du dich jetzt ganz schnell anziehen, sonst kommen wir zu spät. Und nimm irgendetwas zum Anziehen mit, aus dem du vielleicht mit deinem Smartphone heimlich filmen kannst!"

Kurze Zeit später fuhren sie auf einer kleinen Landstraße unter-halb des sogenannten Großvaterfelsens bei Blankenburg. Bruder und Schwester saßen in dem knallblauen Skoda Fabia, den die Eltern Ron fürs Studium geschenkt hatten, zwar second hand, aber sie war doch etwas neidisch darauf. Kurz vor der Einmün-dung in die Bundesstraße Nr. 81 passierten sie einen zweige-schossigen Zweckbau in DDR-Architektur.

„Hier steht das Objekt deiner Begierde", erklärte Ron gelas-sen und machte eine Kopfbewegung in Richtung Zweckbau.

„Wie jetzt?", fragte Hexlein und blickte verwirrt um sich. Dann fing sie gerade noch mit dem Blick die Tafel auf: Talsper-renbetrieb Sachsen-Anhalt. Sie drehte den Kopf bis zum Anschlag nach hinten. Dann waren sie vorbei, und ihr Bruder bog in Rich-tung Harz ab. Aufgeregt flüsterte sie: „Dort steht er?"

Ron nickte cool und nahm kurz darauf den langen Anlauf zur vorderen Wendefurther Steige in Angriff. Schwächere Autos mussten auf diesem Straßenteil schon manchmal bis in den zwei-ten Gang herunterschalten, denn man bewältigte hier frontal die Steile Kante der Harzer Pultscholle.

„Dann musst du mir nun endlich verraten, mit welchem Gast ich es heute zu tun haben werde!", forderte Sybille, die bereits eine Ahnung in sich aufsteigen fühlte. „Ich muss mich darauf men-tal vorbereiten können. Verstehst du? Und wir sind gleich da!"

„Na gut!", antwortete er und blickte sie kurz liebevoll an. „Eigentlich sollte es ja eine Überraschung werden, aber du hast

Recht. Der besondere Gast ist Gregors guter Bekannter, der Computer-Spezialist des Rappbode-Systems. Er heißt Wolfgang. Wenn es dir gelingt, dir seinen Rechner zeigen zu lassen, hast du eine echte Chance …"

„Oh, Mann, Ron! Das ist aber wirklich lieb von euch! Danke!", rief sie temperamentvoll. Innerlich dachte Hexlein: Oh, oh, oh, hoffentlich vermassele ich es nicht! Schweigend lehnte sie sich im Sitz zurück und schaute zuerst auf die steil ansteigende und danach auf die steil abfallende Straße. Dann waren sie in Wendefurth, das kein wirklicher Ort war, sondern nur eine Brücke über die Bode, eine große Forellen-Gaststätte und eine Forellen-Verkaufstelle. Gleich dahinter begann die zweite Wendefurther Steige. Aber die mussten sie nicht bezwingen, sondern sie bogen nach rechts in eine unscheinbare Straße neben der Bode.

Gleich darauf sah Hexlein zum ersten Mal die Wendefurther Talsperre in natura, und es erging ihr ähnlich dem Insterburgschen Bergsteiger aus der Biskaya,

der wollte besteigen den Himalaya,

doch als er in Lhasa,

das Ding dann von Nah sah,

sagte er leise: Au weiaya!

Als die alte graue Betonmauer so vor ihr aufragte, war das doch anders als auf den Bildern im Internet. Auf der einen Seite glänzte eine ziemlich gewaltige Wasseroberfläche, und auf der anderen rauschte ein wenig Wasser durch eine Betonrinne: Die Bode. Wie in einem inneren Film sah Sibylle, wie sich die Schleusen in der Mauer plötzlich weit öffneten und eine wilde, schauerlich starke Wasserflut in Richtung Bodetal schoss, um sich dort ohne Rücksicht auf Verluste ihren Weg zu bahnen.

„Du sollst es ja nicht tun!", raunte Ron neben ihr, der ihre Gedanken erraten hatte. „Es geht um einen theoretischen Wettkampf! Schaffen wir es, das Zauberwort zur Manipulation dieser Maschine herauszufinden oder nicht? Na, komm, Schwesterlein, wir essen Forelle!"

Ein Schild verwies sie zum Anlegesteg der Floßfahrten. Als sie dort ankamen, sagte Ron: „Oh!"

Sein Freund Gregor stand neben einem Mann, der gerade ein dickes Tau losmachte, und fuchtelte aufgeregt mit den Armen: „Kommt! Wir fahren gerade los!"

Sibylle blitzte ihren Bruder spitzbübisch an und beschleunigte die Gangart. Sie liefen über einen leicht schwankenden Steg und wurden von Gregor und einem anderen Typen auf das Floß gezogen. Der Mann mit dem Tau schien das nicht übel zu nehmen, vielmehr freute er sich wohl über die späten Mitfahrer.

Jetzt waren sie eigentlich startklar, aber da hastete noch ein schon etwas älterer Herr über die schwankende Pier. Sie hatten ihn bereits vorhin flüchtig gesehen, als er ein Stück neben ihnen mit einem größeren Kombi auf dem Parkplatz anhielt. Er warf ihnen einen kurzen Blick aus einem hageren Gesicht zu und blieb unschlüssig im Floß stehen.

Gregor und sein Freund Wolfgang hatten bereits einen günstigen Tisch belegt, an dem sich nun alle vier niederließen. Als endlich auch der hagere Nachzügler einen Platz in einiger Entfernung gefunden hatte, legte das Floß ab. Ein Motor trieb es hinaus auf den Stausee.

Hexlein fand das Floß sehr groß. Sie hatte sich etwas ganz anderes vorgestellt. Eine mindestens zehn mal zehn Meter große Plattform schwamm auf dem Wasser. Holzsäulen trugen ein ausladendes Dach, auf dem es eine Aussichtsplattform gab. Ringsum schützten Geländer vor dem Absturz ins Wasser. Im überdachten Raum standen Tische und Bänke, die an diesem Tag recht mäßig besetzt waren. Es gab eine Kajüte, die hauptsächlich als Küche und Speiseausgabe fungierte. Der Antrieb musste bedient werden und das Steuerruder. Langsam tuckerte das Fahrzeug über den Stausee.

Die Wendefurther Mauer war aus einer vollkommen anderen Perspektive als bei ihrer Ankunft zu sehen. Während der Fahrt aßen sie Forellen mit frischen Kartoffeln und tranken ein Bierchen. Bei den anderen Fahrgästen handelte es sich um Pärchen oder Familien mit Kindern, die sich angeregt unterhielten. Nur der Nachzügler blickte beim Verzehr einer geräucherten Forelle in sich versunken auf das vorüberziehende Ufer.

Verstohlen musterte Hexlein den unbekannten Freund von Gregor. Er sah fast aus wie Gregors älterer Bruder. Natürlich hatte man ihn ihr vorgestellt. Eigentlich war Wolfgang ein Freund und Kollege von Gregors Vater gewesen, aber im Laufe der Zeit hatte sich der Ältere auch mit dem Jüngeren angefreundet, denn beide verband die Faszination an der Computerei. Deshalb hatte ihn Gregor heute ebenfalls eingeladen. Wolfgang wirkte allerdings noch sehr jugendlich, vielleicht kam das daher, dass er nebenbei Musik machte. Er trug die dunklen Haare bis über den Kragen und erzählte viele lustige Dinge. Einerseits konnte er ihnen bei der Floßfahrt mannigfaltige Besonderheiten erklären, denn er kannte die Landschaft natürlich wie seine Westentasche. Der Stausee verlief in einigen unverhofften Biegungen. Sie fuhren unterhalb der riesigen Rohre des Pumpspeicherwerks Wendefurth entlang und gelangten endlich in Sichtweite der Rappbode-Talsperre. Von hier unten wirkte die größte Talsperre Deutschlands noch eindrucksvoller als von der Dammkrone. Wenn man darüber nachdachte, dass hinter diesem Stahlbeton-Koloss viele Millionen Kubikmeter Wasser lasteten, wurde einem ganz schwummrig.

Es war ganz klar, dass sich das Gespräch nach und nach immer mehr um die dem System zugrundeliegende Computer-Technik drehte, schließlich waren sie alle vier Freaks. Wolfgang konnte ihnen detailliert erklären, wie die Verflechtungen zwischen Talsperren-System, der Meteorologie und den Flussmeistereien beschaffen waren. Es handelte sich um ein kompliziertes ökohydrologisches Zusammenspiel, in dem auch Forstwirtschaft und Bergbau wesentliche Rollen spielten.

In Wolfgangs Zentrale gingen Unmengen von Informationen ein, auf die der Zentralrechner mit Steuerungsantworten reagieren musste. Hexlein fragte, ob da nicht mal etwas schief laufen könnte, wenn zum Beispiel der Computer vor schwierige Alternativen gestellt würde. Der Spezialist grinste und erwiderte, dass sich das prinzipiell vorstellen ließe, aber in der Praxis fast unmöglich wäre.

„Die Betonung liegt auf fast", frotzelte Gregor, und sein Freund nickte versonnen. Prinzipiell gäbe es verschiedene Möglichkeiten, die Technik zu bedienen: Mit der Hand, rechnergestützt und automatisch. Im Normalbetrieb werden die beiden ersten Varianten bevorzugt, nur zu bestimmten Tageszeiten und bei heftigeren Veränderungen spielt auch die Automatik eine entscheidende Rolle. Bei Schneeschmelze mit Dauerregen muss man das System schärfer im Auge behalten, als bei einer durchgängig gemäßigten Wetterlage.

Als sie sich bereits wieder dem Anlegeplatz näherten, gipfelte das Gespräch, dass dem Spezialisten offensichtlich viel Spaß gemacht hatte, in der allgemeinen Bitte, ihnen seine Computer-Zentrale doch im Anschluss einmal vorzuführen. Lange musste nicht gebettelt werden. Sybille bekam langsam ein schlechtes Gewissen, mit welchem Theateraufwand sie den Mann doch in die Mangel nahmen. Die Jungen hatten ihr oftmals den Vorrang im Gespräch gelassen, so dass sie mit ihrem Computerwissen glän-

zen konnte. Außerdem schien sie Wolfgang auch ansonsten ausnehmend gut zu gefallen, was bei einem Mädchen wie Hexlein
allerdings überhaupt nicht verwunderlich war.

Gut gelaunt verließen sie das Floß. Fast unterbewusst nahm
sie wahr, dass der einsame ältere Herr als Letzter von Bord ging.

Bald darauf hielten sie auf dem Innenhof von Wolfgangs Arbeits-
stätte. Dieses Erlebnis schien dem Mann großen Spaß zu machen.
Einmal sagte er irgendetwas Nettes zu Hexlein und strich ihr
dabei über den Arm, wurde aber in keiner Weise anzüglich. Auch
sie ließ ihn merken, dass sie ihn gut leiden konnte. Ansonsten
war er einfach zu alt für sie. Merkwürdigerweise schweiften ihre
Gedanken dabei zu Hacki ab.

Wolfgang schloss mehrere Türen auf, bis sie im Allerheiligs-
ten angelangt waren. Hier besaß die schiere Hardware eine ganz
andere Dimension als in ihren laienhaften Kinderstübchen. Es
gab schrankgroße Computer, Drucker und riesige Bildschirme.

Hexlein staunte und fragte: „Kann man darauf das gesamte Talsperren-System abbilden? Ich meine, so, wie alles ineinandergreift?"

„Ja, kann man!", erwiderte Wolfgang aufgeräumt. „Hier laufen
alle Fäden zusammen. Man kann den gesamten Ablauf simulieren."

„Das würde ich gern einmal sehen!", platzte Hexlein heraus,
und das war so echt, das der Meister ganz hingerissen von ihr war.

„Na, gut! Ich fahre die Kiste mal kurz an", lachte Wolfgang und
ging zu einer Konsole. Ob es nun der Alkohol war oder sein Vertrauen oder der Überschwang der Situation, er machte es ihnen
auf geradezu peinliche Weise leicht. Ohne auf die drei Anderen zu
achten, hieb er in die Tasten und das allerdings sehr geschwind.
Hexlein hatte schon längst ihre wollene Jacke angezogen, in deren
rechter Tasche das Smartphone steckte. Sie hatte extra in aller
Eile ein Loch in die Wolle gebastelt, damit die Kamera des Handys
hindurch gucken konnte. Sehr viel Zeit zum Üben war ihr nicht
geblieben, aber sie hoffte inständig, dass es ihr gelingen möge.

Blitzschnell fuhr sie mit der Hand in die Tasche und richtete die
Aufnahmetechnik in Richtung Computer. Dabei versuchte sie, mit
ihrem eigenen Aufnahmeapparat hinter den Augen auch noch
etwas zu erhaschen. Erst hinterher merkte sie, wie auch ihre beiden Begleiter unauffällig das Spiel von Wolfgangs Fingern beob-
achteten.

Mehrere Bildschirme leuchteten auf. Auf einer besonders
großen Fläche erschien ein buntes Fließschema des Talsperren-

Systems. Wolfgang erläuterte ihnen einige Symbole und Schalt-
stellen, ohne allerdings in die Tiefe zu gehen. Als Hexlein fragen
wollte, wie man denn z. B. die Wendefurther Mauer von hier aus
ein Stückchen auffahren könnte, trat sie ihr Bruder unbemerkt
gegen das Schienbein. Schnell lenkte sie ab, denn sie bewegten
sich ohnehin bereits an einer gefährlichen Grenze.

Es gab noch eine ganze Menge an interessanten Dingen zu
erfahren, und sie machten Wolfgang die Freude, sich das gedul-
dig anzuhören. Irgendwann war endlich Schluss.

„Morgen kommt eine Wartungsfirma", entschuldigte er sich.
„Dafür muss ich noch ein paar Dinge vorbereiten. Bis auf bald
einmal!"

Sie verabschiedeten sich von dem aufgedrehten Fachmann,
der besonders Sybille fest in die Arme schloss. Zum Abschied
winkten alle wie die kleinen Kinder. Dann fuhr das Auto wieder
auf die Landstraße nach Timmenrode.

Hexlein saß vorn und schaute beim Abbiegen instinktiv nach
rechts. Dabei war ihr so, als stünde in einiger Entfernung unter
einem Baum solch ein schwarzer Kombi wie der des älteren
Herrn auf dem Floß.

XVII

Auf der Heimfahrt sprach keiner von ihnen ein Wort. Sie ver-
harrten in einer Mischstimmung aus Triumph und Bedrücktheit.
Wahrscheinlich hatten sie erreicht, was sie angestrebt hatten,
aber bereits jetzt erschien ihnen der Preis ziemlich hoch, auch
wenn zu diesem Zeitpunkt fast noch gar nichts passiert war.

Zu Hause angekommen, begaben sie sich in Hexleins Zimmer und warfen den Computer an. Als erster begann Ron mit
einem etwas schiefen Grinsen: „Den haben wir ganz schön rein-
gelegt, den armen Mann …"

„Mir macht das Sorgen", unterbrach ihn Gregor und schaute
bedrückt in eine Zimmerecke. „Ich würde sehr viel Wert drauf
legen, dass Wolfgang niemals etwas von unserer Aktion erfährt.
Wir haben das alles nur Sybille zuliebe getan!"

„Aaach! Nun macht mir doch kein schlechtes Gewissen!",
rief das Mädchen impulsiv. „Ich hatte den Eindruck, dass es euch
ebenso interessiert, ob ein paar Laien ein derart gewaltiges Sys-

tem manipulieren können! Schließlich dienen wir sehr wohl der Allgemeinheit, falls es gelingt. Bis jetzt kennen wir das Passwort ja noch gar nicht. Aber wenn, dann ..."

„Wünsch' es dir lieber nicht!", fuhr Gregor dazwischen. „Ich habe keine Lust, in einer total abgesicherten Gesellschaft zu leben, nur weil ein paar Leute beweisen wollen, dass alle Technik angreifbar ist. Ich verstehe das so, dass wir das Passwort als theoretische Denksportaufgabe knacken. Und damit hat sich's! Keine Publikation und keine Warnung! Außerdem habe ich meinen Part geleistet und werde jetzt nach Hause gehen. Wir müssen morgen ganz früh nach Clauzel."

„Ihr seid gar nicht da?", fragte Sybille aufgeregt. „Dann müssen wir das Wort sofort abgleichen!"

Sie koppelte augenblicklich das Smartphone mit dem Computer. „Warum seid ihr denn mitten in den Ferien beim Studium?"

„Wir verdienen uns Geld an der Uni, indem wir Praktikumsversuche für die Neuen aufbauen", erklärte ihr Bruder. Dann wandte er sich an seinen Freund: „Solange können wir nun auch noch warten, bis wir sehen, ob es geklappt hat. Bleib noch die paar Minuten!"

Widerwillig nahm Gregor wieder Platz und schaute zu, wie Hexlein in Zeitlupe den Film vom Smartphone ablaufen ließ. Ihr Bruder lehnte ein Stück zurückgesetzt an einer Schrankkante und blickte interessiert auf das Geschehen. Seine Schwester starrte mit gekrauster Stirn auf den Bildschirm. Ihre Lippen bewegten sich unbewusst, und sie schrieb etwas auf ein Stück Papier, ohne hinzusehen. Dreimal lief die Filmsequenz über den Schirm. Es grenzte übrigens an ein technisches und Geschicklichkeitswunder, dass sie es geschafft hatte, genau in der richtigen Position zu filmen – aus ihrer Jackentasche!

Schließlich drehte sie sich zu den Männern um und flüsterte mit großen dunklen Augen: „Ich habe es gleich raus! Es heißt MUTANOR und ein paar Zahlen. Habe ich Recht? Aber was bedeutet MUTANOR?"

„Irgendeine Buchstabenkombination", meinte ihr Bruder. „Versuch noch, die Zahlen herauszukriegen!"

Wieder hantierte das Mädchen eine Weile am Computer herum, dann zappelte sie freudig: „Es heißt MUTANOR 235! Stimmt ihr zu, weise Männer?"

Ron wackelte leicht mit dem Kopf und schaute Gregor an. Der Freund lächelte Sybille an, immer noch ziemlich besorgt.

Aber sie wusste ja, dass er sie ebenfalls sehr gut leiden konnte, wenn er auch bekanntermaßen einer hübschen Studentin nachstieg und dies nicht erfolglos. Dann fällte er das Urteil: „Schon nicht schlecht, aber nicht ganz!"

„Willst du damit sagen", rief Hexlein impulsiv und fuchtelte ihm mit ihrer zarten Faust vor der Nase herum, „dass du das Passwort bereits kennst? Das ist ja ziemlich fies! Also, was ist hier noch nicht ganz richtig?"

Wütend kurvten ihre schwarzen Augen zwischen den beiden Burschen hin und her. Ron hob unschuldig die Schultern und sagte: „Er ist der Spezialist für so was!"

„Okay!", stöhnte Gregor zerknirscht. „Ich gebe noch einen Typ. Haben euch eure Eltern eigentlich niemals aus Hauffs Märchen vorgelesen? Ein Buchstabe ist falsch. Den findet man in der Erzählung vom Kalifen Storch. Ich finde das zwar sehr trivial, aber vielleicht liegt gerade darin der Gag, dass heute kaum noch jemand diese Geschichten kennt. Na gut, und dann sage ich dir auch noch den zweiten Lapsus. Zwischen Wort und Zahl steht ein Bindestrich! Aber nun gehe ich endgültig. Kommst du mit, Ron?"

„Nein, nein!", schrie sie aufgelöst und gab Gregor einen Kuss auf die Nasenspitze. Dann stürzte sie zum Bücherschrank. „Wartet noch den Moment! Ich habe Hauffs Märchen! Seid doch nicht so gemein an diesem Tag!"

Annähernd mit einem Griff hatte sie das Buch gefunden und |109 blätterte hektisch darin. Dann kreischte sie es fast: „MUTABOR! Verwandle Dich! Wir haben es! MUTABOR-235! Richtig? Das ist das Wort, an das sich der Kalif nicht erinnern konnte und deshalb um ein Haar für immer ein Storch geblieben wäre."

Sie tanzte vor Freude im Zimmer umher. Jetzt mussten beide Männer herzhaft grinsen. Doch dann meinte Gregor: „Ja, es ist richtig. Du hattest das N mit dem B verwechselt, weil beide direkt nebeneinander liegen. Es ist schon eine gute Leistung. Übrigens ist Wilhelm Hauff nur 25 Jahre alt geworden, also kaum älter als Ron und ich. Damit wir noch etwas länger leben als er, habe ich eine große Bitte an dich, Hexlein! Du weißt jetzt das Passwort des Talsperren-Systems, aber verwende es nicht, schon gar nicht ohne unser Beisein. Du hast gehört, dass morgen eine Inspektion läuft. Die würden das sofort herauskriegen, wenn jemand an ihrem Hauptrechner herumgespielt hat. Wir müssen jetzt wirklich los, denn wir wollen noch etwas schlafen. In ein paar Tagen sind wir wieder hier. Dann sehen wir weiter. Um diesen Hacki brauchst du dir keine Sorgen zu machen, der kriegt das Passwort auf gar keinen Fall unbemerkt heraus! Versprichst du uns das? Oder wie siehst du es, Ron?"

„Ich sehe es ganz genauso", antwortete ihr Bruder ohne zu zögern. „Wolfgang würde sofort wissen, woher der Angriff kommt. Wir wollen unsere Studienplätze nicht verlieren wegen solchem Scheiß, und du möchtest sicherlich auch nicht vom Gymnasium fliegen, oder?"

„Nein!", sagte sie etwas kleinlaut, aber mit schelmischem Blick. „Ich verspreche es euch. Ich werde ganz artig sein. Vielen Dank, ihr beiden. Tschüss!"

Sie drückte die Jungs, die noch bis Clauzel fahren mussten. Gregor gab sie diesmal einen ultrakurzen Kuss auf den Mund. Er hatte es wirklich verdient. Sie blickte den beiden nach, wie sie das Haus verließen und mit dem blauen Skoda Fabia in der Dunkelheit verschwanden.

Anschließend schlurfte sie durch das leere Haus. Ihre Eltern machten Urlaub auf den Florida Keys. Sie hatte keine Lust gehabt, da mit zu fliegen. So gern sie das auch gesehen hätte, aber ihre Altvorderen wären ihr zu sehr auf den Geist gegangen. Also war Hexlein allein zu Haus. Richtige Freude wollte nicht aufkommen, denn ihr war schon bewusst, dass sie den Wettbewerb mit Hacki nicht durch computertechnisches Können gewonnen hatte. Sie fühlte sich plötzlich todmüde und beschloss, ins Bett zu gehen. Unverzüglich. Ihr letzter Gedanke vor dem Einschlafen ging irgendwie an Hacki …

XVIII

An diesem Abend saß Irenaus allein an seinem Gartentisch auf dem Hof. Es würde bald dunkel sein. Seit dem Morgen verwirrte sich seine Gehirnaktivität, so dass er bisher zu keiner wirklich nützlichen Tätigkeit gekommen war. Und da Mitternacht in greifbarer Nähe lag, würde es voraussichtlich an diesem Tage auch nichts mehr damit werden. Schuld an allem war das Schwarze Pferd. Diese Frau hatte es doch tatsächlich fertiggebracht, seine Gedanken um sie kreisen zu lassen. Allerdings lag das nicht – und darin war er sich zum Glück eindeutig sicher – an einem plötzlich ausgebrochenen Liebeskoller. Nein, es hatte zwei andere Beweggründe.

Der eine hing zweifellos mit der gemeinsam verbrachten Nacht zusammen, in der sie sich auf sehr angenehme Art und Weise miteinander beschäftigt hatten. Interessanterweise ging es dabei weniger um Sex als um Harmonie. Das hört sich zwar etwas schwülstig an, traf aber ihren Seelenzustand in dieser Nacht am besten.

Der andere Beweggrund wog schwerer und betraf das Talsperren-Attentat der lieben Kleinen. Er wusste nicht, was er Martina dabei raten sollte. Möglicherweise schafften die es wirklich, in den nächsten Tagen das Passwort zu knacken. Das Schwarze Pferd gebärdete sich hierbei maximal irrational. Oberste Priorität besaß dabei für sie eine sehr merkwürdige Sichtweise über das Seelenheil ihres Sohnes. Zwar hatte er sich ihr in einer Anwandlung von Seelenpein anvertraut, das durfte aber absolut niemand wissen. Die Mutter wäre den Jungen gegenüber eine Denunziantin und ihr Sohn gegenüber den Behörden ein Terrorist, noch schlimmer aber, gegenüber seinem Freund Hacki ein mieser Verräter. Diesem Trilemma sah sich Martina hilflos ausgeliefert. Er, Irenäus, konnte ihr dabei ebenfalls nicht weiterhelfen – falls er es überhaupt gewollt hätte. Merkwürdigerweise erfüllte ihn diese Geschichte jedoch weitgehend mit Desinteresse. Sie war einfach verfahren. Eigentlich konnte man nur hingehen und diese Kinder in den Arsch treten, aber auch dazu fühlte er sich nicht berufen.

Er könnte sich mit Rita darüber unterhalten, aber das war aus mehreren Gründen viel zu riskant. Irgendwann erreicht man bei jedem Menschen die mentale Belastungsgrenze. Seine Erfahrung belehrte ihn, dass sie bei Rita überschritten würde, käme er plötzlich mit dem Schwarzen Pferd hinter dem Berge hervorgeritten, selbst wenn er vieles beschönigte und verschwieg. Er sollte diese Frau seiner Geliebten gegenüber einfach aus dem Spiel lassen.

Berichtete er Rita trotzdem vom „Computer-Spiel der Kinder", liefe er akute Gefahr, dass sich die Hauptkommissarin sofort mit den entsprechenden Dienststellen ins Benehmen setzte und einen Riesenrummel von Antiterrorismus-Aktionen auslösen würde, was mit der alsbaldigen Verhaftung der Freaks enden könnte. Den dadurch angerichteten menschlichen Schaden wollte er zu diesem Zeitpunkt noch nicht verantworten müssen.

Irenäus kam zu dem weisen Schluss, dass er lieber weiterhin etwas zuschauen sollte, das allerdings aufmerksam und genau. Wie er das wiederum anstellen musste, war die große Frage, denn er besaß praktisch außer dem Schwarzen Pferd keinen

Zugang zu den Kids. Der einzige harte Fakt, den er kannte, war die Aussage über die mögliche Kenntnis des Passwortes durch die beiden Jungen. Was die damit allerdings dann weiter tun würden, stand in den Sternen. Und wie weit war dieses Hexlein bis jetzt im Stoff vorgedrungen, und was beabsichtigte Heinrich Seidler in diesem Spiel? Irenäus musste sich denn doch eingestehen, dass es nicht wesentlich mehr Zeit als eine Nacht gab, um für sich selbst zu entscheiden: Tun oder Nichtstun?

Während er sich noch in diesem nervtötenden Dilemma wand, hob Titus den Kopf. Der Schwarze lag zusammengerollt auf einer flauschigen Decke, die sein nicht mehr so taufrisches Urogenitalsystem vor der Kälte des Bodens bewahren sollte. Wer nahte um diese Uhrzeit? Irenäus war derart vertieft in seine Gedanken gewesen, dass jeglicher vorauseilender Hinweis an ihm vorbeigelaufen war.

Erwartungsvoll richtete er sich auf. Zuerst geschah nichts, dann blickte sich Titus nach ihm um und begann, ganz sachte mit der Rute zu zittern. So rechte Lust zum Aufstehen vom warmen Lager hatte der Rüde nicht. Doch als dann mit glückseligem Jauchzen Sohn Otto auf die Freifläche gerast kam, hob er zumindest die Ohren und miekste freudig.

Damit war für das Herrchen klar, wer in wenigen Augenblicken hinter den Büschen auftauchen würde. Und so war es auch. Die letzten Strahlen der untergehenden Sonne schickten einen Reflex auf Ritas kupferroten Scheitel. Ihre grünen Augen strahlten aus einem braungebrannten Gesicht. Heute trug sie ein grünes Sommerkleidchen, ärmellos und mit einem Saum recht weit über den Knien. Das kam selten vor. Irenäus konnte seine Begeisterung nicht verhehlen. Während sie still lächelnd auf ihn zukam, ging ihm durch den Kopf: Wenn Martina ein Schwarzes Pferd war, dann glich Rita einem braunen Pony.

Irenäus nahm sie in die Arme, und sie gaben sich einen vertrauten Willkommenskuss. Nachdem sie sich von ihm befreit hatte, meinte sie ohne Umschweife: „Ich habe Hunger! Hast du etwa schon gegessen?"

„Du hast Glück", antwortete er. Selbst das hatte er verdrängt. „Ich habe jetzt auch richtig Hunger. Soll ich kochen?"

„Wenn's kein anderer tut", lachte die Frau. „Beeile dich ein bisschen! Ich helfe dir auch."

Gemeinsam holten sie Gemüse aus seinem Garten: Möhren, Zucchini, Tomaten, Sellerie, Knoblauch, Zwiebel, Paprika und Pepperoni. Rita durfte schneiden, und der Meister richtete eine Gemüsepfanne mit etwas Fleischbeilage an. Dazu gab es frische Kartoffeln, gerade eben geerntet.

Dann saßen sie am Tisch und genossen das Mahl bei Kerzenschein, denn inzwischen war es dunkel, und ein voller Mond schien durch die Kiefern.

„Warum kommst du eigentlich so spät?", unterbrach er das andächtige Schweigen, nachdem er das Glas mit Rotwein abgestellt hatte. Bisher hatte sich ihr Gespräch nur um die Essenszubereitung gedreht.

Rita legte die Gabel zur Seite und schaute ihn aufmüpfig an: „Ich wäre schon noch darauf gekommen. Weil du uns mal wieder jede Menge zusätzliche Arbeit bereitest!"

„Iiich?" Irenäus riss die Augen weit auf und ihm blieb vor jähem Schrecken ein Stück Fleisch im Halse stecken.

„Nun ja!", dehnte sie. „Deinem Filmteam wurde über Nacht an der Teufelsmauer das gesamte Equipment geklaut. Die Leute hatten dort einen Container mit wertvoller Filmtechnik abgestellt, der natürlich geknackt und ausgeräumt wurde. Im Augenblick wird hier überhaupt unheimlich viel geklaut. Du solltest in deiner Einsamkeit besonders aufpassen." Seelenruhig aß sie nach dieser Bemerkung weiter.

Irenäus hustete: „Was erzählst du denn da für ein Zeug? Willst du mich auf den Arm nehmen? Ich kenne kein Filmteam, das an der Teufelsmauer über mich dreht!"

„Na, du willst mir doch nicht erzählen, mein Lieber", sprach sie weiter, „du wüsstest nicht, dass gerade dein Buch verfilmt wird. Das hättest du mir auch ruhig mal erzählen können …"

„Welches Buch?", flüsterte Irenäus mit drohendem Unterton.

„Soweit ich weiß, hast du bis jetzt nur ein Buch geschrieben. Das Steinkistengrab.", erwiderte Rita gelassen. „Und das wird gerade in unserer Gegend an Originalschauplätzen verfilmt von solch einer privaten Agentur. Deutsche Cinema Gesellschaft oder so ähnlich."

„Sag mal, spinnst du?", rief Irenäus. „Das erzählst du mir hier so gelassen? Von alldem weiß ich kein Wort! Die … drehen … mein … Steinkistengrab?"

„Es soll eine Fantasy-Serie werden", erzählte sie und nahm die vorletzte Gabel. „Sie heißt auch nicht Steinkistengrab, sondern 'Der Tote aus der Bronzezeit'. Ich habe mir das Drehbuch zur ersten Folge zeigen lassen. Der Text dazu wurde von einem gewissen Michael von Brenner aus Hamburg geschrieben. Alles beginnt vor 5.000 Jahren in Ägypten. Der Pharao schickt zwei Männer mit einem Boot aufs Meer … Soll ich weitererzählen?" Sie warf ihm einen bedauernden Blick zu und legte das Besteck weg.

„Du weißt hoffentlich, dass diese Arschlöcher mich gnadenlos abkupfern?", fragte Irenäus resigniert. Er war nicht mehr sehr wütend. Etwas anderes hatte er in dieser raffgierigen Gesellschaft nicht erwartet. „Kann ich dagegen etwas tun?"

„Nicht viel", erwiderte die Hauptkommissarin und streichelte seine linke Hand. „Ich habe das natürlich sofort bemerkt, sogar Heinz Schropel hat mit dem Kopf geschüttelt, und das will etwas heißen. Ich wollte es dir nur schonend beibringen …" Sie grinste, und er fuhr ihr in die Parade: „Es ist dir überaus schonend gelungen! Hast du mit jemandem darüber gesprochen?"

„Nun reg dich doch nicht auf!", lachte sie und ließ es zu, dass er die Hand auf ihren nackten, braunen Schenkel legte. „Es gab da einen netten Spielleiter Antony Enkel, dem ich von dir erzählt habe. Er selbst wusste davon gar nichts, wollte es aber nach oben weiterreichen. Im Übrigen, so meinte er, wäre es im Showbusiness gang und gäbe, dass einer vom anderen Ideen klaut. Da hätte es schon sehr viel böses Blut gegeben. Die Filmgesellschaften haben alle soviel Knete, dass sie jede Klage von kleinen Schreiberlingen wie dir gnadenlos abbügeln können."

„Dreckschweine!", murmelte Irenäus und starrte auf den Tisch. „Ich wünsche denen allen, dass sie von riesengroßen Dampfwalzen plattgefahren werden."

„Na, wenigstens wurde schon mal ihre Ausrüstung geklaut", meinte Rita sarkastisch und ließ es zu, dass seine Hand höher rutschte. „Freust du dich darüber nicht?"

„Ein zu schwacher Trost. Ich will Blut sehen", knurrte er und machte Anstalten, sie über die Tischecke hinweg zu küssen. Sie gefiel ihm an diesem Abend ausnehmend gut. „Und wer sind eigentlich die Schauspieler?"

„Die haben sie aus einem Fitnessstudio geholt", kicherte die Frau. „Von unseren deutschen Wohlstandssäcken eignet sich für diese Rollen niemand. Die Dunja, die im Film Denova oder so ähnlich heißt, ist sogar richtig niedlich."

„Niedlich!", murrte Irenäus und schob die Hand unter den Saum des Sommerkleidchens. „Du bist auch richtig niedlich!"

Die Sonne stand noch niedrig am Osthimmel, als sich Irenäus vorsichtig unter Ritas heißem Oberschenkel hervorschälte. Er schwitzte. Die Temperatur war in der Nacht nicht unter zwanzig Grad gesunken. Die Frau schlief noch, splitternackt auf der Bettdecke ausgebreitet und leise Schnarchtöne von sich gebend. Ohne Lärm wankte er zur Treppe, um ins Freie zu gelangen. Vater und Sohn lagen nebeneinander in der Küche und lächelten ihm zu, als er vorbeiging. Manche Hunde können lächeln, indem sie die Lefzen in leichten Falten nach oben ziehen und dabei die Augen zusammenkneifen. Das sah bei Titus und Otto ziemlich putzig aus.

Irenäus erfreute sich etwas am neuen Tag und begann sodann, das Frühstück zu bereiten und aufzubauen. Auch hier gab es frische Gurken und Radieschen aus eigenem glyphosatfreiem Anbau, Eier und Kaffee. Den Tisch rückte er in einen morgendlichen Sonnenspot. Als er damit fast fertig war, stand plötzlich Frau Hauptkommissarin in der Haustür und gähnte. Sie hatte nur einen grünen Slip an.

„Das war aber eine schöne Nacht", sagte sie und warf sich an seine Brust. „Und so ein herrlicher Frühstückstisch …"

Irenäus gab ihr einen Kuss und streichelte ihren durchtrainierten Körper. Dann sagte er prosaisch: „Es ist angerichtet. Wir können frühstücken."

„Immer mit der Ruhe", meinte Rita und wand sich wohlig in seinen Armen. Erst nach einer ganzen Weile löste sie sich und setzte sich an den Tisch. „Ich kann heute kommen, wann ich will."

„Oh!", erwiderte Irenäus und goss ihr Wasser in den Nescafé. „Musst du nicht den Brunnenvergifter fangen? Du wolltest mir noch sein Foto zeigen, oder weißt du schon, wer es ist?"

„Ach ja!", sagte sie nach einiger Zeit und schob den letzten Bissen Gurkenbrot zwischen die sinnlichen Lippen, wobei sie genießerisch die Augen zusammenkniff. „Ich weiß immer noch nicht, um wen es sich handelt, obwohl ich den Typ garantiert schon gesehen habe. Warte!"

Rita erhob sich und blitzte Irenäus dabei grün an. Er strich sich mit der Zunge über die Lippen. Das waren so ihre kleinen Spielchen. Gleich darauf kam sie mit einem Bild in der Hand zurück. Ohne Worte übergab sie es ihm.

Irenäus schaute auf die Reproduktion der erkennungsdienstlichen Zeichnung. Eine leichte Hitzewelle durchströmte ihn. Ganz sicher war er sich zwar ebenfalls nicht, aber: „Erkennst du ihn wirklich nicht? Wir treffen ihn hin und wieder im Pub Nase. Er sieht zumindest Heinrich Seidler sehr ähnlich."

Gleich darauf war er sich nicht mehr sicher, ob er diesen Hinweis so leichtfertig und schnell hätte herausrücken sollen. Immerhin war er diesem Mann momentan gerade selbst auf den Fersen. Aber vielleicht ließ sich daraus eine gute Kombination stricken.

„Aha! Aber du bist dir auch nicht ganz sicher?", erkundigte sich die Hauptkommissarin. „Denn über Heinrich Seidler wissen wir ziemlich gut Bescheid. Dass ich da nicht selber drauf gekommen bin …"

„Nein, nicht absolut", antwortete er. „Es gibt eine ganze Reihe Ungenauigkeiten. Ich würde ihn erst mal überwachen." Das könnte ein genialer Zug werden. Wenn es die Kripo täte, würde ihm manches abgenommen. „Was macht dieser Typ eigentlich?"

„Wenn ich mich recht entsinne, ist er Teilhaber an einem Gartenbaubetrieb im Gewerbegebiet Magdeburger Straße. Das Unternehmen scheint aber nicht so besonders zu laufen", erklärte sie ihm arglos. „Und wie sollen wir ihn überwachen?"

„Das fragst du mich?", lachte Irenäus. „Über seinen Autocomputer, falls er so etwas schon besitzt."

XIX

Heinrich Seidlers schwarzer Kombi war erst wenige Jahre alt, so dass er bereits ein eingebautes Navigationssystem besaß und einen eher nicht sehr intelligenten Bordcomputer. Der stammte noch aus jener Generation, die zwar piepte, wenn man nicht angeschnallt war, aber nicht sofort den Motor abstellte. Heinrich verachtete derartige extrem übertriebene Sicherheitsvorkehrungen, ja er empfand sie als unzulässigen Eingriff in die private Sphäre.

Deshalb hatte er auch momentan den lästigen Gurt abgelegt, als er langsam durch die Felder rollte, auf der Suche nach einer getarnten Stelle zum Parken. Schließlich fand er eine buschige Gehölzgruppe, hinter der er das Fahrzeug abstellte und sich zu Fuß auf den Weg zur Gersdorfer Burg machte. Vom Hang der Seweckenberge her, vorbei an blökenden Schafen und einer landwirtschaftlichen Halle, erreichte er den Eingang zum Innenhof. Wenn irgend möglich sollte ihn hier niemand sehen. Es war früher Vormittag. Lange hatte er gegrübelt, wann der beste Zeitpunkt für sein Vorhaben sein könnte. Martina musste zur Arbeit und ihr Sohn am besten zu seinem Computer-Freund abgefahren sein. Da die Jungen heute das Passwort knacken wollten, nahm er an, dass die beiden bereits bei diesem dubiosen Hacki saßen und ihre Tat vorbereiteten. Zwar konnten ihm noch alle möglichen fremden Menschen über den Weg laufen, aber vielleicht hatte er ja auch Glück.

Und das hatte er. Zuerst war die Haustür unverschlossen, dann sah er, dass der Stellplatz von Paules Fahrrad unbesetzt war. Also war der Sohn höchstwahrscheinlich tatsächlich bei seinem Freund. Beschwingt eilte er die Stufen zur Wohnung hinauf, peinlich auf Vorsicht und Ruhe bedacht, denn er durfte jetzt nicht leichtsinnig werden. Er hatte ausgespäht, dass es sich um ein einfaches Kastenschloss handelte. Damit ging es nur um die Drehung seines Dietrichs, und er konnte die Tür zur Küche langsam und leise aufdrücken.

Prüfend sah er sich im Raum um. Nur das Geschrei der Mauersegler drang durch ein geöffnetes Fenster, ansonsten herrschte himmlische Ruhe. Lautlos glitt er zum Tisch und überlegte. Eine innere Unruhe erfüllte ihn. Heute würde der Tag der Entscheidung sein, das fühlte er. Gestern hatte er sich auf gut Glück in der Nähe von Hexleins Elternhaus platziert. Er kannte die Ärztevilla und hatte in der Nähe ziemlich lange ausgeharrt, bis endlich ein |117 junger Mann mit einem blauen Skoda kam. Für einen Freund des Mädchens war er etwas zu alt, es konnte zum Beispiel der Bruder sein.

Heinrich hatte bereits alles durchforstet, was es von Hexenline im Internet gab. Er konnte sich ein gutes Bild von dem Mädchen machen. Sie war hübsch, intelligent und aufmüpfig. Von einer feindlichen Übernahme des Talsperren-Systems fand er zwar kein Sterbenswörtchen, aber so dumm, diese Information preiszugeben, würde sie ja auch nicht sein. Andererseits besaß sie die für eine derartige Operation nötige mentale Konstitution.

Er hatte Glück gehabt. Sie waren aus der Villa gekommen und davongefahren. Er war ihnen gefolgt. Und sie hatten tatsächlich Kurs auf Wendefurth genommen. Auf langen Blickkontakt hatte er sich mit dem Auto hinterhergeschlichen. Als sie dann hielten, parkte er frech daneben. Im letzten Moment sprang er auf das Floß und fuhr mit über den Stausee. Die Forelle hatte übrigens sehr gut geschmeckt.

Heinrich war an dieser Stelle erst wirklich klar geworden, welche Dimensionen das Unterfangen eigentlich besaß. Ungeheure Wassermengen waren hier gefangen und plätscherten scheinheilig an den Mauern. Wollte man eine große Katastrophe verhindern, musste wahrlich ausgesprochen sensibel dosiert werden. Wieder hatten ihn Zweifel und Gewissensbisse beschlichen. Sollte dies wirklich der Preis seiner Freiheit sein? – Aber schließlich waren in diesem Lande doch alles und jeder gut versichert …

Auf dem Floß waren dann zwei weitere Männer dazu gestoßen. Der jüngere von ihnen schien ein guter Freund zu sein. Der Andere war bereits ziemlich alt und wurde Hexlein und ihrem Bruder vorgestellt. Vom Gespräch bekam Heinrich nicht viel mit. Hin und wieder wehten einige Begriffe aus der Computersprache zu ihm herüber. Offensichtlich war er auf dem richtigen Weg.

Bald darauf fuhren sie zu Viert wieder ab. Er wurde nicht sehr lange auf die Folter gespannt. Sie parkten genau im Gelände der Zentrale des Rappbode-Systems. Hinter einem Baum spähte er die jungen Leute aus. Zu Dritt kamen sie aus dem Gebäude, der ältere Mann blieb zurück. Offenbar hatten sie ihn ausgetrickst, denn ihre Gesichter strahlten das Leuchten von Gewinnern ab.

Heinrich wusste nun genug. Hexlein hatte das Passwort! Er hoffte, dass sie ihn nicht bemerkt hatten. Im Übrigen hatte er nicht vor, sich an diese drei cleveren jungen Leute zu hängen. Das Spiel mit Martinas Sohn und seinem Freund kam ihm einfacher vor. Allerdings hatte ihm diese Verfolgung eine wichtige Information eingebracht. Wie es aussah, lagen die Wettbewerbsparteien in etwa gleichauf. Hinter Martinas Tür hatte er erlauscht, dass der Endspurt nun in kürzester Zeit beginnen würde. Es konnte sich nur noch um ein oder zwei Tage handeln. Allerdings glaubte er nicht daran, dass Hexlein und ihre Männer sofort loslegen würden. Höchstwahrscheinlich brauchten auch sie erst einen Plan.

Was erhoffte sich Heinrich, in Martinas Wohnung zu finden? Wenn das Rennen in den nächsten Stunden oder Tagen losgehen würde, musste er sofort in die Computer der Jungen einsteigen können, wenn möglich, ohne dass sie dies sofort bemerkten. Ursprünglich hatte er gehofft, dass ihn die Mutter um Unterstützung bitten würde, denn ihm war klar, dass sie alles daran setzen musste, wenn sie ihren Sohn davor bewahren wollte, ein jugendlicher Krimineller zu werden.

Wie er diese jungen Leute, sowohl Hacki und Paule, als auch Hexlein und ihre Mitstreiter, inzwischen einschätzte, würden sie das Problem allerdings souverän meistern. Die heimliche Einmischung der Mutter war von Anfang an der Pferdefuß an dem gesamten Coup gewesen. Aber daran ließ sich nun auch nichts mehr ändern. Er selber würde dafür sorgen, dass es etwas nasser als gedacht im Vorharz werden würde.

Beschwingt summte er einen alten englischen Evergreen. Dann begann er, die Wohnung systematisch und sehr vorsichtig zu durchsuchen. Es existierten zwei Hoheitsbereiche, das der Mutter und das von Paule. Beim Sohn fing er an. Behutsam näherte er sich dem Tisch mit der Computerkonsole. Bedacht darauf, nichts zu verändert, fingerte er in den Zetteln und Papieren herum, die auf dem Tisch verstreut lagen. Die Objekte seiner Begierde waren die Passwörter des Sohnes und vor allem von diesem Hacki.

Doch so sehr er auch suchte, er fand nichts. Das hatte er zwar irgendwie erwartet, trotzdem verärgerte es ihn. Seufzend schaltete er den Computer ein – erst jetzt. Gleich darauf scheiterte er am Passwort. Heinrich hatte sich in den letzten Tagen sehr gut vorbereitet, und er war auch ansonsten ein Computergenie, aber an dieser Stelle musste er einfach aufgeben. Ein Suchprogramm für Passwörter hätte ihn vielleicht weitergebracht, aber dann hätten wahrscheinlich auch die Jungen gewusst, dass jemand bei ihnen herumschnüffelt. | 119

Wütend schlug er auf die Tischplatte, nicht allzu heftig, aber irgendetwas knackte. Suchend schweiften seine Augen über Tisch und Konsole, aber alles sah sehr unberührt aus. Langsam erhob er sich, rückte den Stuhl genau in seine vormalige Position und verließ den Raum.

Nun blieb nur noch das Reich der Mutter. Sehr viel versprach er sich davon nicht, aber man durfte nichts unversucht lassen. Vielleicht fand er dort wenigstens das Passwort des Sohnes. Vorsichtig öffnete er die Tür zu dem Zimmer, in dem sie vor kurzem gesessen hatten. Er sah auf den ersten Blick, dass sich einiges verändert hatte Das breite Bett sah ziemlich zerwühlt aus und auf dem Nachttisch standen zwei Weingläser, die er zwar kannte, die aber nicht von ihm stammten.

Jemand war hier gewesen, wie es aussah sogar direkt nach ihm. Martina hatte das Zimmer nicht wieder aufgeräumt. Wahrscheinlich war dieser „Jemand" über Nacht hiergeblieben. Hatte sie doch einen Liebhaber? War sie gar nicht allein mit ihrem Sohn? Anders konnte er es sich kaum erklären. Und war der Andere auch bereits in das Problem eingeweiht?

'Das war Scheiße', dachte Heinrich, während er ihren Computer einschaltete. Gleich darauf war er im Grundmenü. Er konnte auch weiter vordringen, ein Passwort gab es hier nicht. In der Sache kam er jedoch nicht weiter, vom Sohn existierte keine Spur und von ihr nur belanglose Dinge. Ein wenige betrübt, schaltete er das Teil wieder ab.

Als er den Abhang durch die Plantage zur Seweckenwarte wieder emporkletterte, begann sich in seinem Kopf bereits ein neuer Plan zu formen. Er würde heute Abend noch einmal zurückkehren müssen. Hauptsache, der Unbekannte stand dann nicht auf der Matte …!

XX

Hacki saß unter seinem Nussbaum und überlegte. Heute war der Termin der Wartungsfirma am Zentralrechner des Rappbode-Systems. Aber wann? Es war so gut wie sicher damit zu rechnen, dass in dem Moment des Arbeitsbeginns der Wartungsfirma auch das Passwort des Talsperren-Computers in deren Rechner war. Im Bruchteil einer Sekunde würde er es dann ebenfalls kennen. Darauf baute seine gesamte Strategie auf. Trotzdem musste er sehr vorsichtig sein, damit die Spezialisten der Wartungsfirma sein Eindringen nicht bemerkten. Deshalb war es auch nicht ratsam, dort jede Halbestunde leise anzuklopfen. Nein, er musste sicher sein, dass es auf Anhieb klappte!

Wenn er das Passwort endlich besaß, war das Problem noch lange nicht gelöst, denn dann erst konnte er mit dessen Hilfe in den Zentralrechner des Talsperren-Systems einfallen. Er musste dort einen möglichen Alarm deaktivieren. Anschließend galt es, sich mit der speziellen Leittechnik und dem Zusammenspiel aller Stellglieder vertraut zu machen. Dann stand immer noch die große Preisfrage an, ob es ihm tatsächlich gelänge, die Steuerung zu übernehmen und zum Beispiel den richtigen Schieber aufzufahren.

Als er mit seinen Gedanken zum soundsovielten Male an dieser Stelle angekommen war, erklang wieder einmal das vertraute Fahrradklappern vom Eingangstor her. Plasma nahte!

Diesmal begrüßte er nicht zuerst den Vater, der sich zum Glück gerade nicht in unmittelbarer Nähe befand, sondern ließ das Fahrrad fallen und rief keuchend: „Hast du das Passwort?"

„Geht's ein bisschen lauter?", gab Hacki sarkastisch zur Antwort. Der Vater hob den Kopf, er pflückte am Zaun Brombeeren für den selbstgemachten Wein.

„Entschuldigung, Entschuldigung!", nuschelte Plasma und winkte dem Vater zu. Dann wurde er wieder neugierig: „Und?"

„Wir müssen warten", erklärte Hacki in gelassenem Tonfall. „Und wir dürfen kein Risiko eingehen." Dann erklärte er dem Freund seine sicherheitstechnischen Überlegungen.

„Ooooch!", murrte dieser. „Das halte ich nicht aus!"

„Wirst du aber müssen!", meinte Hacki und fügte altklug hinzu: „Nichts könnte jetzt mehr Schaden anrichten als zügellose Neugier. Nimm dir schon mal einen Gartensessel!"

Als Plasma neben ihm saß, fragte er: „Und was machen wir, wenn du es hast? Gehen wir dann zu Hexlein?"

„Gehen?" Hacki krauste die Stirn. „Weißt du denn überhaupt, wo sie wohnt?"

Sein Freund musste laut lachen: „Nun tue nur nicht so, als ob du es nicht wüsstest!"

Die Stunden schleppten sich dahin. Als sein Vater immer fragender herüberschaute und abzusehen war, dass sein Gärtopf gleich voll sein würde, setzten sich die Freunde auf ihre Fahrräder und fuhren nach Quarmbeck. Das war ein südlicher Ortsteil von Quedlinburg, der eine ziemlich kuriose Tradition besaß. Vor dem Zweiten Weltkrieg wurden hier in einem großzügigen Viereck Kasernen gebaut. In ihrer Mitte breitete sich eine Rasenfläche aus, die sicherlich besonders gern zum Exerzieren benutzt wurde. Es handelte sich allerdings nicht um eine gewöhnliche militärische Einrichtung, sondern um einen Fliegerhorst mit mehreren Rollfeldern für Militärflugzeuge und die entsprechend ausgebildeten Bodentruppen.

Man erzählte sich in der Stadt, dass es sich dabei um einen „Lieblings-Fliegerhorst" von Heinrich Himmler und Adolf Hitler handelte, die bekanntlich ausgesprochen gern die Quedlinburger Stiftskirche besuchten, um hier ihre blut- und bodenständigen Exzesse zu feiern. Außerdem sollte die Quitilingaburg zu einer sogenannten Jungbornstätte entwickelt werden, also einer Zuchtstation arischer Menschen. Damals hieß das Gelände des Flugplatzes auch noch Römergraben.

Nachdem sich diese wüsten Typen für immer von unserem Planeten verabschiedet hatten, gedieh der umgetaufte Ortsteil Quarmbeck zur Panzergarnison der sowjetischen Besatzungsarmee, obwohl auch eine erhebliche Anzahl von DDR-Bürgern hier lebte. Es wurden einige Hangars und Wohnblöcke dazugestellt. Auf martialischen Spezialwegen donnerten von hier aus vierzig Jahre lang immer neue Generationen von Panzern und anderem Kriegsgerät strahlenförmig durch die nahe und ferne Feldflur. Der Fliegerhorst mutierte zum Truppenübungsplatz.

Nachdem der Kalte Krieg endlich mit einem glorreichen Sieg der Marktwirtschaft beendet war, lebten in Quarmbeck nur noch ganz normale Menschen, deren Zahl allerdings nach der Jahrtausendwende merklich schrumpfte. Dass diese Menschen inzwischen um ihre Existenz bangten, weil eine städtische Gesellschaft diesen Ortsteil am liebsten eliminiert hätte, wussten unsere beiden jungen Computer-Terroristen natürlich nicht. Ebenso wenig konnten sie wohl ahnen, dass der Name der längsten Straße, die es hier gab, der Otto-Lilienthal-Straße, eine direkte Anspielung auf den Ursprung als Fliegerhorst war.

Schwitzend von des Tages Hitze, sanken sie just in diesem Moment auf einer skurrilen Veranda an einen frühzeitlichen Ossi-Kneipentisch. Was die Zeiten nämlich durch alle Irrungen und Wirrungen überdauert hatte, war die „Quarmbecker Klause", eine Gaststätte mit herbem DDR-Flair, ein Faktum, das die Liebhaber nostalgischer Kultplätze durchaus aufhören lassen sollte!

Trotzig kämpften sich Axel Bönstedt und Frau Marina durch die tristen Zeiten neudeutschen Desinteresses. Axel stellte den Jungs ein kaltes Bier unter die verschwitzten Nasen und nahm die Bestellung für zwei Halberstädter Würstchen entgegen. Ohne viel zu erzählen, zogen sie das Mahl in die Länge. Ein weiteres Bier lehnten sie ab, denn es sah so aus, als würden sie ihre ganze Spannkraft an diesem Tage noch benötigen.

Hacki fühlte geradezu, unter welcher Spannung sein Freund stand. Auch er hätte am liebsten auf der Stelle ein Ergebnis gewusst. Aber offenbar konnte er besser damit umgehen. Schließlich bettelte der andere: „Wollen wir nicht einfach mal gucken?"

„Noch nicht!", antwortete Hacki. „Wir haben nicht beliebig viele Versuche."

„Meinst du nicht, dass die schon lange fertig sind?", erkundigte sich der Freund.

„Noch eine Stunde!", versprach Hacki. Und plötzlich, als hätte er darüber die ganze Zeit nachgedacht, fügte er hinzu: „Du meinst, wir sollten Hexlein einfach zu Hause besuchen?"

„Wie kommst du denn da plötzlich drauf?", fragte Plasma und blickte konsterniert in die zweite Cola. „Wir trauen uns das ja sowieso nicht bei deren pingeligen Eltern. Oder willst du klingeln und die Frau Doktor fragen, ob du mal mit ihrem Töchterlein über die Größe einer Flutwelle sprechen darfst. Und dann kommt das Töchterlein und meint, dass sie dich Typen überhaupt nicht kennt …"

Hacki grinste: „Nun halt mal die Luft an! Die Eltern sind im Urlaub, und Hexlein ist allein Zuhaus."

„Wie jetzt?", schnappte Plasma.

„Die Praxis der Mutter hat Sprechzeiten, und die stehen natürlich auch im Netz", erklärte Hacki mit cooler Stimme. „Und momentan steht dort eben: Urlaub!"

„Das ist ja 'n Ding!", wunderte sich der Freund. „Na, dann sollten wir auf jeden Fall hin! Warum sind wir eigentlich nicht schon da? Über eine Stunde ist auch inzwischen vergangen und diese Wartungsfirma ist längst nach Hause gefahren! Wenn wir das Passwort haben, sagen wir deinem Vater Bescheid und fahren zu Hexlein!"

„Immer mit der Ruhe", erwiderte der Meister mit ernstem Gesicht. „Zuerst müssen wir das Passwort haben. Vorher fahre ich sowieso nirgends hin. Schließlich wollen wir doch nicht mit leeren Händen kommen. Es ist zwar noch ziemlich früh am Tage …" Plasma verdrehte die Augen und grunzte. „Wollen wir es etwa gleich hier machen?" Ihre Computer hatten sie in kleinen Rucksäcken dabei.

„Natürlich hier!", rief Plasma aufgeregt. „Wenn die Wasserbesitzer zur Strafe eine Rakete schicken, trifft sie wenigstens nicht das Haus deines Vaters."

„Das ist ein Argument", kicherte Hacki und konzentrierte sich. „Achtung!!"

Der Freund schielte vorsichtig über die Schulter auf Hackis PC. Beide Jungen wussten, dass ihnen jetzt kein Schusseligkeitsfehler unterlaufen durften. Doch Hacki hatte alle Daten, die sie benötigten im Kopf. Es ging genauso schnell und unspektakulär, wie er es sich ausgemalt hatte. Er brach in die Wartungsfirma ein, ging auf die Kundenliste und fand unter dem heutigen Tage das Passwort, das er genau und eilig übertrug. Dann unterbrach er die Verbindung. Klar, dem Computer war es egal, ob man eine Mikrosekunde oder eine Stunde in ihn eindrang, aber nicht einem menschlichen Nutzer, der möglicherweise noch an seinem Arbeitsplatz saß.

„Hast du es?", fragte Plasma mit zitternder Stimme.

„Ich habe es!" Hacki konnte einen leichten Triumph nicht unterdrücken – und wollte es auch gar nicht.

„Woooow!!", schrie sein Freund so laut, dass Wirtin Marina herausgeeilt kam und die Burschen misstrauisch anblickte, die hier seit Stunden herumlümmelten und kaum etwas konsumierten. Dann lächelte sie, als Hacki sie anstrahlte und feierlich sagte: „Zwei Bier bitte noch!"

„Und?", drängelte Plasma, als die kühlen Gläser vor ihnen standen.

„Merkwürdig!", antwortete sein Freund und kratzte sich am Kopf. „Hoffentlich freuen wir uns nicht zu früh …" Plasma ächzte gestresst. „Sie waren übrigens schon um Elf mit der Inspektion fertig." Plasma rülpste demonstrativ in sein Bier. „Es ist ein komisches Wort: MUTABOR-235. Ich kann darin keinen Sinn entdecken."

„Was für einen Sinn in einem Codewort?", auf Plasmas Gesicht lag ein siegessicheres Grinsen. „Es sei denn, man kennt sich mit Märchen aus …"

„Mit Märchen?", fragte Hacki leise, der bereits erkannt hatte, dass ihm Plasma gerade ein Stück voraus war. Das eben war ja der Grundstock ihrer Symbiose.

„Wilhelm Hauff – Kalif Storch", zitierte Plasma genüsslich sein Spezialwissen. „Mutabor ist das Zauberwort, das den Kalifen und seinen Hofstaat zurückverwandeln kann. Hi hi!" Er kicherte. „Wollen wir dann zu Hexlein radeln?"

XXI

Hexlein saß wieder am Pool und aß ein Eis aus der Tiefkühltruhe. Sie war bereits längere Zeit allein schwimmen gewesen und hatte sich das jetzt verdient. Ihr gesamter Körper war mittlerweile dunkelbraun, und sie sah aus wie eine exotische Schönheit. Die Ferien würden noch einige Wochen andauern. Eigentlich konnte sie rundum zufrieden sein.

Aber sie war es nicht. Einerseits bedrückte sie das Talsperren-Problem, mit dem sie nun allein in der Sonne saß. Was sollte sie damit anfangen? Abgesehen von ihrem Versprechen gegenüber Ron und Gregor, war es ihr ziemlich unvorstellbar, im Alleingang zur Tat zu schreiten. So wie sie sich das in ihrem Überschwang ausgedacht hatte, einfach mal eine kleine Welle kommen zu lassen, ging das gar nicht. Dabei konnte derart viel schief gehen ...

Sollte sie diese Aktion stillschweigend im Sande verlaufen lassen? Wenn Hacki, wie ihr Bruder meinte, nicht in der Lage sein würde, das Passwort herauszubekommen, musste sie mit ihrem Wissen auch nicht auftrumpfen. Und wenn er es aber doch herauskriegte?

Andererseits bewegte sie die Kehrseite der Medaille: Sie hätte gern die Bekanntschaft von Hacki und seinem Freund gemacht! Es war so langweilig, immer hier zu sitzen und zu lesen. Ron und Gregor, die meist nicht da waren, konnten ihr da kaum helfen, und irgendwelche Freundinnen ... Na, ja – nicht wirklich.

Möglicherweise waren das sehr nette Burschen. Aber besonders mit Hacki würde sie gern einmal fachsimpeln. Der könnte ihr unter Umständen gefallen. Alle schienen zu denken, sie wäre so schön, dass sich ständig neue Jungen um sie bemühen würde. Aber eher das Gegenteil war der Fall. Die Trampeltiere bekamen eher einen Freund als sie. Woran das lag, war ihr ein Rätsel.

Mit Schwung erhob sie sich und brachte das leere Eisschälchen zum Haus. Sie war bis auf einen kleinen dunkelblauen Bikini-Slip vollständig nackt. Sie schlenderte aus dem Schatten der Veranda zurück in den Sonnenschein, ihre Bewegungen erinnerten an ein noch nicht erwachsenes Tier. Ein Sprung ins Wasser würde Abkühlung bringen, überlegte sie und stellte sich an den Beckenrand.

In diesem Moment hörte sie das Geräusch. Ein sehr leises metallisches Klappern. Sie erschrak nicht sonderlich, vielmehr blickte sie sich suchend um.

Erst nach einer vollen Drehung entdeckte sie endlich die Ursache der Störung. Diesmal erschrak sie allerdings nicht wenig. In einigen Metern Entfernung standen neben dem Haus in der grasigen Einfahrt zwei junge Männer und betrachteten sie fasziniert. Sie waren mit Fahrrädern gekommen, daher das Geräusch. Natürlich war vorn nie abgeschlossen. Mist!

Im allerletzten Augenblick unterdrückte sie es, hektisch nach irgendetwas zu greifen, um es sich vor die Brust zu halten. Sie war cool! Und FKK konnte man zu Hause allemal machen. Also, keine Panik! Sie hob das Kinn einige Zentimeter und blickte die

Jungen an. Natürlich wurde ihr langsam klar, um wen es sich dabei handelte.

„Hi!", sagte der mit dem runderen Gesicht und starrte sie an.

„Hallo!", sagte auch der Drahtige mit dem roten Haarschopf. Das musste Hacki sein. „Du siehst wunderschön aus!"

Das ging jetzt zu weit! Sie fühlte, dass sie rot anlief, und ihr blieb die Spucke weg. Allerdings – was hätte er Netteres sagen sollen? Deshalb lächelte sie ganz wenig und erwiderte: „Hi! Könnt ihr nicht klingeln?"

„Da draußen war keine Klingel", meinte der Bursche, der Plasma sein musste. Sie hatte die beiden ja bereits schon öfter gesehen, aber jetzt, so kurz vor ihr – überfiel sie eine kurzzeitige Denkschwäche. Sie ließ sich auf keine weitere Diskussion über Klingeln ein, sondern ging langsam zum Liegestuhl und band sich das Oberteil um die Brust. Danach fühlte sie sich schlagartig sicherer.

„Wir möchten mit dir über den Wettstreit reden", begann Hacki nun seinen ersten vernünftigen Satz. Auch mit ihm schien eine Veränderung vonstatten gegangen zu sein. Es war eben doch ganz anders als chatten, wenn man sich Aug in Aug gegenüberstand.

„Möchtet ihr vorher eine kalte Zitronenlimonade?", fragte Hexlein und machte sich bereits auf den Weg zum Kühlschrank. Kurze Zeit später platzierte sie die Ankömmlinge an einem Tisch unter dem Verandadach. Plasma ließ sich in einen Korbstuhl fallen, und Hacki half ihr beim Limonadeholen. Ob die beiden das abgesprochen hatten, ging es Hexlein durch den Kopf. Sie reichte den Krug mit eiskalter Limonade an Hacki weiter und fragte dabei nur ihn: „Wie geht es deinem Fuß? Schmerzt der rostige Nagel noch?"

Er rückte einen Schritt näher und stand ziemlich dicht vor ihr. „Scheußlich! Man müsste den Wundbrand mit Eis-Limonade kühlen." Er blickte ihr belustigt direkt in die Augen.

„Das machen wir vielleicht später einmal, wenn der Nagel rausgeeitert ist", schmunzelte sie und erwiderte den Blick. Er gefiel ihr und machte auch gar keinen pubertären Eindruck. Sie goss das Getränk in die Gläser, ließ sich nieder und sagte: „Prost! Was führt euch zu mir?" Sie wusste die ganze Zeit, dass Hacki es geschafft hatte. Und es ärgerte sie nicht. Eine kleine Spitze musste sie aber doch noch geben: „Ihr wollt sicherlich aufgeben?"

„HAH!", machte Plasma nur, und Hacki zwinkerte sie an: „Du dürftest dich nicht Hexlein nennen, wenn du nicht bereits wüsstest, dass es nicht so ist. Wir haben das Passwort. Wie steht es bei dir?"

„Gibst du dich geschlagen?", erkundigte sich Plasma und sammelte damit bei ihr einen Minuspunkt.

„Nein!", zürnte sie und warf den Jungen abwechselnd einen kühlen Blick zu. „Ich habe das Passwort ebenfalls. Wie heißt euer Wort?"

Hackis Kopf rückte schon wieder etwas näher: „Und wie heißt deins?"

Hexlein schaute unschlüssig drein. Nun kam wieder Plasma zum Einsatz: „Märchen!"

Hacki sagte: „Wilhelm!"

Hexlein lachte: „Hauff!"

Hacki musste ebenfalls lachen: „Kalif!"

„Storch!", rief Hexlein.

Plasma holte einen Pluspunkt bei ihr zurück, als er sich erhob und mit den Armen dirigierte, während sie alle drei feierlich im Chor sagten, zwei tiefere und eine helle Stimme:

„MUTABOR minus 235!"

Sybille klatschte aufgeregt in die Hände, und im selben Augenblick verwandelten sie sich alle drei in Störche. Sie wedelte mit den Flügeln und stolzierte auf der Veranda umher. Die Jungen lachten und schlossen sich an. Einmal stieß Hacki mit ihr zusammen und kassierte dafür einen dunklen Blick.

Als sie sich wieder eingekriegt hatten, setzte sich Hacki und sagte: „Nur deshalb sind wir aber nicht gekommen. Wir wollten mit dir beraten, wie es weitergeht, und zwar direkt!"

„Fein, da lerne ich euch wenigstens mal kennen", sie war immer noch etwas überdreht. „Habt ihr etwa doch ein Problem?"

„Allerdings!", gab Hacki unverblümt zu. „Und wenn ich dich richtig einschätze, hast du das gleiche."

„Wir wollen es gern mal ausprobieren und trauen uns nicht. Richtig?", fragte sie.

„So ist es", meinte Hacki, „und jetzt wollten wir dich fragen – nun ja – was du dir dazu überlegt hast, oder ob wir es vielleicht gemeinsam wagen …?"

„Gemeinsam wagen …", wiederholte sie gedankenverloren. Sie fühlte sich plötzlich sehr schwach. So schnell hatte sie die Entscheidung nun auch nicht herbeigesehnt. Sollte sie den beiden von ihrem Versprechen erzählen? „Wie stellt ihr euch das vor?"

„Nun ja! Wir dringen vorsichtig in den Talsperren-Rechner ein, blockieren den Alarm und schauen uns das Funktionsschema an, bis wir wissen, wie es funktioniert. Und dann sehen wir weiter …", erklärte Hacki und schaute in die Runde.

„Und dann öffnen wir eine Schleuse ein klein wenig mehr und warten, bis die Welle kommt", fiel Plasma in die Redelücke seines Freundes.

„Hm!", machte Hexlein. „Und warum tun wir das? Wollen wir uns beweisen, dass es geht, oder nur etwas herumspielen? Es ist ziemlich gefährlich und wird höchstwahrscheinlich bemerkt."

„Deshalb sind wir ja hier", meinte Hacki und schaute sie direkt an. „Gemeinsam können wir das Risiko minimieren. Ich würde schon gern mal ein Exempel statuieren, um den Alten zu zeigen, was man mit ihrer Computertechnik so anstellen kann."

„Außerdem wäre es natürlich interessant zu wissen, ob wir es überhaupt schaffen. Immerhin haben wir bis jetzt erst die Theorie", fügte das Mädchen weise hinzu. 'Nur leider darf ich das nicht ausprobieren', dachte sie wankelmütig.

„Vielleicht sollten wir es dabei auch belassen", stieß Plasma etwas mürrisch hervor und schaute dabei auf das in seinen Händen langsam rotierende Limonadenglas. Hacki und Hexlein warfen sich einen verwunderten Blick zu. Was war denn plötzlich in ihn gefahren? Hatte er etwa die meiste Angst von ihnen? Er sprach weiter: „Das Risiko, dass etwas schief läuft ist sehr hoch. Und wisst ihr, was uns dann blüht?"

128 „Es darf nichts passieren!", konterte Hacki ohne Aufregung. „Selbst wenn wir einen Schieber etwas zu weit auffahren und eine etwas zu große Welle rauscht ab, weiß noch lange keiner, wer das getan hat. Und wenn wir alle drei schweigen, weiß das kein weiterer Mensch. Oder habt ihr Skrupel?"

„Ich habe schon Skrupel", bekannte sich nun auch Hexlein. „Es könnte immerhin einiges zerstört oder gar Menschen getötet werden. Wie wollen wir damit umgehen?"

„Nun wartet mal, ehe ihr euch weiter hineinsteigert!", unterbrach sie Hacki und legte ihr beschwichtigend eine Hand auf den braunen Arm. Oh, die erste Berührung! Er zog die Hand wieder weg und hatte plötzlich ein Zettelchen. „Ich habe mich natürlich viel mit diesem Thema beschäftigt. Hier ist ein kleiner Zeitungsartikel, in dem steht: Der Talsperrenbetrieb Sachsen-Anhalt bittet die Anlieger der Bode um erhöhte Aufmerksamkeit. Durch eine mehrstündige Funktionsprobe der Trinkwassersperre Wendefurth kommt es am Soundsovielten in der Zeit von 8 Uhr bis ca. 15 Uhr zum erhöhten Wasserstand. Wie der Talsperrenbetrieb weiter mitteilte, können bis zu 30 m³/s unterhalb der TS Wendefurth teilweise schwallartig auftreten. Damit sind maximale Wasserstände in der Hochwassermeldestufe A1 möglich. Für die Pegel in der Ortslage Thale bedeutet das einen Wasserstand von zwei Metern; für den Ort Wegeleben einen Wasserstand von 1,55 Metern. Unterhalb des Pegels Wegeleben wird die Welle verflachen und das Erreichen von Richtwerten der A1 an den Pegeln Hadmersleben und Staßfurt sei nicht zu erwarten. Das Auf- und Zufahren der Armatur erfolgt schrittweise mit Verharrungszeiten."

Hacki warf einen prüfenden Blick auf die beiden Anderen, dann setzte er seine Rede fort: „So weit wie hier will ich es niemals kommen lassen. Aber ihr seht, dass die Bode durchaus ein ziemlich störunanfälliges System ist und nicht gleich bei jeder kleinen Welle Land unter ist. Jetzt im Hochsommer ist der Stand ohnehin niedrig. Wenn wir da mal zehn Prozent dazu dosieren, sehe ich überhaupt kein Problem. Und deshalb sind wir zu dir gekommen, weil du diesen Wettstreit schließlich vorgeschlagen hast, damit wir mit unserem gemeinsamen Wissen den Test machen. Du weißt, dass wir besser sind als viele Erwachsene! Also lass uns mal konstruktiv überlegen!"

Plasma verzog das Gesicht schmerzvoll, aber Sybille war vom wissenschaftlichen Charme Hackis schon ganz mitgerissen: „Und wann willst du das machen? Jetzt gleich vom Limonadentisch aus?"

Zum ersten Mal lachte Hacki laut auf: „Nein, im Gegenteil! Es muss zu einem Zeitpunkt geschehen, wenn niemand am Ufer steht oder im Fluss badet, vor allem keine Kinder. Ich schlage heute um Mitternacht vor!"

„Oh, Mann!", entfuhr es Plasma. „So schnell? Wollen wir nicht noch etwas warten?"

Wieder warfen ihm Hacki und Hexlein seltsame Blicke zu. Dann sagte sie: „Was ist los mit dir? Auf was willst du warten? Der Zeitpunkt ist gut. Wir müssten uns nur noch über den Ort unterhalten. Ich habe da nämlich eine Idee."

Plasma fuhr sich mit der Hand übers Gesicht und sah dann wieder ganz normal aus: „Ist schon in Ordnung. Schieß los!"

„Okay, Jungs!", sagte sie und blinkerte die beiden an. „Eigentlich darf ich ja gar nicht mitmachen, aber ich tue es trotzdem. Mein Lieblingsplatz wäre dort, wo man das Wasser auch kommen sieht. Und wenn es auch noch so wenig ist. Ich bin nun mal eine

Romantikerin. Deshalb schlage ich das Bodetal vor. Mittendrin gibt es eine sehr schöne Stelle mit etwas Ufer und einem Felsen direkt am Wasser. Sollte etwas schiefgehen, was wir ja eigentlich gar nicht mehr sagen wollen, kann man ganz schnell den Berg hinauflaufen. Was haltet ihr davon?"

„Eine gute Idee", antwortete Hacki. „Aber was bedeutet, dass du eigentlich gar nicht mitmachen darfst?"

Es war ihr so rausgeschlüpft und er hatte es natürlich gemerkt. Und sie konnte auch nicht ohne weiteres damit leben. Also beichtete sie es den Jungen: „Mein Bruder und sein Freund haben mir beim Aufspüren des Passwortes geholfen. Ich habe ihnen versprochen, es nicht oder nicht ohne sie anzuwenden. Andererseits vertraue ich euch beiden und werde mich deshalb darüber hinwegsetzen."

„Scheiße!", murmelte Plasma. „Zwei Leute mehr."

Hexlein gewann langsam den Eindruck, dass sich Plasma in einem viel tieferen Konflikt befand als sie. Wahrscheinlich machte er überhaupt nur noch wegen seiner Treue zu Hacki mit. Er hatte einfach Angst, was man von ihr nicht behaupten konnte. Sie besaß Vertrauen in sich selbst und in Hacki.

Dieser machte ein griesgrämiges Gesicht und erklärte: „Wenn du fest zu uns stehst, machen wir es trotzdem. Ich würde es jetzt wirklich gern wissen und vertraue auf unsere Kenntnisse. Und du, Plasma, solltest dich uns jetzt auch anschließen, ohne wenn und aber!"

„Das mache ich doch die ganze Zeit!", rief Plasma zornig. „Nur ist das Ganze eben kein Pappenstiel und man kann ja wohl noch ein bisschen Schiss vor den Folgen haben. Aber ihr könnt euch auf mich verlassen! Und nun lasst uns zu Ende kommen. Ich glaube, ich weiß, wo diese Stelle ist. Da muss man ein ganzes Ende laufen. Wie kommen wir nach Thale? Mit dem Zug oder mit dem Rad? Und wann?"

„Ich fände es gut, wenn wir nirgends registriert werden", meinte Hacki. „Deshalb würde ich das Fahrrad vorschlagen. Wir treffen uns um Neun an der Quarmbachsiedlung und radeln gemeinsam nach Thale. Dort schließen wir die Räder an und wandern zu dieser Stelle. Wirst du das schaffen?"

Die letzte Frage war an sie gerichtet. 'Manometer', war der umsichtig, dachte sie und erwiderte: „Natürlich schaffe ich das! Ich bin damit einverstanden, wenn ich vorher noch etwas meine Ruhe habe." Das war ein Wink zum Abmarsch. Sie wollte einfach noch etwas allein sein. Immerhin würde das wahrscheinlich das größte Abenteuer ihres bisherigen Lebens werden.

Brav erhoben sich ihre Besucher. Sybille brachte sie zu ihren Fahrrädern und öffnete das Tor der Einfahrt. Plasma sagte nur „Tschaou!" und stieg aufs Fahrrad, währenddessen Hacki ihr über Schulter und Oberarm strich: „Vielen Dank! Bis nachher!" Dann fuhr auch er.

„Bis nachher!", rief sie ihm hinterher. 'Das ist ein cooler Typ', dachte Hexlein und blickte seinem rötlichen Schopf nach. In zwei Stunden würden sie sich wiedersehen.

Als sie das Tor schloss, war ihr so, als sähe sie in einiger Entfernung wieder diesen schwarzen Kombi stehen, aber das konnte nur Quatsch sein. Sie ging zurück an den Pool und nahm das Smartphon.

XXII

Hätte Hexlein noch etwas mehr auf ihre Klugheit und Intuition vertraut, wäre sie vielleicht zu dem schwarzen Kombi gegangen und hätte hineingeschaut. Möglicherweise wäre dann alles ganz anders verlaufen …

Als guter Jagdhund musste man ständig alle Ausgänge eines Baus im Auge behalten, sonst entwischte einem die Beute aus dem berühmten Schlupfloch, während man ein Stückchen weiter emsig wühlte. Das wusste auch Heinrich Seidler. Er war felsenfest davon überzeugt, dass heute irgendetwas passieren würde. Inzwischen schätzte er die Fähigkeiten dieser Jugendlichen derart ein, dass sie das Passwort tatsächlich knacken würden. Wenn es denn heute sein sollte, dann war es mit sehr hoher Wahrscheinlichkeit auch heute.

Deshalb hatte er sich am Nachmittag entschlossen, sich noch einmal mit der Observierung von Hexenline zu befassen. Er hatte sich wieder an seinen Stammplatz begeben und gewartet. Fast wäre er zu spät gekommen. Bereits wenige Minuten später kamen Paule und sein Freund mit den Fahrrädern angefahren. Vor dem Eingangstor sprangen sie ab, standen eine Weile unschlüssig davor, dann öffneten sie es einfach und schoben ihre Räder auf das Grundstück. Das Tor schlossen sie wieder, und Heinrich sah nichts mehr.

Es schien tatsächlich loszugehen! Kaum zu fassen, alles verlief planmäßig …

Bei der Hitze in seinem schwarzen Kombi wäre Heinrich fast eingeschlafen, so lange dauerte der Besuch der beiden Hacker. Es schien etwas Wichtiges zu besprechen zu geben. Dann kamen sie endlich wieder heraus. Diesmal wurden sie von einem beschwingten Hexlein begleitet, die sich besonders intensiv von diesem Hacki verabschiedete und ihm nachrief: „Bis nachher!"

Das war's also! Sie würden sich heute noch wiedertreffen, um die Veranstaltung durchzuführen. Heinrich war begeistert. Langsam folgte er den Fahrrädern. Die Jungen fuhren noch ein Stück gemeinsam. Dann trennten sich ihre Wege. Paule fuhr in Richtung Gersdorfer Burg. Heinrich entschloss sich, ihm zu folgen.

Der Junge fuhr tatsächlich nach Hause. Der schwarze Kombi nahm einen Feldweg auf den Seweckenberg, von wo aus er die Straße beobachten konnte. Als er auf seinem Platz anlangte, hatte das Fahrrad die Burg fast erreicht. Vor Heinrich dehnte sich das weite Tal zwischen seiner Schichttrippe und dem Harz. Er schaute hinüber auf die kleinen Harzorte von Ballenstedt bis Thale. Es begann ein herrlicher Sommerabend. Paule verschwand in der kleinen Ansiedlung.

Mit hoher Wahrscheinlichkeit würde er seiner Mutter alles erzählen, einmal getan – immer getan. Anschließend würde er sich sicherlich wieder mit den anderen treffen, riet Heinrich. Und bald danach musste er selbst zuschlagen. Das ging aber nur mit Martina, denn sie würde Zeit, Ort und Passwort kennen. Er richtete sich auf einige Wartezeit ein.

XXIII

Plasma war total hin und her gerissen. Auf der einen Seite fand er den Plan genial, und es hätte ihm eine Heidenfreude gemacht, dabei zu sein. Wenn er nur nicht ständig dieses flaue Gefühl im Magen gehabt hätte, dass irgendetwas maximal schieflaufen würde. Deshalb konnte er auch bei Hexlein überhaupt nicht gelöst sein. Je mehr er sah, wie dieses Traumpaar die Katastrophe beschwor, umso schlimmer war es geworden. Trotzdem konnte er seine Freundschaft zu Hacki darum nicht aufgeben.

Er verabschiedete sich von ihm, um, wie er sagte, noch einmal nach Hause zu fahren und einige Dinge zu holen, zum Beispiel seine Kopflampe. Sehr viel Zeit blieb ihm nicht mehr.

Als er in die Küche kam, pusselte seine Mutter an irgendwas herum. Sie legte es sofort beiseite, und nachdem sie sich begrüßt hatten, sagte sie nur ein Wort: „Und?"

'So direkt musste es nun auch nicht sein', dachte Plasma, war aber dennoch erleichtert und sprudelte heraus: „Und heute Nacht geht's los. Wir haben lange mit Hexlein geredet. Das war sehr nett. Wir probieren ganz kurz die Praxis. Zu dritt. Es kann normalerweise nichts passieren."

„Ach Junge, Junge!", klagte die Mutter. „Kannst du denn da nicht wenigstens aussteigen?"

„Nein!", sagte er hart. Und dann weicher: „Mama, ich habe zwar etwas Schiss, aber ich finde es super, so etwas zu erleben. Das kann kaum jemand."

„Wenn du Angst hast, dann steige aus! Das ist keine Schande!", flehte sie ihn an.

„Ach was! Angst ist eine gesunde Eigenschaft aller Lebewesen, haben wir in der Schule gelernt", antwortete er und lächelte beruhigend. „Die macht vorsichtig. Und überhaupt – es gäbe keine Helden, wenn alle jungen Leute auf ihre Mütter gehört hätten!"

„Erzähle doch keinen Scheiß!", fuhr sie ihn an. „Das ist doch keine Heldentat."

„Für mich schon. Aber lass uns mal nicht weiter streiten, sonst bereue ich noch, dir etwas davon erzählt zu haben", sagte er leicht ungeduldig. „Eigentlich bin ich nur hier, um dir die einzelnen Daten zu sagen. Weil ich Vertrauen zu dir habe! Niemand weiß nämlich davon. Hexleins Eltern sind im Urlaub, und Hacki erzählt seinem Vater davon garantiert nichts."

„Ja, Paule!", meinte die Mutter, nun wieder beherrschter. „Ich finde dein Vertrauen ja auch wunderbar, trotzdem … Aber nun erzähle es mir und dann gebe ich Ruhe."

„Ich muss bald wieder losfahren", begann er. „Wir treffen uns mit den Fahrrädern und fahren nach Thale. Von dort aus wandern wir ins Bodetal bis zu dieser Stelle, wo man so schön am Ufer sitzen kann. Dort werden wir genau um Mitternacht den Zentralrechner des Systems hacken. Erst dann, wenn wir die gesamte Leittechnik verstehen, werden wir für wenige Minuten eine Schleuse etwas öffnen. Danach warten wir dort ab, was passiert. Ich verspreche dir, das alles völlig harmlos ablaufen wird.

Auch die anderen beiden haben kein Interesse daran, dass etwas schiefgeht. Und nun möchte ich noch einen Happen essen und dann fahre ich wieder los."

Wider Erwarten machte seine Mutter keine Einwände, sondern stellte ihm Brot, Butter und Schinken auf den Tisch. Sie setzte sich dazu und aß schweigend ein Radieschenbrot. Danach stand er auf und ging in sein Zimmer. Dort setzte er sich in Gedanken versunken an seinen Schreibtisch.

Der Indianer war kaputt. Er sah es sofort. Er lag auf der Seite, und der Arm mit der Axt war abgebrochen. Verunsichert schaltete er den Computer an. Irgendjemand war daran gewesen, heute morgen um 10.28. Seine Mutter konnte das normalerweise nicht gewesen sein. Sie hatte um diese Zeit gearbeitet und ging außerdem nicht an seine Sachen. Er klickte kurz weiter. Das Passwort war nicht aktiviert worden. Seine Mutter kannte es aber. Es war ein Fremder in ihrer Wohnung gewesen. Sofort fiel ihm dieser Heinrich ein. Warum scharwenzelte der überhaupt um seine Mutter? Und das gerade jetzt? Mist! Aber wenn er ihr das jetzt erzählte, war der Abend gelaufen. Vielleicht war es doch ein großer Fehler gewesen, sie einzuweihen. Es ließ sich nun nicht mehr ändern.

Plasma ging zurück in die Küche und verabschiedete sich von seiner Mutter. Diese hatte eine Träne im Auge und drückte ihn fest an sich. Vorsichtshalber sagte er: „Unser Passwort ist Protoplasma!"

„Weiß ich doch", erwiderte sie. „Proto für Hacki und Plasma für dich. Werdet ihr es genau um Mitternacht tun?"

„Ja, genau um Mitternacht. Also, bis morgen früh!", sagte er und verließ die Wohnung. Draußen nahm er sein Fahrrad und steuerte zum Treffpunkt.

Er war der Erste. Doch nach kurzer Zeit kamen auch die anderen, beide gleichzeitig, aber aus entgegengesetzten Richtungen. Verstohlen begutachtete Plasma das Mädchen. Nicht nur Hacki, sondern auch er fand sie hinreißend. Nur wollte er deshalb keinen Zoff – man würde sehen, wohin sich alles entwickelte. Hexlein kam auf einem blauen Bike. Jetzt, kurz vor Einbruch der Dunkelheit, sah sie erst recht aus wie der Sarottimohr, noch dazu als ihr schlanker Körper in einer kurzen Hose aus weichem schwarzen Leder steckte und der Oberkörper in einem gleichartigen Shirt, das vorn einen Reißverschluss trug. Auf dem Rücken hatte sie einen kleinen braunen Rucksack und an den Füßen rote Sportschuhe. Man sah, dass sie nicht von armen Eltern kam.

Demgegenüber steckte Hacki immer noch in seinen Feld-, Wald- und Wiesen-Klamotten, die er schon heute Nachmittag getragen hatte, einer abgeschnittenen Jeans, einem ausgewaschenen T-Shirt und Volleyball-Schuhen. Auch er trug den Rechner in einem Rucksack.

Die Drei begrüßten sich lachend. Sie waren bereit und radelten auf dem Neinstedter Feldweg an der riesigen bizarren Felsformation der Teufelsmauer vorbei bis Thale. In diesem Städtchen, das unmittelbar an der Nordkante des Harzes liegt und von über hundert Meter hohen Bergen überragt wird, suchten sie einen guten Platz für ihre Fahrräder und schlossen sie dort an. Es war inzwischen dunkel geworden. Sie setzten die Stirnlampen auf, nahmen Hexlein in die Mitte und begannen ihre Wanderung hinein in den düsteren Canyon.

XXIV

Der schlaksige Achmed und der vierschrötige Ali waren einmal wieder ihrer Lieblingsbeschäftigung nachgegangen und durch die Halberstädter Innenstadt geschlendert. Was sollten sie sonst schon machen? Sie mussten warten und durften weder arbeiten noch lernen. So sogen sie einfach die Bilder ihres Gastlandes in sich auf, Momentaufnahmen aus einer nicht sehr großen Domstadt, die mitten in Deutschland liegt und im Zweiten Weltkrieg von alliierten Bomberstaffeln schwer gebeutelt wurde. Danach wurde sie in der DDR wieder aufgebaut, erreichte aber ihr altes Flair nicht einmal annähernd zurück.

Nachdem sie sich hin und wieder einen winzigen Genuss geleistet hatten, denn Geld besaßen sie kaum, waren sie nun auf dem Heimweg. Die Sonne war längst untergegangen. Natürlich gingen sie zu Fuß, denn selbst wenn die Straßenbahnfahrt umsonst war, machte es mehr Spaß, noch an einigen geschlossenen Läden und abseitigen Bistros vorbeizuflanieren. Langsam näherten sie sich der ZAST, die in den letzten Tagen begann, aus allen Nähten zu platzen. Für immer mehr Asylbewerber mussten inzwischen riesige Containerhäuser und eine Zeltstadt auf der grünen Wiese aufgebaut werden. Was das im Winter werden sollte, wussten wohl selbst die Verantwortlichen nicht. Jedenfalls hatten die Cousins beschlossen, sich morgen früh zum Helfen anzumelden.

Als sie die Stelle erreichten, wo links diese merkwürdigen Höhlenhäuser im Wald lagen, deren wahre Bedeutung sie noch nicht herausgefunden hatten, war es bereits stockfinster unter den Straßenbäumen. Die gelblichen Lichter der Laternen lagen ziemlich weit vor und hinter ihnen. Einer der großen Straßenbahnzüge rauschte an ihnen vorbei, und in deren Lichterschein war den beiden so, als duckte sich vor ihnen ein Schatten hinter einem Baum.

Beherzt gingen sie weiter. Doch als sie den Baum erreichten, enthüllte sich ihnen ein wohlbekannter Mensch. Ein eisiger Schreck durchfuhr sie, trotz der lauen Tropennacht. Blitzschnell stand der große knochige Mann vor ihnen und packte Achmed sofort mit stahlhartem Griff am Handgelenk.

„Was ist passiert?", zischte er sie wütend an. „Ihr habt mich betrogen?"

„Nicht betrogen!" Achmed wand sich in dem harten Griff vergeblich. „Frau war von der Polizei!"

„Polizei!", stieß der Mann verächtlich hervor. „Na und! Ihr ward zu zweit! Ich will mein Geld wieder haben. Hat die Frau euch befragt?"

Die beiden antworteten nicht. Der Mann fuhr sie an: „Also habt ihr mich verpfiffen? Stimmt's?"

„Frau war sehr stark!", lamentierte Achmed. „Hat Ali Zahn rausgeschlagen und mir fast Kopf gespalten."

„Und hat gesagt, dass du ein Brunnenvergifter bist", mischte sich nun Ali mit grollender Stimme ein, „der uns nur missbrauchen will!" Er ging in Kampfpose, um seinen Cousin zu befreien.

Doch gegen den Dunkelmann war er zu langsam und ungeübt. Dieser hatte, während er mit der linken Hand Achmed fest im Griff hielt, die gesamte Zeit über die rechte Hand in der Tasche seines Mantels verborgen. Ali wusste wohl selbst nicht so genau, wie er gegen diesen Mann vorgehen sollte. Eigentlich wollte er ihn wohl nur überraschend nach hinten stoßen, so dass er vor Schreck den Griff lockerte und sie zu zweit davonrennen konnten. Der Eingang zur ZAST lag fast in greifbarer Nähe.

Achmed musste sich das Drama aus nächster Nähe mit ansehen. Der Dunkelmann zog einen kleinen Gegenstand hervor, der im Licht einer entfernten Laterne kurz aufblitzte. Später rekonstruierte er, dass es so etwas wie ein Skalpell war. Damit fuhr er dem Cousin über den Hals. Ali wurde in seinem Angriff aufgehalten und taumelte mit einem gurgelnden Laut zurück. Der Griff lockerte sich für einen Augenblick. Achmed riss sich los und schlug mit der Hand auf das Gesicht des Mannes ein. Dann spürte er einen wahnsinnigen Schmerz in der Bauchgegend.

Die Straßenbahn hatte inzwischen an der Endstelle gedreht und kam zurück. Sie beschleunigte. Ihre Scheinwerfer beleuchteten die Szenerie für mehrere Sekunden. Achmed sah das wutverzerrte Gesicht seines Peinigers. Er vergaß die Schmerzen und stürzte sich mit dem gesamten Körpergewicht gegen ihn. Der Dunkelmann taumelte nach hinten, verlor am Rande des Weges den Halt und fiel in die Finsternis. Achmed hörte es noch hart knacken, als wäre nicht nur ein Ast gebrochen, dann wurde alles von einem ohrenbetäubenden Kreischen übertönt. Der Schmerz in seinem Leib ließ ihn jedoch nicht mehr darauf achten, sondern nur noch zu Ali taumeln, der mit blutüberströmtem Gesicht, Hals und T-Shirt am Boden lag.

Einige Mitarbeiter der ZAST, auch medizinisches Personal hatten um diese Zeit Dienstschluss und fuhren mit der Straßenbahn nach Hause. Einer von ihnen drückte die Notbremse. So kam es, dass Ali und Achmed gerettet wurden und die Polizei sofort benachrichtigt werden konnte. Vom Brunnenvergifter hatte jedoch keiner mehr auch nur einen Schatten wahrgenommen.

XXV

Da es zwischen ihnen gerade so gut lief, hatte Rita ihren Freund Irenäus für den Abend ins Pub Nase bestellt. Sie hatte zwar Bereitschaft, aber für ein Stündchen würde es schon gehen und eigentlich passierte auch selten etwas Schlimmes. Die Räuber der Filmausrüstung hatten sie zwar noch nicht gegriffen, aber das würde sich erfahrungsgemäß hinziehen. Für die Überwachung des Bordcomputers von Heinrich Seidler hatte sie beim Landeskriminalamt einen Antrag gestellt, aber der war noch nicht bewilligt worden, da denen offenbar der Fall von Brunnenvergiftung zu popelig vorkam. So war für Rita kurz vor Sonnenuntergang noch alles im Grünen Bereich.

Ganz so grün sah es bei Irenäus nicht aus. Für ihn stand fest, dass in dieser Nacht „die Kinder" mit sehr hoher Wahrscheinlichkeit „ihre Party" abziehen würden. Eigentlich wollte er davor wenigstens beim Schwarzen Pferd vorsprechen und sich entweder beruhigen lassen oder ihr im Notfall zu Hilfe eilen. Diese

Möglichkeit war nun verflogen. Andererseits saß er aber ganz gern im Pub, denn an diesem Tage würden sich hier zu vorgerückter Stunde auch die Unterhundertjährigen aufhalten. Das war eine Gruppe Quedlinburger intellektueller Fußballer, die beim Spiel etwas gegen die bürosesselbedingte Zunahme ihres Körperumfangs unternahmen. Zu diesem UHUs genannten Zusammenschluss gehörte auch sein Freund Karl Wabenmond, dem er an diesem Abend sehr gern endlich vom Talsperren-Attentat berichten wollte. Die Anwesenheit von Rita stellte dabei zwar ein gewisses Problem dar, was sich aber sicherlich mit einiger Geschicklichkeit umgehen ließ.

Der Abend war wieder ausgesprochen tropisch. Die letzten Mauersegler zwischen dem Baltikum und Afrika verschwanden im Westen über den Türmen der Stadtmauer, denn sie flogen als erste zurück in warme Gefilde, und niemand wusste so recht, was ihren kurzen Aufenthalt in unseren Breiten nun tatsächlich evolutionär so attraktiv macht.

Rita und Irenäus saßen an einem kleineren Außentisch. Sie trank ein Glas Wein und er ein Wernesgrüner, ihre Begrüßungswhiskys waren bereits geleert, und Irenäus räsonierte noch einmal über den Verfall der Sitten bezüglich der schamlosen Abkupferung seines „Steinkistengrabes". In schneller Folge fanden sich an einem größeren Tisch die UHUs ein und sprachen lauthals über ihre spannenden Torschüsse.

Nach einiger Zeit, es war bereits dunkel geworden, sonderte sich der Förster von seinen Mannschaftskameraden ab und setzte sich zu ihnen an den Tisch. Sie unterhielten sich ein weiteres Mal über die bronzezeitliche Vorabendserie, später aber über die nachhaltige Trockenheit aus Sicht der Naturfreunde, der Forst- und Landwirtschaft und der Stadtverwaltung Quedlinburg. Gerade als Rita zu überlegen begann, ob sie ein weiteres Glas Rotwein trinken könnte, denn erstens durfte man ja durchaus mit einem gewissen Pegel weiterhin am Straßenverkehr teilnehmen und zweitens war sie schließlich bei der Polizei, düddelte ihr Diensthandy.

Zu Beginn noch gelassen, meldete sie sich und ihre Tischgenossen hörten sogleich eine laute, aufgeregte Stimme im Hintergrund näseln. Rita erhob sich, drehte sich vom Publikum weg und sagte zuerst halblaut „Scheiße" und kurz darauf „ich komme sofort". Dann drehte sie sich wieder um, sah Irenäus mit grün irisierenden Augen an und sagte leise: „Das war's leider. Ich muss sofort los. Der Brunnenvergufter hat wieder zugeschlagen."

„Was ist passiert?", fragte Irenäus ebenso gedämpft. Er sah, dass sie ganz bleich geworden war.

Normalerweise hätte sie in dieser Umgebung nicht darauf geantwortet, aber sie musste wohl nach der Information etwas durch den Wind sein: „Ich glaube, er hat die Jungs in Halberstadt aufgeschlitzt! Tschüss!" Sie rannte zu ihrem kobaltblauen Golf, der auf der gegenüberliegenden Straßenseite stand und fuhr mit quietschenden Reifen davon.

Am Tisch der UHUs war Totenstille eingetreten. Alle blickten mit großen UHU-Augen auf Irenäus. Doch der grinste nur und hob bedauernd die Schultern.

Nachdem Karl und er versonnen in ihre Biergläser geschaut hatten und diese daraufhin leer aussahen, konnte sich die beiden endlich einmal ungestört unterhalten. Irenäus begann ganz allgemein, über das Hacken großer technischer Systeme zu erzählen. Dann kam er sehr schnell zur Sache. Das Rappbode-System …

„Das hättest du mir aber auch schon etwas eher erzählen können", nöhlte der Förster.

„Es war immer jemand dabei", versuchte sich Irenäus herauszureden. „Aber heute Abend ist es vielleicht soweit. Eigentlich bin ich heilfroh, dass die Götter Rita abgerufen haben. Sollten die Kids in dieser Nacht wirklich zur Tat schreiten, hat mich Martina unter Umständen längst angerufen." Karl schaute ihn einen Moment verständnislos an. „Auf dem Festnetz!", erklärte ihm Irenäus. „Ich hoffe sehr, dass sie mir etwas auf den AB gesprochen hat. Ich glaube, ich muss da demnächst hin. Fährst du mich nach Hause? Ich bin nämlich mit Rita gekommen."

„Willst du mich etwa gar in einen neuen Fall hineinziehen?", kokettierte Karl und trank die letzte Neige. „Diesmal ist es ganz schön haarig. Ganz Quedlinburg steht auf dem Spiel. Da nehme ich nicht auf ein paar überkandidelte Gören im Internet-Rausch Rücksicht. Nur, damit dir das klar ist. Zur größten Not müssen sie abgeschossen werden!"

„Das ist dir deine Heimatstadt wert, ja?", erkundigte sich Irenäus halbernst und bezahlte bei Jana die Rechnung.

„Kannst du wissen", brummte Karl und verabschiedete sich von den UHUs, die ihnen wegen des schnellen Aufbruchs ziemlich überrascht hinterherblickten.

„Meinst du wirklich, dass wir heute Nacht in dieses olle Bodetal fahren müssen?", fragte Karl bei der Fahrt im Subaru nach längerem Schweigen.

„Es wäre natürlich sehr angenehm, wenn du mitkommen würdest?", antwortete Irenäus und meinte diese Aussage bitterernst, denn allein wollte er sich eine derartige Eskapade nicht zumuten.

Wieder setzte längeres Schweigen ein, bis sie endlich das Grundstück von Irenäus erreicht hatten.

Bereits auf der Hoffläche hörte er hinter der Tür zur Küche das Telefon bimmeln. Wahrscheinlich war es der Anrufbeantworter. Der rief immer dann an, wenn man das Grundstück betrat. Irenäus hatte dazu eine eindeutige Theorie entwickelt:

Einer der uns inzwischen zu tausenden umkreisenden Satelliten scannte unentwegt die Oberfläche mit erheblicher Auflösung (viele andere natürlich ebenfalls, aber darum geht es jetzt nicht), und es war für ihn ein Kinderspiel, mit einem leistungsstarken Computer (z. B. auf der Erde) alle möglichen Korrelationen zwischen den Bewegungen auf einem Grundstück und ungehörten Nachricht in den jeweiligen ABs herzustellen. Dabei würde es sich um einen zusätzlichen Service der Telekom handeln. Einen Zahn schärfer würde es allerdings, wenn über den orbitalen Spion bereits der Chip im Personalausweis mit dem AB gekoppelt wäre. Dies ließe dann Rückschlüsse auf die prinzipielle räumliche Überwachung eines jeden Bürgers zu.

Wie auch immer, Irenäus erreichte seinen alten analogen Telefonapparat der Erbtante rechtzeitig. Er riss den Hörer von der Gabel und erhielt erwartungsgemäß die Nachricht von einer indifferenten Damenstimme: „Hier ist Ihre Sprachbox. Sie haben zwei neue Nachrichten!"

Und dann erklang das aufgeregte Wiehern des Schwarzen Pferdes in der Leitung …

XXVI

Die Stadt Thale setzt auf ein ultimatives Fremdenverkehrskonzept. Allerdings verschließt sich dem Feinsinnigen in weiten Bereichen das Verständnis für die Art der touristischen Hardware. An sich besitzt die Stadt mit der mystischen Rosstrappe und dem mit Freilufttheater und Bergzoo aufgemachten Hexentanzplatz, auf den eine Gondelseilbahn den bergmüden Besucher fährt, sehr gute Voraussetzungen für einen naturnahen Tourismus der besonderen Art. Insbesondere die Felsenschlucht des Kilometer um Kilometer in den Harz führenden Bodetals zieht Abertausende von Menschen an. Johann Wolfgang von Goethe und Caspar David Friedrich gaben sich hier gegenseitig den Stift in die Hand. So weit, so gut.

Die drei jungen Hacker gingen vorbei an der Harztherme, einem modernen Fitness-, Sauna- und Badezentrum mit riesigen Panoramafenstern sowie innerem und äußeren Schwimmbecken – keine schlechte Idee. Sie überquerten eine flache Brücke über die Bode und wurden empfangen von einer mehr als lebensgroßen Dame aus Plaste, die sie zur Begrüßung blond sexistisch anlachte mit großem roten Mund und noch viel größeren Brüsten in einem kurzen roten Kleidchen, das den übertrieben kurvenreichen Körper umschweißte. Sie posierte vor einem mehrere Meter hohen gelbbraunen Kleckerfelsen aus dem gleichen Material.

Ein paar Meter weiter wiederholte sich diese Figur, nur im blauen Kleidchen, beide garantiert in derselben Gussform gepresst. Dahinter erhoben sich Gerüste aus Edelstahl, ureigentlich als scooterartige Karussells für Jung und Alt gedacht. Auf ihren Streben turnten, wiederum aus der gleichen Plaste, hässliche Lebewesen, die an ein stark missglücktes Genexperiment erinnerten und zwischen den Beinen grüne Blätter trugen, damit man ihre entarteten Genitalien nicht wahrnahm. Diese Figuren sollten wohl Hexen und Teufelchen darstellen, für Leute, die derartige Kreaturen nur aus schlechten Comics oder den Sankt Pauli Nachrichten kennen.

Danach begann dann das endgültige Durcheinander von geldschneidendem Inventar. Eine schon etwas in die Tage gekommene Baumkletterbahn führte vorbei an einem neuen Altenheim. Auf der Strecke hinein ins eigentliche Tal standen Hüpfburgen, Getränke- und Würstchenstände rings um die Seilbahnstation und unter den Seilen gelegenen Minigolfplätzen. Glaubte man den Drohungen der Stadtväter von Thale, würde sich auch bald an den urwüchsigen Hängen des Canyons ein Baumkletterpfad winden, gegen den Naturschützer allerdings bereits Sturm liefen.

Schweigend wanderten die Hacker durch dieses Wirrwarr und enthielten sich dazu jeglichen Kommentars. Allerdings begutachtete jeder für sich die Ufer der eifrig zwischen großen, rund geschliffenen Granitblöcken dahinplätschernden Bode, die teilweise mehrere Meter hoch aufragten und kurz darauf fast auf Wasserspiegelniveau abfielen. Bald liefen sie durch den sehr dunklen Buchen-, Eichen- und Eschenwald, der überall wild heruntergefallene Felsen und öfter gewaltige umgestürzte Baumriesen präsentierte.

Nach Minuten erreichten sie die Waldkater-Brücke mit über-
lebensgroßen Darstellungen des betreffenden Raubtieres und
erahnten am gegenüberliegenden Ufer die Umrisse des gleich-
namigen Gasthauses am Ende des Brunhildenweges. Hier in diesem Tal besaß alles und jedes mehr oder minder mystische
Namen, die allerdings archetypischen Ursprungs waren und mei-
lenweit entfernt von dem am Eingang dargebotenen Hokuspo-
kus.

Immer noch besaß der Weg PKW-Breite und verlief sehr
gerade. Das würde sich jedoch demnächst ändern. Sie erreichten
eine hohe, über den Fluss geschwungene, venezianisch anmutende Steinbrücke, die im Volksmund Seufzerbrücke genannt
wurde. Direkt daneben duckte sich als vorläufig letzter Posten
der Zivilisation das Gasthaus „Königsruhe", aus dem jetzt auch
der letzte Biertrinker gewichen war. Daneben schlummerten
bereits der Wirt Jörg Brauer und seine Frau Chin Chin, denn alle
Fenster ihres in die Felsen geduckten Häuschens waren dunkel.
Trotzdem beeilten sich die Drei, diesen Ort schnellstens zu passieren, denn es gab dort auch einen Münsterländer Vorstehhund,
der sie durchaus wittern und anschlagen konnte. Doch alles blieb
still. Seit einer halben Stunde nahmen sie nur das lautstarke Rauschen der Wilden Bode wahr.

Mit einer granitenen Steinschwelle signalisierte der Weg, dass
er ab jetzt nur noch ein störrischer Stieg sein würde. Tatsächlich
wuchsen ab sofort Wurzeln und Steine aus dem Boden, sodass
man sorgfältig den nächsten Schritt setzen musste. Ab und zu
reckte Hacki seine Hand zu Hexlein, die diese auch für eine
Weile umklammert hielt. Beide taten so, als wäre dies die nor-
malste Sache der Welt, obwohl Händchenhalten das nie ist.

Die Felswände waren inzwischen zusammengerückt und
reichten über hundert Meter nach oben. Sie waren zerklüftet,
und zu ihren Füßen erstreckten sich oftmals weite Geröllhalden.
Der Weg wechselte an einer besonders engen Stelle über die
Teufelsbrücke das Flussufer. Natürlich blickten auch von dieser
nagelneuen Holz-Edelstahl-Konstruktion lebensnahe Gesichter
des Teufels auf den Passanten des Bauwerks herab. Die Bode war
entlang der Passage stark komprimiert und daher auch außergewöhnlich tief.

Plasma blieb plötzlich stehen. Er lehnte sich an das grüne
Holzgeländer und sah die beiden anderen im Schein seiner Stirn-
lampe kritisch an: „Wollen wir es nicht gleich von hier aus tun.

Ein Ort ist doch so gut wie der andere und richtige Lust zum Laufen habe ich auch nicht mehr."

Hastig ließ Hexlein Hackis Hand los, die sie aus Versehen noch gehalten hatte, und sagte in sehr bestimmendem Ton: „Nein! Wenn man sich für eine dermaßen wichtige und außergewöhnliche Tat ein Ziel vorgenommen hat – und dann noch ein solch mystisches – muss man den Plan einfach einhalten. Man muss den Weg bis zum Ende gehen, verstehst du, alles andere wäre … schrecklich!"

Plasma wackelte nicht überzeugt mit dem Kopf, sagte aber nichts mehr. Hacki hatte inzwischen klar erkannt, dass sein Freund nicht wirklich zu ihnen stand, wahrscheinlich hatte er das Unternehmen vor Angst bereits vor längerer Zeit verraten, zumindest an seine Mutter. Der Besuch von Irenäus Moll auf ihrem Grundstück war kein Zufall gewesen, und Hacki konnte nur hoffen, dass nicht schlimmere Menschen bereits Bescheid wussten. Außerdem ahnte er inzwischen auch, dass Hexlein irgendetwas vor ihnen verbarg. Wahrscheinlich waren ihr Bruder und sein Freund genauestens über ihr Vorgehen informiert, was er allerdings als weniger problematisch einschätzte, schließlich hatten sie ihr ja das Passwort erst besorgt.

Diese Dinge waren allerdings um diese Zeit an diesem Ort nachrangig. Sie konnten jetzt entweder aufgeben oder weitergehen. Deshalb sagte er ohne Diskussion: „Los! Weiter!" Er blickte Hexlein an, die ihn verstohlen anlächelte, und Plasma, der etwas verklemmt zurückgrinste. Dann gingen sie weiter.

Nach ein paar Metern kam der sogenannte Bodekessel. Hier brauste das Wasser zwischen glatt geschliffenen Steinwänden. Das Bodetal besaß eine übergeordnete, oft erzählte Sage, sozusagen „Die Supersaga": Der wilde Ritter Bodo begehrte die wunderschöne Fürstentochter Brunhilde, die seinen Wunsch allerdings nicht erhörte. Deshalb versuchte er es mit Gewalt. Brunhildchen floh auf ihrem weißen Pferd vor dem Wüstling. Bodo folgte ihr in voller Rüstung auf seinem riesigen Rappen und trieb die Schönheit in die Enge, nämlich genau auf die hochgereckte Spitze des Hexentanzplatzes, direkt vor den Abgrund. Brunhilden in ihrer Not besaß keine andere Wahl. Sie gab ihrem Pferd die Sporen und setzte in einem gewaltigen Sprung über das Bodetal. Und natürlich schaffte sie es! Das Pferd schlug auf der gegenüberliegenden Seite beim Aufsetzen einen riesigen Hufabdruck in den Fels, der heute noch zu sehen ist. Das ist die Roßtrappe! (Seitdem haben Millionen von Menschen ein Problem. Das Pferd musste sozusagen aus dem Flug in den Stand bremsen, ansonsten wäre es drei Meter weiter sofort wieder in den Abgrund gestürzt. Wie haben Brunhilde und ihr Pferd das gemacht?) Ritter Bodo erging es übler. Er setzte dummerweise der Schönen nach, aber seine Rüstung und er selber waren viel zu schwer. So stürzte das Kampfross samt Reiter hinunter in die brodelnde Tiefe. Dort, wo er aufschlug, strudelt heute der Bodekessel, und wie uns die glaubhafte Amme berichtet, verwandelte sich Ritter Bodo in einen schwarzen Höllenhund mit tellergroßen Augen, der jeden verschlingt, der in diesen Wirbel hineinfällt.

Interessant ist, dass diese Sage keine christlichen Elemente aufweist, also sehr alt ist und den elementaren Kampf der Mächte des Guten mit denen der Finsternis widerspiegelt, der Jahreszeiten und Naturgewalten und damit des Kampfes zwischen Leben und Tod …

Hacki sah, dass Hexlein einen bangen Blick in den rauschenden Kessel warf, der heutzutage durch ein Edelstahlrohr-Geländer abgesichert ist. Schweigend marschierten sie weiter. Ab hier wurde es kräftezehrender, denn der Weg begann, bergan zu steigen. Das war allerdings noch nicht so schlimm. Heftiger waren die vielen steinernen Stufen und Absätze, an denen man sich die Füße stieß oder verrenkte. Die Spots der Lampen tanzten über den schartigen Weg und warfen Schatten, die sich in jedem Moment änderten. Selbst für junge Menschen stellte es eine Tortur dar, diesen Weg in völliger Dunkelheit zu begehen.

Bald waren sie auf Treppen und Spitzenkehren viele zig Meter über dem Grunde des Tals angelangt. Jeder musste nun für sich allein gehen, und man hörte das Schnaufen und Rasseln der Lungen. Vorn ging Hacki, Hexlein folgte, und am Ende strauchelte Plasma den Berg hinauf. 'Warum musste das jetzt eigentlich sein', ging es Hacki durch den Kopf. Er hatte eindeutig den Bodetal-Effekt unterschätzt: Das Tal war nur gut zehn Kilometer lang, und man hielt die Entfernungen zwischen den Teilstationen stets für ziemlich kurz. Aber wenn man sie dann lief …!

So war es auch in dieser Nacht. Endlich erreichten sie den Scheitelpunkt des Weges. Inzwischen war ein noch fast voller Mond aufgegangen und warf seinen milden Schimmer genau in das Tal. Das war fantastisch. Hacki musste eingestehen, dass sich allein deswegen die Strapaze gelohnt hatte. Rechts und links wanden sich die steinigen Bergflanken bis in den Nachthimmel und unter ihnen lag wie ein dunkler Schlund die Fließrinne der Bode. Selbst Plasma war von diesem Bild ungeheuer beeindruckt, und Hexlein zog in einer spontanen Gefühlsaufwallung beide Jungen an sich.

Der Abstieg war kürzer und naturgemäß weniger anstrengend, trotzdem handelte es sich um ein nervenaufreibendes Gekraxel. Und dann endlich befanden sie sich wieder auf dem ursprünglichen Niveau des Flusses. Aus welchen Gründen die Altvorderen, die diesen Weg angelegt hatten, diese Steigung eingebaut haben, bleibt genauso ein Rätsel wie das Abstoppen von Brunhildes Schimmelin. Innerhalb weniger Minuten erreichten sie die von Hexlein anvisierte Stelle. Nun wurde es ernst. Der Weg verlief hier sehr flach und einige Meter vom Bett der Bode entfernt. In ihrer Wegrichtung links erhob sich eine steile Felswand, die gleich darauf in eine Halde aus grobbrockigem Geröll überging. Auf der rechten Seite stieg man über einen niedrigen Absatz auf eine zwischen Bäumen gelegene Felsplatte aus unregelmäßig geschwungenem Granit hinunter. Die höchste Erhebung über dem Wasserspiegel betrug dann vielleicht einen Meter, man konnte aber auch gut vom Stein ins Wasser steigen. Bergauf schaute man bei Tage in eine leichte Erweiterung des Bodetals, die sich bis zum nächsten Ort, der Treseburg hieß, fortsetzte. Danach kam dann noch der kleine Ortsteil Altenbrak und danach in wenigen Kilometern Entfernung die Wendefurther Staumauer – das Corpus delicti. Weit war es also nicht mehr bis dorthin und falls ihr Plan gelang, mussten sie auch nicht lange auf den Erfolg warten.

Die kleine steinerne Plattform am Ufer des friedlich plätschernden Flusses wurde um diese Zeit freundlicherweise vom Mondlicht gut erhellt. Etwas außer Puste ließen sich die Drei darauf nieder.

„Wie spät ist es eigentlich?", erkundigte sich Hexlein, das praktische Mädel. Plasma, der als einziger eine Uhr besaß, gab zur Antwort: „Zehn Minuten vor Mitternacht."

„Oh, Manno!", rief Hacki. „Da hätten wir ja beinahe die Zeit verpasst!"

„Welche Zeit?", leierte Plasma und schaute ihn über die Helmlampe kritisch an. „Auf ein paar Minuten kommt es hier nun wirklich nicht an." Das fand Hacki allerdings ebenso. Nur Hexlein meinte: „So kann man das nicht sehen. Oder wollt ihr die guten Geister enttäuschen?"

Diesmal sahen sich zur Abwechslung Hacki und Plasma in den Spots der Lampen skeptisch in die Augen. Hexlein bemerkte das und sagte ernsthaft: „Glaubt mir nur!"

Also klappten sie ihre Computer auf und begannen mit dem heiklen Werk. Sie zappten das Rappbode-System herein und fanden nach der Eingabe des Passwortes heraus, dass der Zentralrechner ihnen widerstandslos gehorchte. Schnell hatten sie das Funktionsschema auf dem Schirm und begannen, sich mit der Talsperre Wendefurth zu beschäftigen. Es war wirklich möglich, über die Zentrale die Abflussmenge der Sperre elektronisch zu beeinflussen.

Hexlein ließ Hacki dabei den Vorrang, und dieser bewältigte die Aufgabe bravourös – bis zu einem bestimmten Punkt … „Was ist das?", fragte er plötzlich aufgeregt und versuchte, die Kontrolle über sich zu behalten.

„Jemand hat das Regime über deinen Computer übernommen", stellte Hexlein fest und ihr Gesicht sah im hellen Mondlicht aschfahl aus …

XXVII

Martina war ziemlich außer sich. Konnte sie diesen Schock tatenlos bewältigen? Ihr einziges Kind war unter Umständen gerade dabei, sich den Rest des Lebens zu versauen. Was konnte sie da nur tun? Irenäus! Sehr viel Interesse hatte er zwar nicht bekundet, aber sie glaubte fest daran, dass er ihr half, wenn es hart auf hart kam. Also wählte sie kurzentschlossen seine Nummer.

Scheiße, nur die Mailbox! Aufgeregt erzählte sie: „Hallo, Irenäus! Es ist sehr wichtig! Sie tun es tatsächlich! Vom Bodetal aus, und zwar von der Stelle, wo man so schön an der Bode sitzt, hinter der großen Steigung! Kennst du die? Sie wollen genau um Mitternacht die Staumauer ein bisschen öffnen. Ob das was wird! Bitte komm, um mir zu helfen! Ich vertraue dir!"

Sie legte auf und ging im Zimmer auf und ab. Was sollte sie denn nur tun? Draußen wurde es bereits dunkel. Sie hatte nur noch ganz wenige Stunden Zeit.

Da klopfte es an der Tür.

Ein heftiger Schreck durchfuhr sie. Fast wurde sie ohnmächtig. Wer mochte das sein?

Ehe sie etwas sagen konnte, öffnete sich die Tür zum Treppenhaus ganz langsam, und herein trat – Heinrich.

O je! Was wollte der jetzt hier? Ausgerechnet! Verwirrt schaute sie den Mann an, der langsam auf sie zu kam.

Heinrich lächelte freundlich und sagte: „Hallo, Martina! Was ist denn mit dir los? Du schaust ja, als wäre ich ein Geist."

„Hallo, Heinrich!", beeilte sie sich zu erwidern und setzte ebenfalls ein Lächeln auf. „Ich war nur gerade erschrocken, weil sonst um diese Zeit niemand kommt und ich dich auch nicht auf der Treppe gehört hatte."

„Entschuldige!", meinte er unterwürfig. „Ich bin nur hier, weil wir letztens so schnell auseinander gegangen sind. Ich fand das ein wenig unbefriedigend und wollte dich gern einmal wiedersehen."

„Sehr schön!", erwiderte sie unbeholfen. „Ich habe nur gerade ein Problem."

Oh, Mann, wohinein geriet sie gerade? Sollte sie sich diesem Mann anvertrauen? Durch ihren Kopf geisterte der Gedanke, ihrem Sohn ins Bodetal nachzueilen. Wenn sie wenigstens dabei wäre … Eigentlich wollte sie das mit Irenäus machen, aber der war nicht erreichbar. Zu dumm!

„Was für ein Problem?", erkundigte sich der Mann und legte ihr mitfühlend eine Hand auf den Arm. „Erzähle es mir! Vielleicht können wir es gemeinsam lösen."

„Scheiße!", fluchte sie. „Das darf niemand wissen!"

Er kam auf die andere Seite des Tisches und drückte sie an sich: „Ich verrate dein Geheimnis nicht!"

'Warum war nur dieser bescheuerte Irenäus nicht da, wenn man ihn brauchte, dachte sie und begann zu reden. Zuerst redete sie nur um den heißen Brei. Sie konnte doch einem fremden Menschen nicht gerade jetzt, wo es gleich zu spät war, diese Sache beichten. Doch Heinrich war erstaunlich verständnisvoll. Er stellte kaum Fragen und wunderte erst recht überhaupt nicht herum. So wurde sie etwas mutiger und erzählte ihm die gesamte Geschichte.

Heinrich stellte keine Betrachtungen an, wie und was diese Tat bewirken könnte, sondern fragte sie nur: „Und was willst du nun tun?"

„Ich habe mich entschlossen, ihnen zu folgen und sie davon abzuhalten!", antwortete sie und blickte ihn fragend an. „Oder hast du einen besseren Vorschlag?"

„Wenn du das Passwort deines Sohnes und seines Freundes kennst, brauchst du doch nur in deren Computer einzudringen, um das Ganze zu stoppen", erklärte ihr Heinrich cool. „Du bist doch die Computer-Spezialistin."

„Ich finde das etwas zu riskant", antwortete sie, „und ich habe so etwas auch noch niemals gemacht. Es könnte mir entgleiten … außerdem will ich als Mutter bei ihnen sein! Ich fahre jetzt dorthin."

„Aber ich kann das auch!", wandte er ein. „Ich habe nämlich mindestens genauso viel Ahnung von Computern wie du."

„Na, dann komm mit!", sagte sie schnell und wusste nicht, ob das eine gute Entscheidung war. Aber es war bereits spät, und zu zweit war es sicherer als allein. Schade, schade, dass Irenäus nicht auffindbar war. „Vorher muss ich noch auf die Toilette." Das war ihr gerade noch eingefallen. Ihr Handy hatte sie in der Tasche des Pullis. Sie setzte sich auf die Schüssel und zappte die Nummer von Irenäus heran. Als sie wieder von der Mailbox zum Sprechen aufgefordert wurde, zog sie die Spülung und sagte: „Hallo, Irenäus! Wenn du mich doch noch hörst, dann folge mir! Ich fahre jetzt mit Heinrich ins Bodetal und weiß nicht, ob das gut ist. Er will den Computer der Jungen übernehmen und das Unglück so …!" Verhindern, wollte sie sagen, aber da war die Spülung leer. Sie schwieg und steckte das Handy ein. Dann kehrte sie zurück in die Küche. Irenäus würde sich schon das Richtige dabei denken.

„Komm, wir müssen los! Es ist schon zehn durch!", drängte sie Heinrich, der bereits in der Wohnungstür stand. „Wir fahren mit meinem Auto. Ich habe einen Rechner dabei."

Martina begab sich nun in ihr Schicksal. Eigentlich war sie es leid und außerdem müde. Schweigend stieg sie vor dem Haus in seinen schwarzen Kombi.

Es ging bereits langsam auf Elf zu, als Heinrich in der Nähe des „Waldkaters" abstoppte. Damit waren sie schon um etliche Meter an den Fahrrädern der Hacker vorbei, und es blieb ihnen auch erspart, den Plaste-Parcours der Monstrositäten zu durchqueren. Sie gingen über die Seufzerbrücke, aber eigentlich war klar, dass sie den Vorsprung der Drei bis Mitternacht nicht mehr aufholen konnten.

Im Unterbewusstsein verbreitete diese Erkenntnis bei Martina einerseits Frustration und andererseits Erleichterung. Sie hatte es sich nie wirklich vorstellen können, kurz vor Mitternacht von hinten an die Kinder heranzutreten und zu fordern: „Lasst das!!" Wahrscheinlich hätte das ihre mentale Kraft überschritten. Eigentlich war dies auch nur der Grund dafür, dass sie Heinrich mitgenommen hatte. Sie wollte das nicht allein bewältigen müssen. Und je mehr ihr das klar wurde, um so gleichmütiger ging sie die Sache an. Sie würden noch ein Stückchen ins Bodetal hinein wandern, dorthin, wo jetzt garantiert keine Menschen mehr waren und dann das Störmanöver versuchen. Mehr konnten sie nicht tun, dachte sie.

Die Nacht war mild, und der Mond begann, seine milchigen Lichtbündel zwischen die Felswände zu senden. Es gab nicht mehr viel zu sagen, und sie kraxelten den Weg bis zur Teufelsbrücke. Hier blieb der Mann stehen. „Es ist zehn Minuten vor Mitternacht! Ich würde meinen, hier bleiben wir und stellen schon mal den Computer an." Ohne eine Antwort abzuwarten, lehnte er sich auf das Geländer in Richtung Mond, also flussaufwärts.

Sie war bei der Lauferei mit Taschenlampe etwas aus der Puste geraten und lehnte sich neben ihm an das dunkle Holz. Das Wasser rauschte laut durch die Nacht, und silberne Lichtreflexe blinkerten in der Tiefe unter ihnen. Nun gut, es waren nicht ganz zehn Meter, aber hinuntergefallen wäre sie hier nicht gern. Sie drehte sich zu Heinrich und schaute, was der trieb. Eigentlich hatte sie ja bereits ihm die gesamte Initiative überlassen.

Er hatte den etwa DIN A4-formatigen Bildschirm bereits zum |149 Leuchten gebracht und beugte sich zu ihr: „Jetzt musst du mir nur noch das Passwort von diesem Hacki verraten, dann kann ich in Lauerstellung gehen."

In Martina wurde eine letzte Welle von Skepsis hinweggespült, und sie nannte das Wort „Protoplasma" und erläuterte kurz die Bedeutung. Heinrich bereitete den Computer weiter vor, aber sie verstand trotz ihrer Kenntnisse nicht so recht, was er dort eigentlich trieb. Dabei murmelte er vor sich hin: „Hoffentlich sind die Kids wenigstens pünktlich!"

In weiter Ferne schlug eine Kirchturmuhr, wahrscheinlich in Thale. Heinrich wartete noch sehr kurze Zeit, dann manipulierte er mit leichter Aufregung an seinem Rechner herum. Das interessierte Martina doch einigermaßen, und sie sah ihm über den Arm zu. Tatsächlich schien es ihm in Sekundenschnelle gelungen zu sein, in Hackis Computer einzudringen. Dort entstand jetzt das Bild der Leittechnik des Rappbode-Systems. Welch Wunder, dachte sie beeindruckt. Sie sah alle möglichen Stellglieder, bis sie tatsächlich bei der Wendefurther Sperre angelangt waren. Heinrich bequemte sich nun doch zu einer Erklärung: „Das ist alles noch dieser Hacki. Ich greife erst ein, wenn er den Schieber öffnet, um das Wasser fließen zu lassen."

Martina bildete sich ein, dass seine Zähne stark leuchteten, als er das sagte. Irgendwie beschlich sie ein Gefühl der Unruhe. Er hatte eine kleine randlose Brille aufgesetzt und wirkte damit wie ein Gehilfe des Teufels, unter dessen Bild sie übrigens genau standen, denn es handelte sich ja um die Teufelsbrücke.

Endlich schien Heinrich die Regie über den Schieber erlangt zu haben. Sie konnte erkennen, dass dieser um zwölf Prozent geöffnet war. So gut kannte sie sich auch noch aus. Plötzlich begann diese Zahl anzusteigen. Sie erreichte zwanzig Prozent, dann dreißig. Martina wurde jetzt auch aufgeregt, denn sie konnte sich nicht erklären, was das zu bedeuten hatte. Wer drehte hier eigentlich am Rad? War das noch Hacki oder … ?

Während sie das gedacht hatte, war die Zahl bereits auf sechzig Prozent gestiegen. Der Mann beachtete sie nicht. Martina wurde auf einmal ganz schwindlig, als sie sah, dass sich die Zahl der Einhundert-Prozent-Marke näherten. Rote Lichter begannen über den Bildschirm zu zucken, verschwanden aber sofort wieder, als Heinrich irgendwelche Tasten drückte. In diesem Moment wurde ihr schlagartig klar, dass dieser Mann sie die ganze Zeit über missbrauchte. Sie hatte ihm das Werkzeug dafür gegeben, eine große Flut auszulösen.

„Höre sofort auf damit!", schrie sie fast außer sich. „Bist du wahnsinnig geworden?"

Er drehte den Kopf und grinste sie mit einem wahrlich teuflischen Gesichtsausdruck an, dermaßen böse und siegessicher, dass Martina sofort mitten reinschlagen musste in diese Fratze. Sie war eine starke Frau und hieb mit voller Wucht zu. Nun kannte sie keine Grenze mehr!

Doch der Mann wehrte ihren Hieb mit einer schnellen Deckung seines knochigen Armes ab, so dass sie nur mit voller Kraft seine Schulter traf. Er hingegen nutzte den Schwung aus und schlug ihr so heftig er konnte gegen die Schläfe. Martina wurde für einige Sekunden schwarz vor Augen, und sie fühlte ihre Energie schwinden. Im nächsten Moment packte sie der Mann mit harten Händen schmerzhaft am Arm und zwischen den Beinen. Ehe sie irgendwie reagieren konnte, stemmte er sie bereits mit beachtlicher Kraft auf das Brückengeländer. Sie wollte aufschreien, doch da stieß er sie bereits hinab in den brodelnden Schlund. Doch im allerallerletzten Augenblick krallten sich ihre Finger noch um irgendetwas, das im hellen Mondlicht hinter ihr her trudelte und sich aufgeregt schimmernd drehte.

Unmittelbar darauf schlug sie schmerzhaft auf die schnell dahinfließende Wasseroberfläche. Sofort war sie betäubt und trieb mit hoher Geschwindigkeit durch eine Gesteinsrinne. Sie versuchte mit letzter Energie, den Kopf über Wasser zu behalten und einige ausgleichende Schwimmbewegungen zu machen. Doch in einer Umkehrwelle wurde sie unbarmherzig nach unten gedrückt und machte zum ersten Mal schmerzhafte Bekanntschaft mit dem Grund der Bode, ehe sie gegen ein paar große Steine geschmettert wurde und das Bewusstsein verlor.

In dem flirrenden Schwarzweiß der Mondschatten kam sie noch einmal zu sich. Es gelang ihr tatsächlich, in flaches Wasser zu robben, bis ihr geschundener Körper endgültig den Betrieb aufkündigte.

Scheinbar hatte sie recht lange im Uferschlamm gelegen, als nahende Stimmen sie aufweckten …

XXVIII

Mit zerknautschtem Gesicht hörte sich Irenäus die beiden Hiobsbotschaften des Schwarzen Pferdes an. Karl stand hinter ihm und hatte alles mitbekommen. Sein mecklenburgernder Kommentar dazu lautete: „Mensch, warum machen die Leute nur immer solchen Scheiß? Da müssen wir ja tatsächlich noch in den Harz fahren."

„Sie suchen das Abenteuer in einer blankgeputzten Welt", meinte Irenäus. „Ja, sehr schön, dass du mich begleitest, lieber Karl. Es gibt aber noch etwas Schlimmeres als den Streich der Kinderlein."

„Hör auf zu schmeicheln!", motzte der Förster, obwohl Irenäus ahnte, dass er sich bereits diebisch auf die Jagd im Bodetal freute. „Was ist denn noch schlimmer, als mehrere Städte unter Wasser zu setzen?"

„Der Heinrich, der das Schwarze Pferd ins Bodetal begleitet, könnte gleichzeitig Ritas Brunnenvergifter sein, der vorhin die jugendlichen Asylanten aufgeschlitzt hat", erklärte Irenäus langsam, „und da musst du vielleicht wirklich deine Pistole mitnehmen."

„Wenn ich die jetzt auch noch hole", antwortete der Freund in bestimmten Tonfall, „erreichen wir diese Typen nie mehr vor Mitternacht! Sie liegt nämlich in meinem Kleiderschrank."

„Ja, ja, da liegen alle Pistolen, wenn man sie braucht", spottete Irenäus. „Dann fahren wir eben ohne sie. Waffen bringen sowieso den Tod, insbesondere ihrem Träger. Komm – es geht los!"

„Wir fahren aber mit deinem Auto, mein's ist mir zu schade zum Wegschwimmen!", entschied Karl, und der Privatdetektiv fügte sich ohne weitere Diskussion.

Irenäus steuerte den armygrünen Daimler Kombi ohne viel Federlesens vom großen Parkplatz vorbei am abgedunkelten Seniorenheim unter den Seilen der Gondelbahn hindurch und vorbei an schartigen Felsen direkt bis in den Biergarten von Jörg Bauers Gasthaus „Königsruhe". Dort drehte er ihn so herum, dass die Nase wieder heimwärts zeigte, denn nichts ist so schlimm, wie das Auto zu wenden, wenn man es wirklich eilig hat. Er parkte den Daimler in einer Felsnische, in der tagsüber der Geländewagen der Bergwacht stand.

„Es ist jetzt schon zwanzig Minuten nach Mitternacht", sagte Karl und schaute prüfend in die Runde. Gast- und Wohnhaus der Wirtsleute lagen noch sehr ruhig in der warmen, milchigen Mondnacht. „Was meinst du, sollten wir tun?"

„Ein Stück vorangehen", antwortete sein Freund und nahm die Taschenlampe aus dem Wagen. „Zumindest erst mal bis zu dieser Brücke, und dann sehen wir weiter. Der Fluss sieht jedenfalls noch ganz normal aus."

„Was meinst du, wie lange es dauert, bis das Wasser hier ist?", überlegte der Förster. „Falls sie es geschafft haben, eine Welle loszuschicken."

„Mir macht dieser Heinrich viel mehr Sorgen. Welche Absicht verfolgt er eigentlich? Ich sehe noch nicht das Motiv", erwiderte Irenäus.

„Der Brunnenvergifter kann er nicht sein", sagte Karl und war schon ein Stück voraus. „Er kann nicht gleichzeitig in Halberstadt und auf der Gersdorfer Burg gewesen sein."

„Wenn er ein schnelles Auto hat, vielleicht doch", gab Irenäus zu bedenken. „Nur dann wird mir das Motiv noch uneinsichtiger …"

Sie waren jetzt hinter der Gaststätte angelangt und arbeiteten sich auf dem Weg unterhalb der sogenannten Schurre voran.

Das war ein Zickzackweg, der hinauf zum Roßtrappenfelsen führte und sich früher als ein sehr beliebter Wanderweg anbot. Nun war er schon seit vielen Jahren gesperrt, weil er durch ein Geröllfeld führte, dessen Rutschfestigkeit den Verantwortungsträgern zu viele Sorgen bereitete.

„Wie lange braucht eine Flutwelle von Wendefurth bis hierher?", griff Irenäus den Gesprächsfaden wieder auf. „Ich würde sagen, die Entfernung beträgt knapp zwanzig Kilometer. Wie schnell fließt so eine kleine Welle?"

„Nun!", überlegte Karl und stolperte. „Scheiße! Nebenher laufen kann man wahrscheinlich nicht. Ich würde sagen, so dreißig Kilometer in der Stunde."

„Dann müsste sie ja bald hier sein", stellte Irenäus lapidar fest, „und das Ufer liegt hier gerade ziemlich flach."

Wie zur Antwort auf ihre Fragen hörte man aus weiter Ferne ein Geräusch, das irgendwie an einen Schuss oder ein noch weites Donnergrollen erinnerte. Unmittelbar darauf wurden die beiden Männer jedoch durch ein ganz anderes Geräusch abgelenkt. Es handelte sich um einen klagenden Schrei, der sich anhörte, als stamme er von einem verwundeten Tier oder einer seltenen, längst ausgestorbenen Eule. Ein Stück vor ihnen am Flussufer platschte irgendetwas im Schlamm und bemühte sich, aus dem Fluss zu kommen. Es schien auch diese Laute auszustoßen. Dieses Etwas war ziemlich groß, größer als ein Schäferhund. |153

„Was ist das?", fragte Irenäus beklommen.

„Keine Ahnung", knurrte Karl. „Vielleicht eine angeschossene Wildsau, die ins Wasser gefallen ist." Er kniff die Augen zusammen und versuchte, im silbrigen Mondlicht ein genaueres Bild auszumachen. Langsam näherten sie sich, während in der Ferne ein leises Grollen zu vernehmen war. Sie waren sich nun sicher, dass es sich um ein Lebewesen handelte, das jetzt langsam auf sie zu kroch. Plötzlich hob es eine Gliedmaße, die wie ein Arm aussah und rief etwas Unartikuliertes.

„Das ist ein Mensch!", schrie Karl.

„Was macht der denn da?", fragte Irenäus, der in jeder Lebenslage seinen Humor behielt. Aber sein Gefährte war bereits den hier flachen Steinabsatz hinuntergesprungen, um dem Unbekannten zu Hilfe zu eilen. Denn dass dieser Mensch kurz vor dem Ende war, konnte ein Blinder sehen, sogar im Mondschein.

Auch Irenäus quälte sich jetzt durch das Gestrüpp zum Ufer hinab, um Karl zu helfen. Dieser hatte das stöhnende Wesen bereits ergriffen und versuchte, es zwischen den Felsbrocken aus dem Wasser zu ziehen. Auch Irenäus fasste jetzt mit zu und schnell hatten sie die Person ein Stück aufwärts bugsiert. „Es ist eine Frau!"

Die Frau war klitschnass und schlammig. Sie versuchte, etwas zu sagen. Und plötzlich fiel es Irenäus wie Schuppen von den Augen: „Martina! Was ist passiert?"

Die Frau wand sich und brachte hervor: „Irenäus! Gott sei Dank! Das Wasser!"

„Was ist mit dem Wasser?", fragte er und versuchte sie zu unterfassen.

Da ertönte ganz in der Nähe ein donnerndes Krachen und mächtiges Rauschen.

Karl blickte kurz in die Höhe. Dann schrie er: „Das Wasser kommt! Schnell hoch mit ihr!"

Irenäus verstand sofort und schaltete mehrere Gänge zu. Sie nahmen die stöhnende Frau und schleiften sie so schnell sie konnten auf den Wanderweg. Das Krachen von Steinen war jetzt sehr laut, und unter ihnen gurgelte das Wasser unheimlich. Tiere sprangen durch den mondhellen Canyon. Die beiden Männer brauchten sich nicht zu verständigen. Synchron trugen sie die Frau zum Aufgang der Schurre. Es war ein großes Glück, dass der genau neben ihnen lag. Ohne Rücksicht auf Steinschlag schleppten sie die Frau soweit nach oben, bis sie sich fürs erste außer Gefahr wähnten.

Sie fanden eine größere Steinplatte, auf der sie sie ablegten. Karl konnte gerade noch sagen: „Sie ist schon stark unterkühlt, wir müssen sie irgendwie warm bekommen!"

Da rauschte und krachte es zu ihren Füßen bedrohlich. In halbwegs sicherer Entfernung wälzte sich ein Gewirr von Holz und Steinen mit sehr viel Wasser durch das schmale Flussbett. Büsche und morsche Bäume wurden geknickt oder völlig abgerissen und mitgeschwammt. Es handelte sich nicht nur um eine Flut, sondern eher um eine Moräne, die sich hier auf Thale und im weiteren Sinne auf Quedlinburg vorarbeitete. Auch andere Wesen hatten inzwischen den Aufgang, auf dem sie sich befanden, entdeckt. Rehe, ein kleines Rudel Wildschweine, Waschbären und sogar ein Luchs liefen behände im Mondlicht die Halde hinauf und waren blitzschnell wieder verschwunden.

„Das war aber nicht gerade ein winziger Schwapp, den unsere kleinen Freunde da losgelassen haben", meinte Karl sarkastisch. „Die haben wohl den halben Stausee abgelassen."

„Das war alles Heinrich!", meldete sich das Schwarze Pferd keuchend zu Wort, danach fiel ihr Kopf zur Seite.

„Sie ist tot!", rief Irenäus entsetzt.

„Quatsch!", sagte Karl und streifte ihr die Bluse ab. „Sie muss nur endlich mal warm werden!"

Er begann zu massieren. Doch Irenäus schob ihn zur Seite: „Lass mich das machen! Wir sind da bereits aufeinander einge-spielt! Nimm du mal Füße und Waden!"

„Junge, Junge!", brummte der Förster. „Wie weit bist du denn gekommen? Ist das nun das Schwarze Pferd?"

„Ja, das ist das Schwarze Pferd", antwortete Irenäus leise. Er knetete ihre Schultern, Oberarme und konnte es natürlich nicht lassen, die kräftig anmutigen Brüste ausdauernd zu massieren, was er schon seit einigen Tagen halbbewusst herbei gewünscht hatte. Die Männer kneteten und walkten die Frau, dass es eine Freude war. Schließlich ließ Karl von den Füßen ab und fragte: „Macht es Spaß?"

Irenäus strich noch einmal über die linke Brust und erwi-derte: „Es macht viel Vergnügen."

„Könnt ihr mal aufhören, über mich zu fachsimpeln, während ich hier sterbe?", ertönte plötzlich das krächzende Wiehern des Schwarzen Pferdes, wobei es versuchte, sich in den Sitz zu richten.

Irenäus musste lachten und half ihr dabei. Sein Hemd hatte er schon ausgezogen und streifte es ihr nun über. Es herrschten bestimmt noch zwanzig Grad im Freien, und er fror nicht in sei-nem Shirt. Er setzte sich neben die zitternde Frau und drückte sie an seinen durchgewärmten Körper.

„Ach, wie schön, dass ihr gekommen seid!"; flüsterte sie und presste sich an ihn. „Ich weiß nicht, ob ich das allein geschafft hätte."

Karl, der Praktiker, schaute bereits wieder auf das vorbei-rauschende Chaos. Plötzlich sagte er drängend: „Ich glaube, wir müssen ein Stück höher steigen. Das Wasser staut sich irgendwo ganz in der Nähe und erreicht uns gleich."

In diesem Augenblick ertönte ein sehr lautes Krachen, nur eine kurze Strecke bergab. Gleich darauf zog sich das Wasser mit brüllendem Schlürfen wieder zurück und riss nun auch die letz-ten morschen Bäume mit in seinen Sog.

„Ich glaube, den Jungfernstieg gibt's nicht mehr", beschrieb der Förster treffend die Lage. Da ertönte aus der Nähe ein viel-stimmiges Geschrei, das sie sich beim besten Willen nicht erklä-ren konnten.

Als Rita mit stark überhöhter Geschwindigkeit am Tatort in Halberstadt ankam, standen dort bereits vier Streifenwagen mit funkelndem Lichterkarussel. Sie sprang aus ihrem alten Golf. Die Straßenbahn stand immer noch mit geschalteter Notbremse. Der Fahrer kam als erster auf sie zu und fragte, ob er endlich weiterfahren könnte, er hätte nichts und niemanden gesehen. Zwei Mitfahrer waren noch vor Ort, alle anderen zu Fuß weiter gegangen. Rita ließ sich den Hergang schnell erzählen, dann konnten sie endlich ihre Fahrt wieder aufnehmen. Die Adressen hatten die vielen Polizeibeamten bereits aufgenommen.

Als das abgearbeitet war, traf ihr Kollege Heinz Schropel ein. Die beiden arbeiteten schon sehr lange gemeinsam bei der Polizeidirektion Halberstadt, schwerpunktmäßig allerdings für das Gebiet des vormaligen Landkreises Quedlinburg. Inzwischen war alles zusammengeschmolzen unter dem Namen Landkreis Harz mit der Kreisstadt Halberstadt, in der sie sich nun gerade befanden, weil Heinz und sie in dieser Nacht Bereitschaft hatten.

„Hallo, Rita!", begrüßte sie der Hauptkommissar lächelnd. Er war eigentlich eine etwas griesgrämige, graue Maus mit schütteren, zurückgekämmten Haaren wie es nach dem Zweiten Weltkrieg in Mode war. Seit er allerdings endlich eine taffe Bettkameradin besaß, kleidete er sich bunter mit Bluejeans und Hawaihemd. „Hat diese Angelegenheit mit deinen jungen Freunden aus der ZAST zu tun?"

„So ist es!", erwiderte sie aufgeregt. „Sie sind schon im Krankenhaus. Wir müssen sie unbedingt danach befragen, was hier vorgefallen ist. Wenn es wieder der Brunnenvergifter war, dann kriegen wir ihn vielleicht in den nächsten Stunden."

„Und gibt es hier etwas am Tatort?", fragte Heinz unbeirrt von ihrer Hektik.

„Vorerst nicht", meldete die blondgelockte Polizistin mit der Nickelbrille, die sich inzwischen zu den beiden Kriminalisten gesellt hatte. Sie waren ebenfalls bereits an sehr vielen Plätzen des Grauens aufeinander getroffen und kannten sich inzwischen gut. „Wir haben gar nichts gefunden. Der Täter muss außerordentlich schnell in der Dunkelheit verschwunden sein."

„Dann fahren wir ins Krankenhaus", entschied Rita, „und wenn es so ist, wie ich denke, gibt es heute noch eine Überraschung!"

„Oho!", lachte die kleine Polizistin mit der Nickelbrille.

Der diensthabende Arzt erzählte ihnen, dass sie die beiden Jungen auf ein gemeinsames Zimmer gelegt hätten, obwohl es dem einen schon sehr gut ginge, während der andere noch behandelt würde. Letzterer war knapp mit dem Leben davon gekommen, weil das Messer des Täters eine der Halsschlagadern nicht durchtrennt, sondern nur geritzt hatte. Dadurch war der Blutverlust zwar hoch, aber noch nicht letal gewesen. Der andere hatte einen Stich in die Bauchdecke abbekommen, der schmerzhaft gewesen war, sich letztendlich aber als harmlos herausgestellt hatte.

Diesen, es handelte sich um den schlaksigen Achmed, wollte Rita nun befragen. Der Arzt brachte sie in das Zimmer.

Als Achmed sie erkannte, lächelte er selig: „Guten Abend, Frau Hauptkommissarin! Uns ist böse Sache widerfahren!"

„Hallo, Achmed!", begrüßte ihn Rita. „Wir müssen uns beeilen, wenn wir den Täter schnell kriegen wollen. War es wieder dieser Mann?"

„Ja, ja, es war Brunnenvergifter", er grinste breit. „Er hat uns aufgelauert an dunkler Stelle. Er hat nach Geld gefragt und ob wir ihn verraten haben. War sehr böse. Ali wollte ihn aufhalten, aber wir waren zu schwach …"

„Und hat er noch irgendetwas gesagt oder getan?", fragte Rita und strich mütterlich über seine Bettdecke.

„Er hat Ali verletzt. Da bin ich gesprungen und hab ihn in den Graben gestoßen. Er hat Arm gebrochen – ich knacken hören. Ganz gewiss!", sprudelte der junge Syrer hervor. „Und dann hielt schon Straßenbahn."

„Du hast ihm den Arm gebrochen?", staunte die Hauptkommissarin. „Das ist ja was ganz Neues! Bist du sicher?"

„Neunzig Prozent. Er ist gefallen, und es hat laut geknackt, aber nicht wie Ast", beschrieb er. „Aber dann kam Bahn, und ich musste mich schnell um Ali kümmern."

„Und dann war er weg?"

„Ja, dann war er weg", bestätigte er. „Man kann mit gebrochene Arm trotzdem rennen …"

„Okay!", sagte sie und wandte sich an den Arzt. „Einer von uns wird alle Ärzte abfragen, ob in dieser Nacht jemand mit einem gebrochenen Arm auftaucht. Das gilt natürlich auch für Ihre Notaufnahme." Dann ergriff sie Achmeds Hand: „So, wir müssen schnell weiter. Alles Gute und werdet schnell wieder gesund! Schöne Grüße an Ali! Ich besuche euch demnächst. Und auf geht's!"

Damit drehte sie sich bereits um, gab Schropel, der die ganze Zeit schweigend im Hintergrund gestanden hatte, einen Wink und dem Arzt die Hand und eilte von dannen.

Als sie wieder im kobaltblauen Golf saßen, atmete sie erst einmal tief durch. Danach blickte sie Heinz Schropel an. Dieser schaute etwas müde zurück und fragte: „Und wie geht's weiter?"

„Das Phantombild wurde heute morgen möglicherweise von jemandem identifiziert. Ich konnte das nachvollziehen", begann Rita vorsichtig, denn sie kannte die zickige Seite ihres Dienstpartners. „Daraufhin habe ich eine lokale Überwachung des Bordcomputers des Fahrzeugs der betreffenden Person beantragt. Vielleicht ist sie inzwischen genehmigt. Ich werde das in wenigen Sekunden erfragen. Okay?"

Heinz Schropel räusperte sich und fragte, wie sie befürchtet hatte: „Und wer hat das Bild identifiziert?"

„Na, wer schon?", fragte sie und wusste, was gleich losgehen würde. „Irenäus Moll!"

„Aaach! Das hätte ich mir denken können!", schnaufte der Hauptkommissar. Er konnte ihren Freund einfach nicht leiden, obwohl es manchmal so aussah, als würden sie sich nach so langer Zeit doch endlich annähern. „Und wen habt ihr beiden als Täter identifiziert?"

„Heinrich Seidler", sagte Rita beklommen.

„Meinen Golfpartner?", schrie Schropel. „Seid ihr jetzt völlig übergeschnappt?"

„Hier, sieh es dir an!" Sie zeigte ihm die Zeichnung des Forensikers.

Er sah es sich an und machte: „Hm! Eigenartig …"

Rita bekam nun zum Glück ihre erwartete Nachricht. Das Ausspähen des Bordcomputers war nach dem erneuten Vorfall genehmigt worden. Ein Beamter der Landespolizei erklärte ihr: „Wir schalten die Verfolgung des Fahrzeuges jetzt auf Ihren Dienstcomputer. Dann können Sie selbstständig damit weiterarbeiten. Die letzten Fahrbewegungen konnten wir noch rekonstruieren. Das gesuchte Fahrzeug befindet sich in Thale und ist bereits vor längerer Zeit ins Bodetal gefahren. Seitdem steht es dort vor der Jugendherberge 'Waldkater'. Noch Fragen?"

„Nein! Vielen Dank!", rief Rita ins Sprechfunkgerät. Dann wies sie alle Fahrzeuge an, ins Bodetal zu fahren. Es war bereits Mitternacht.

„Eigenartig! Sehr eigenartig!", murmelte Ihr Kollege vor sich hin und fuhr in ihrem Fahrzeug mit.

Zwei Einsatzwagen waren bereits kurz vor ihnen bei dem verlassen parkenden schwarzen Kombi von Heinrich Seidler angekommen. Er war auf dem in Fließrichtung gesehen rechten Ufer abgestellt, wenige Meter vor dem Jungfernstieg. Nur der silberblaue Mercedes Streifenwagen mit der blonden Polizistin und ihrem Kollegen fuhr auf der anderen Flussseite, vorbei am touristischen Spielparadies.

Rita stand noch etwas ratlos auf dem Platz der Jugendherberge und überlegte, in welche Richtung sie sich eigentlich wenden sollte, da meldete sich bereits ihr Funkgerät. Es war die Polizistin vom anderen Ufer: „Frau Hauptkommissarin, wir haben hier etwas sehr Interessantes entdeckt. Vielleicht sollten Sie einfach mal rüber kommen!"

„Okay! Ich komme mit ein paar Leuten über die Brücke", erwiderte Rita und wies einige Polizisten an, zurückzubleiben, andere sollten sie begleiten. „Heinz, kommst du mit rüber?"

Ihr Kollege nickte, und sie rannten hinüber in den Biergarten der Königsruhe. Es war bereits kurz vor ein Uhr. Der Mond schien silbrig auf die Jungfernbrücke, und flussaufwärts erschallte ein merkwürdiges krachendes Geräusch, das Rita in diesem Moment nicht beachtete. Sie fragte sich nur, was es auf der anderen Seite so Spannendes zu sehen gäbe und warum es ihr die Polizistin nicht genannt hatte. Sie nahm die letzten Stufen und rannte zu dem Streifenwagen, der mit abgeblendeten Lichtern am Ende des Biergartens stand.

Die kleine Beamtin kam ihr bereits entgegen. Ihr Gesicht war verkrampft von einem vergeblich unterdrücktem Lachanfall.

Rita blickte sie konsterniert an: „Was gibt es hier so Lustiges, Frau Kollegin?"

„Entschuldigung, Frau Hauptkommissarin!", glückste die Frau und wies mit dem ausgestreckten Arm hinter sich in Richtung ihres Autos. „Aber ich muss mir bereits vorstellen, was gleich passiert …"

„Was soll schon passieren?", sprach Rita und lief die paar Schritte. Hinter dem Streifenwagen stand noch ein weiteres Fahrzeug in einer Felsennische. Und als sie dieses erkannte, schlug sie mit der Faust eine Beule in die Motorhaube des Streifenwagens. Sie musste sich sehr beherrschen, nicht einen Schrei-krampf zu kriegen.

Heinz Schropel stand jetzt hinter ihr und erkannte das Fahr-zeug ebenfalls auf Anhieb. Er konnte sich allerdings nicht enthal-ten, vor allen anwesenden Polizisten los zu schreien wie ein Wil-der: „Sag mal, seid ihr jetzt endgültig übergeschnappt, du und dein Privatdetektiv?!! Braucht ihr uns überhaupt noch? …"

Rita, die nicht wusste, was sie in diesem Augenblick vor Zorn und Scham tun sollte, blieb jedoch jegliche Schande erspart, denn hinter allen Beteiligten erklang ein fürchterliches Knirschen, Kol-lern, Rauschen und Krachen, das erstens jedes weitere Wort unverständlich machte und zweitens jegliche Aufmerksamkeit in eine völlig neue Bahn lenkte.

Rita sah voller Verständnislosigkeit über die Brüstung des Bier-gartens hinweg, wie sich unter dem geschwungenen Jungfernstieg eine unerhörte Menge von Wasser, Felsen und Gestrüpp hervor schob. Und dies mit unfassbarer Geschwindigkeit. Es donnerte unter ihnen vorbei und versetzte alle Anwesenden in schiere Panik. Zuerst wollte sie instinktiv davor flussabwärts fliehen und dachte daran, in den Streifenwagen zu hechten, doch die Flut war längst daran vorbei und ergoss sich laut krachend in den dahinterliegen-den Wald, der niedriger lag als der Biergarten.

In diesem Moment starrten noch alle wie das berühmte Kaninchen vor der Schlange gebannt auf dieses absolut unmög-liche Geschehen. Da krachte es erneut martialisch. Hinter der Brücke musste sich ein riesiger toter Baum am Boden verhakt haben und wurde vom Gewicht des Wasser in den Stand gedrückt und gegen die Brücke gepresst. Sofort bildete sich hin-ter ihm aus weiterem Schutt eine natürliche Barriere und das Wasser begann, sich nach hinten, also von ihnen weg zu stauen.

Die Ufermauer war an dieser Stelle besonders hoch, wodurch sie einen geringen Zeitvorsprung bekamen. Trotzdem wussten sie nicht, wie sie diesen nutzen sollten, wäre nicht ein älterer Polizist auf die einzige richtige Idee gekommen, noch höher zu steigen und dafür die letzte verfügbare Chance zu nutzen.

Diese Chance bestand in einer schmalen Terrasse, über die eine Steintreppe hinaufführte und an deren Ende das Wohnhaus der Wirtsleute stand, das noch einmal ein Stückchen höher an der seitlichen Felswand klebte. Das Gasthaus „Königsruhe" war zwar schon sehr gut gegen Hochwasser gesichert, aber nicht gegen solch eine Apokalypse. Nun rannten alle auf diese schmale

Terrasse, auf der normalerweise weitere Sitzplätze für Biergartenbesucher standen.

Gebannt starrten sie auf den Stau hinter der Steinbrücke, die wacker standhielt. Dahinter stieg das Wasser schnell an und kam bereits von oben zwischen Gasthaus und Terrasse auf dem Wanderweg als Rinnsal, das sofort anwuchs. Jetzt gingen im Wohnhaus die Lichter an. Der Wirt und seine Frau kamen in hellen Schlafanzügen ins Freie gelaufen. Der Mann schrie: „Die Talsperre ist gebrochen!"

Alles geschah natürlich gleichzeitig und nicht etwa nacheinander. Deshalb glotzten sich Wirtsleute und Polizisten auch noch erstaunt gegenseitig an, als wiederum mit schrecklichem Lärm die Brücke nachgab. Besonders beeindruckend war dieses Szenario, weil es im silbrigen Licht des Mondes geschah, der um diese Zeit genau ins Bodetal strahlte. Besser hätte es für einen Hollywood-Film nicht arrangiert werden können. Und es wurde sogar gefilmt, denn heutzutage wird bei derartigen Polizeieinsätzen eine Kamera mitgeführt, die wiederum von dem geistesgegenwärtigen älteren Beamten bedient wurde, der sie diskret, aber sehr eifrig zum Einsatz brachte. Das würden die Aufnahmen seines Lebens werden – falls er es überlebte …!

„Die schöne Brücke!", flüsterte der Bodetalwirt, was nur Rita mitbekam, weil sie gerade auf seine Lippen im fahlen Gesicht schaute.

Der Hauptkommissarin war völlig unklar, was hier gerade abging. Wie diese Flut mit dem Brunnenvergifter und mit Irenäus Moll zusammenhing, konnte sie sich beim besten Willen nicht vorstellen. Sie blickte zwar wie alle anderen fasziniert auf die sich langsam entspannenden Wasser- und Geröllmassen, aber ein großer Teil ihrer Gehirnkapazität kreiste bereits um andere Fragen. Wo hielten sich diese Personen momentan auf? Mitten im Bodetal? Konnte man das überhaupt überleben? Sie hatte sich zwar gerade extrem über ihren Liebhaber geärgert, aber verlieren wollte sie ihn deshalb nicht, schon gar nicht auf diese Art und Weise. Sie fühlte, wie ihr Herz aufgeregt gegen die Rippen schlug.

„Kommen Sie am besten erst mal mit in mein Haus", sagte der Wirt. Der Lärm hatte jetzt erheblich nachgelassen und nur noch Rauschen und das Kollern der großen Steine erfüllte die Luft. Wie eine kurze Recherche ergab, hatten auf ihrer Seite des Flusses alle das Inferno überlebt. In ihrem Funkgerät vernahm Rita gerade nur indifferentes Knattern.

Also begaben sich die Beamten in das höher gelegene Privathaus des Ehepaares. Die Chinesin Chin Chin stand in der erleuchteten Tür und lächelte zuvorkommend. Sie war sehr schlank und besaß eine natürliche Schönheit. Jörg Brauer war schon etwas älter und trug eher die typische Figur eines Wirtes durchs Leben. Er platzierte alle an einem großen Tisch und die Frau kochte Tee.

Der Wirt stellte eine Flasche guten Cognac dazu und brummte: „So was sieht man aber auch selten." Dann verteilte er Gläschen, ohne zu fragen, ob jemand überhaupt ein geistiges Getränk haben wollte.

„Heißt das,", hakte Heinz Schropel ein, ohne sich für die Hilfe zu bedanken, „dass Sie so etwas nur hin und wieder mal erlebt haben?"

„Ja, ja!", antwortete der Wirt ganz cool und begann, profimäßig Schnaps in die Gläser zu gießen. „Wir waren schon allein vierzehn mal in Afrika und noch öfter in China. Was Sie da erleben! Als wir zum Beispiel mit den Molybdän-Suchern am Sambesi waren …"

Doch diese Geschichte sollten die Gäste niemals erfahren, denn die Rede wurde abrupt unterbrochen, weil es genau in diesem Augenblick an der Außentür klopfte. Als erstes richtete sich die Kamera des älteren Polizisten auf das hell lackierte Türbrett …

162

XXX

„Ich habe es geahnt", druckste Plasma und blickte abweisend zum Mond hinauf.

„Was hast du geahnt?", schrie ihn Hexlein an. „Wie vielen Leuten hast du eigentlich davon erzählt?"

„Nicht jetzt!", fuhr Hacki dazwischen. „Konzentriert euch lieber auf den Bildschirm, sonst gibt es ein Unglück!"

Fakt war, dass sie genau um Mitternacht die Schieber der Wendefurther Sperre in ihre Gewalt gebracht hatten. Auf dem Display sahen sie, das diese bereits um zehn Prozent aufgefahren waren, wobei es sich sicher um den vorgegebenen Abfluss handelte. Während sie noch überlegten, ob sie die Durchflussmenge an Wasser verdoppeln oder verdreifachen sollten, natürlich nur für einige Minuten, fuhren die Armaturen plötzlich immer weiter auf. Das wollte Hacki umgehend verhindern, als er erschrocken bemerkte, dass er nicht mehr Herr seines Computers war. Für seinen wachen Geist stand sofort fest, dass ihn jemand übernommen hatte. Das war der Moment, als er entsetzt hervorstieß: „Was ist das?"

Hexlein, die ihm über die Schulter sah, antwortete: „Jemand hat das Regime über deinen Computer übernommen!"

„Scheiße!", fluchte er. „Der geht bis auf einhundert Prozent! Er hat den Router blockiert und besitzt mein Passwort und damit auch das des Talsperren-Systems. Wir müssen ihn ganz schnell außer Gefecht setzen!"

Aber so schnell ging das nicht. Während sicherlich bereits Unmengen von Wasser durch die Betonrinne von Wendefurth strömten, hämmerte Hacki auf seiner Tastatur herum. Dann erstarrte das Bild in unheimlicher Weise. Hacki stöhnte: „Oh, Mann! Irgendwas ist mit dem Angreifer passiert – er ist blockiert! Versuch du es, Hexlein!"

Die junge Frau gab kein Sterbenswörtchen von sich. Sie hatte ihren Computer sofort aktiviert und gesehen, wie der Alarm im Talsperren-System von ihrem Angreifer weggewischt wurde. Das wäre die natürliche Lösung gewesen, dass sich das System von sich aus reguliert oder Menschen zu Hilfe gerufen hätte. Doch sie wusste nicht, ob das jetzt noch gelingen konnte. Nach Hackis Hilfeschrei begann sie konzentriert, den Talsperren-Computer von ihrem PC aus zu hacken. Das gelang eine geraume Zeit lang nicht, weil die Talsperren-Software nicht mehr wusste, auf welche Befehle sie eigentlich hören sollte. Aber schließlich befand sie sich selber allein im System.

Sie fuhr die Durchflussmenge so schnell sie konnte auf unter zehn Prozent herunter und beugte sich dann zu Hacki: „Das war einfach!" Doch er sah, dass sie Tränen in den Augen hatte. Er strich ihr kurz über Haar und Wange. Dann sagte er: „So, nun müssen wir erst mal überlegen, was das war und wie es nun weitergeht. Hat jemand eine Idee?"

„Wir müssen schnellstens von hier wegkommen", meinte Hexlein mit trauriger Stimme. „Bestimmt kommt eine heftige Welle, die ich hier auf dieser Steinplatte nicht erleben möchte. Sie wird gewiss in einer halben Stunde hier sein."

Hacki erhob sich bereits und reichte ihr die Hand: „Du hast Recht. Lasst uns auf den Weg zurückgehen bis zu dieser Mondscheingalerie."

„Ich muss in die andere Richtung gehen!", schluchzte Hexlein plötzlich.

„Spinnst du? Was soll denn das heißen?", verlor Hacki die Fassung. „Du willst der Welle entgegenlaufen?"

„Mein Bruder und sein Freund kommen von dort", schnappte sie und ihre Tränen liefen. „Sie wollten von Treseburg aus zu uns stoßen, um das mitzuerleben. Sie sind extra gekommen und das war für sie näher als über Thale. Ich muss sie warnen!"

„Das geht nicht!", schrie Hacki außer sich. „Sie werden sich alleine retten! Bestimmt haben sie das Problem längst erkannt. Schließlich besitzen sie ja ebenfalls das Passwort. Kommt jetzt!"

„Ich bleibe hier", sagte da plötzlich Plasma. „Ich bin schuld."

„Du kommst mit!", fuhr Hacki seinen Freund an. „Die Geschichte, wie du das hingekriegt hast, muss ich von dir noch hören! Und du kommst auch mit, Sybille! Sonst seid ihr nämlich gewiss an meinem Tode Schuld, weil ich ohne euch auch nicht weggehe."

Die Beiden standen wie die Böcke im Mondschein. Da schlug Hacki seinem Freund mit der Faust ins Kreuz und gab Hexlein einen derben Schubs in Richtung Wanderweg. „Los jetzt! Ich will wegen euch noch nicht sterben! Ihr müsst mir jetzt gehorchen!"

Widerwillig, aber immerhin, trotteten die beiden los. Letztendlich schien der Selbsterhaltungstrieb den Sieg davonzutragen. Schweigend kraxelten sie den Weg zurück, der anfangs nur langsam aufwärts führte, dann jedoch steiler wurde. Hinter ihnen war ein erstes verhaltenes Krachen zu vernehmen. Hexlein blieb stehen und schaute sich hilfesuchend um.

Hacki ergriff sanft, aber fest ihre Taille und drehte sie wieder in Marschrichtung: „Geh einfach weiter! Die Beiden retten sich! Die sind doch nicht blöd!"

Als sie bereits etliche Meter über dem Flussbett angelangt waren, holte sie das Wasser ein. Es war ein faszinierender Anblick, als sich eine Walze von Holz und Steinbrocken in einer schäumenden Gischtwelle durch das Tal schob. Zu ihnen hinauf drang nun ein kakophonisches Gemisch aus Rauschen, Gurgeln, Krachen, Brechen und Kollern, dazwischen das Flattern von aufgeweckten Vögeln und ab und zu der Schrei eines größeren Tieres.

Hacki nahm das bedrohliche Geschehen von der wissbegierigen Seite: „Los, beeilt euch! Wir sind gleich auf der Plattform!"

Plasma legte tatsächlich einen Zahn zu, es konnte sich nur noch um drei Minuten handeln. An diesen steilen Stellen besaß der schmale Weg ein Geländer aus Edelstahlrohr. Am höchsten

Punkt gab es eine kleine Verbreiterung, die Hacki mit „Plattform" bezeichnete. Von hier aus genoss man einen spektakulären Blick in das Bodetal und hinunter in die Schlucht, wenn man sich ein wenig nach vorn beugte.

Plötzlich trat ein abrupter Stau in der Marschordnung ein. Plasma hatte abgebremst und hielt alle zurück. Der Weg machte hier eine kleine Rechtskurve und gab den Ausblick auf die wenig entfernte Plattform frei. Dort bot sich ihnen ein beängstigendes Bild. Ans Geländer gelehnt stand dort ein hagerer Mann und schaute hinab in das Szenario der übergelaufenen Bode. Er schien dabei ein Liedchen zu summen. Sein Gesicht im Profil besaß eine prägnante Nase und ein spitzes, vorspringendes Kinn, die schütteren Haare standen gesträubt vom Schädel ab wie Hörner. Insgesamt wirkte diese Erscheinung in hohem Maße wie eine Inkarnation des Teufels. Da sich der Mond im Laufe der Nacht am Himmelszelt weiterbewegt, wurde inzwischen auch die Plattform mit ihrem Licht überschüttet. Und genau in diesem Spot stand das offensichtlich in bester Laune befindliche Wesen.

Plasma drängte sie ein Stück zurück, Hexlein konnte mit Mühe einen Aufschrei unterdrücken und Hacki flüsterte: „Wer ist das?"

Plasma schaute die beiden mit ziemlich irren Augen an und sagte leise: „Das ist Heinrich Seidler, der uns das alles eingebrockt hat. Aber wo ist meine Mutter?"

„Vielleicht hättest du uns die Geschichte doch schon vorhin erzählen sollen ...", murmelte Hacki, aber weiter kam er nicht. Auf dem Weg unter ihnen erklang eindeutig das Keuchen von Menschen, die den Berg hinauf gehastet kamen. Gleich mussten sie um die nächste Felskante biegen.

Die Drei saßen eindeutig in der Zange ...

XXXI

„Da sind noch eine ganze Menge Menschen", stellte Irenäus scharfsinnig fest. Er saß inzwischen auf einer etwas höher gelegenen Felsplatte, die es hier wie Sand am Meer gab, und hielt das Schwarze Pferd in seinen Armen. Sie zitterte zwar immer noch, kam aber offenbar schnell wieder zu Kräften. Trotzdem schien sie voller Wonne seine Nähe zu genießen. „War da etwa eine Feier in der Königsruhe?"

„Quatsch, das hätten wir gesehen!", meinte Karl Wabenmond. „Höchstens im Wohnhaus könnte noch was gewesen sein, oder es sind Übernachtungsgäste."

„Wir müssen sowieso mal zum Daimler schauen. Hoffentlich ist ihm nichts zugestoßen", gab Irenäus in Anbetracht des Ernstes der Lage ziemlich ungezwungen von sich und streichelte dabei das Schwarze Pferd, was beiden sichtlich Vergnügen bereitete.

„Ich würde sagen, ihm ist garantiert etwas zugestoßen. Ein Glück, dass wir nicht mit dem Subaru gefahren sind", grinste der Förster, der einige Minuten gelangweilt daneben gesessen hatte. „Und was die Leute betrifft, so lange sie noch geschrien haben, konnten sie noch nicht tot sein. Trotzdem wäre ich ebenfalls dafür, dort mal nach dem Rechten zu sehen. Vielleicht gibt's auch endlich ein Schnäpschen."

Irenäus wollte das Schwarze Pferd in die Höhe ziehen, doch dieses wieherte: „Meine Geschichte wollt ihr wohl gar nicht hören?"

„Oh, verzeih!", rief Irenäus und setzte sich wieder auf die Felsplatte. „Was hat nun dieser Heinrich mit dem ganzen Desaster zu tun? Und wo ist er überhaupt? Berichte!"

Schnell erzählte die Frau ihnen das, was diese nicht ohnehin schon wussten. Als sie geendet hatte, fragte Irenäus: „Und was ist aus Heinrich geworden? Nach unten bis nach Thale kann er kaum gelaufen sein, denn dann hätten wir ihn gesehen. Er kann entweder ins Gasthaus gelaufen sein oder auf der Brücke stehengeblieben oder er ist den Kindern entgegengegangen. Die beiden ersten Varianten halte ich für unwahrscheinlich."

„Oh, Gott!", rief das Schwarze Pferd entsetzt. „Dann müssen wir denen sofort helfen! Mein armer Sohn!"

„Zuerst gehen wir zurück zum Gasthaus", meinte Karl. „Die andere Strecke wäre ein anstrengender Aufstieg, den du sowieso noch nicht schaffst. Und wieso hat dieser Heinrich das überhaupt getan?"

„Ich weiß es nicht", seufzte sie. „Ich weiß nur, dass er eine Beteiligung an einem Betrieb im Gewerbegebiet Magdeburger Straße hat."

„Ach so, dann wollte er einen Versicherungsfall schaffen", sagte Karl.

„Es liegt teilweise im Überschwemmungsgebiet der Bode", erklärte ihr der Privatdetektiv, und dann zog er sie endgültig in die Höhe. „Kommt, es sind nur wenige Meter."

Karl ging bereits ein Stück voraus. Der Weg war von der Strömung blank gewaschen und wieder frei. Langsam schien sich das brodelnde Wasser vollständig zurückzuziehen. Gleich darauf standen sie vor der Tür des Wohnhauses von Jörg Bauer. Ohne zu zögern, klopfte Irenäus an. Als sie niemand zum Eintreten aufforderte, öffnete er die Tür vorsichtig.

Vor ihnen entfaltete sich ein unverhofft spannendes Bild. In dem gemütlich erleuchteten Raum, der offensichtlich normalerweise ein Wohnzimmer war, saßen mindestens drei Streifenwagenbesatzungen. Von der ersten Sekunde an wurde eine kleine Kamera auf sie gerichtet.

Besonders beeindruckend aber war ein Paar strahlend grüner Augen, dass mit wütender Härte auf sie gerichtet war. Die roten Haare fielen ziemlich wirr um ein bis aufs äußerste gespanntes Pferdegesicht. So nannte das Irenäus, denn die Hauptkommissarin besaß ein interessantes, aber doch mager-knochiges Gesicht, das als Gesamtkunstwerk sehr hübsch aussah, von Irenäus aber als Pferdegesicht bezeichnet wurde (nicht zu verwechseln mit einem Pferdegebiss, das war etwas ganz anderes). Jetzt gerade, als ihr spitzbübisches Lächeln auf Null reguliert war, erinnerte sie besonders an eine leicht verhungerte Ponystute.

Neben ihr registrierte er Heinz Schropel, der mit versteinertem Gesicht sitzen geblieben war.

Und dann waren da noch Jörg Bauer und Chin Chin. Die Chinesin rettete die Situation auf der ganzen Linie, denn sie umarmte Irenäus immer gern zur Begrüßung und kam auch jetzt völlig unbedarft auf ihn zu: „Hallo, Irenäus! Wo kommst du denn her? Du musst sofort ein Schnäpschen trinken. Wir haben extra auf dich gewartet!" Dabei kicherte sie glockenhell.

Das war mal eine echte Lösung zweiter Ordnung nach Paul Watzlawick, dachte Irenäus sehr belustigt. Er nahm das Gläschen entgegen. Jörg Bauer klopfte ihm zur Begrüßung auf die Schulter und fragte leicht besorgt: „Die sind aber nicht wegen euch hier, Irenäus, oder?"

„Nein, nein, keine Angst!", beeilte sich dieser zu antworten. „Die sind bestimmt genauso erstaunt wie ich, dass wir uns hier treffen."

„Nicht ganz, Herr Moll!", ergriff als erster Heinz Schropel das Wort. „Wir sahen bereits Ihr wundervolles Auto, das nun hoffentlich endgültig aus dem Verkehr gezogen wurde. Aber Sie haben ganz recht, wir sind aus einem anderen Grunde hier, und dazu müssen wir Sie jetzt befragen …"

„Immer mit der Ruhe!", fiel ihm der Wirt ins Wort. „Jetzt trinken wir erst mal das Schnäpschen! Ihnen ist wohl entgangen, dass wir gerade knapp dem Tode entronnen sind! Prost!" Er hob das Glas.

„Also …!", wollte der Hauptkommissar protestieren, aber als alle, wenn auch einige etwas zögernd, die Gläser erhoben, brach er seine Tirade ab und hob ebenfalls resigniert das Schnapsglas.

„Vielen Dank! Auf euer Wohl!", intonierte Irenäus stellvertretend für die Polizei, der eigentlich diese Dankesworte zugestanden hätten.

Als sie die leeren Gläser wieder abgestellt und sich Lippen und Bärte gewischt hatten, kam endlich Rita zu Wort. Aber sie sagte nicht das, was sie eigentlich sagen wollte. Vielmehr hatte sie nun das Schwarze Pferd entdeckt, das mit gesenktem Kopf hinter Irenäus und Karl gestanden hatte. Deshalb rief die Kriminalistin erstaunt: „Martina! Was machst du denn hier? Wie siehst du überhaupt aus?"

„Oh! Hallo, Rita!", stammelte diese, als hätte sie die Hauptkommissarin eben erst bemerkt. „Ich bin von der Teufelsbrücke in die Bode gestoßen worden. So sieht man dann aus."

Während schon die beiden Helden von oben bis unten verdreckt, aber wenigstens weitgehend trocken waren, bot das Schwarze Pferd einen wirklich wüsten Anblick. Sie hatte sich für diesen Rettungstrip eine schwarze Hose angezogen, die über und über mit Schlamm bedeckt und noch klitschnass war. Auch ihre langen welligen Haare waren völlig nass, zerzaust und von allen möglichen Partikeln durchsetzt. Außerdem besaß sie an den freiliegenden Körperstellen Schrammen und blaue Flecken von den Kollisionen mit Bodefelsen. Nur das dunkelbraune Hemd von Irenäus stach davon durch seine flauschige Trockenheit ab, stand aber ziemlich weit über der Brust offen, wofür sich besonders die männlichen Mitglieder der Streifenwagenbesatzungen zu interessieren schienen.

„Doch nicht etwa von diesen beiden Unholden?", stieß Rita in außerordentlich barschem Tonfall hervor, und wen sie damit meinte, war allen Anwesenden klar.

„Nein, nein, sie haben mich ja gerettet!", beeilte sich Martina zu antworten. „Heruntergestoßen hat mich …"

„Stopp!", schrie Irenäus laut und aufgeregt dazwischen, was ihm die erstaunten, ärgerlichen und wütenden Blicke der Versammelten eintrug. „Ich bin zwar nicht dein Anwalt, aber du müsstest eigentlich selber am besten wissen, dass alles, was du hier erzählst, vor Gericht gegen dich verwendet werden darf. Und du sitzt hier nicht vor irgendwem …"

Auch der Privatdetektiv wurde unterbrochen, und zwar von Rita, die die drohende Frage stellte: „Sag mal, Irenäus, was fällt dir eigentlich ein? Du kannst hier nicht einfach einer Zeugin das Wort verbieten! Das hier ist kein Spiel. Wir sind auf der Suche nach einem Täter, der fast einen Mord auf dem Konto hat. Da handelt es sich bei jeder Einmischung ebenfalls um ein schweres Delikt! Also schweig jetzt bitte, sonst bringen wir dich an die frische Luft!"

„Na, na!", motzte Irenäus. „Ihr bringt gar keinen an die frische Luft. Ihr seid genauso Gäste der Familie Bauer wie wir. Aber wir wollen ja kooperativ sein, nur, Martina hat mich um Hilfe in einer ganz anderen Angelegenheit gebeten. Und sie war gerade dabei, sich und ihr nahestehende Personen zu belasten. Das wollte ich verhindern und das war mein gutes bundesdeutsches Recht!"

„Geht es dabei um die Katastrophe da draußen oder um Heinrich Seidler?", wandte sich Schropel ungerührt an das Schwarze Pferd, was ihm ja niemand verbieten konnte. Der Hauptkommissar war schließlich auch ein alter Fuchs, selbst wenn man ihn manchmal unterschätzte.

Die Befragte öffnete bereits pflichtbewusst den Mund, da fiel Irenäus schnell ein: „Lass mich reden, Martina! Du stehst noch zu sehr unter Schock. Wenn du damit einverstanden bist, sag es jetzt laut und deutlich und dann schweig!"

„Irenäus Moll soll für mich reden!", erwiderte die Frau klar und fest. Dabei reckte sie zum ersten Mal den Kopf in die Höhe und nickte mit der schwarzen Mähne bekräftigend, so dass daraus allerlei hervorbröselte.

„Also, was möchtet ihr wissen?", fragte Irenäus und sah sich dabei prüfend alle Gesichter an. Die Polizeibeamten blickten teilweise belustigt, einige aber auch drohend zurück. Jörg Bauer schenkte eine neue Runde Cognac ein. Er sagte: „Zur Beruhigung!"

Als erster griff Heinz Schropel nach dem Glas und stürzte es hinunter, ohne jemanden anzusehen. Dann glotzte er auf Irenäus und knurrte wie ein Bullbeißer: „Keine Fragen!"

„Nun hört doch endlich mal auf mit dem Theater! Kriegt man euch beide denn nicht mehr groß?", stieß Rita impulsiv hervor, aber Irenäus merkte, dass sie nun wieder auf seiner Seite stand.

„Herr Moll hat uns schon manchmal sehr geholfen, auch wenn dir das nicht recht war, Heinz! Zuerst aber mal Prost hier auf diese Runde! Vielen Dank dem Ehepaar Bauer für ihre Gastlichkeit! Und dann erzählt Irenäus, was er zu berichten hat!"

Jörg Bauer und Chin Chin strahlten über alle vier Backen. Endlich wurde es mal normal in der Bude. Alle hoben die Gläser. 'Warum nicht gleich so', dachte Irenäus und prostete Rita zu. Unmittelbar nach der Stärkung begann er zu reden: „Was den Brunnenvergifter betrifft, muss ich euch enttäuschen. Heinrich Seidler war es mit an Sicherheit grenzender Wahrscheinlichkeit nicht."

Heinz Schropel nickte betont wichtigtuerisch mit dem Kopf.

„Als die Hauptkommissarin den Einsatzbefehl erhielt, war Seidler bereits einige Zeit in der Gersdorfer Burg bei Martina. Das ist ein starkes Indiz …"

„Hatte er einen gebrochenen Arm?", fragte Rita blitzschnell an das Schwarze Pferd gerichtet.

Dieses schüttelte raschelnd die Mähne.

„Hm!", machte Irenäus und fuhr fort. „Wahrscheinlich hat er aber viel Schlimmeres angerichtet. Er hat Martina von der Teufelsbrücke in den Fluss gestoßen, und sie blieb nur am Leben, weil sie eine so gute bäurische Konstitution besitzt …"

„Du Spinner!", wieherte in diesem Augenblick das Schwarze Pferd laut auf. „Ich habe keine bäurische Konstitution! Ich war die letzte DDR-Meisterin im Freistilschwimmen!"

„Ach, deshalb!", lächelte Irenäus sie versonnen an.

„Bei euch geht es ja schon ziemlich familiär zu!", schnaubte die Hauptkommissarin. „Erzähl mal weiter, Irenäus!"

„Das wohl Schwerwiegendste aber ist, dass Seidler diese Flut ausgelöst hat, von der wir noch nicht wissen, was sie im Tal angerichtet hat", ließ er nun die Bombe platzen.

Ahs und Ohs durchschwebten den Raum, und Schropel brauste auf: „Völlig absurd!!"

Doch Irenäus fuhr nach dieser Kunstpause fort: „Bis wir hier hineinkamen, war Heinrich Seidler noch vor uns. Wir haben uns jetzt aber ziemlich viel Zeit gelassen. Möglicherweise ist er inzwischen draußen vorbei geschlichen oder habt ihr eine Wache stehen?"

Alle sahen sich betreten an. Bis auf den Wirt, der sie beruhigte: „Ich habe schon seit einer ganzen Weile unseren Hund draußen sitzen. Der hätte angeschlagen, wenn jemand vorbeigekommen wäre."

„Falls er noch lebt", erwiderte Irenäus und erhob sich schnell. Jörg Bauer wurde kreidebleich und rannte zur Tür, die er gemeinsam mit Irenäus aufriss. Davor stand wedelnd der Münsterländer und wollte gerne ins Zimmer.

„Musst du mich so erschrecken?", fragte der Wirt Irenäus und tätschelte erleichtert den Hund.

Wieder drinnen, drängte Rita: „Wieso sollte Seidler das getan haben? Hast du dafür Beweise?"

„Ja, sehr schlüssige sogar", erwiderte Moll und versuchte ein versöhnliches Lächeln bei ihr zu landen. „Deshalb haben Karl und ich ihn auch verfolgt, nicht etwa wegen der Brunnenvergifter-Problematik. Martina haben wir dann nur im Vorbeigehen aus der Bode gefischt. Trotzdem hängt alles mit allem zusammen. Aber genau darüber möchten wir jetzt nicht reden. Akzeptiert ihr das? Dann können wir jetzt Heinrich suchen! Ihr habt ihn ja bestimmt über seinen Bordcomputer hier aufgespürt" … wie ich das vorgeschlagen hatte, verbiss sich Irenäus auszuposaunen.

Rita schwieg dazu und schaute in die Runde. Dann fragte sie: „Was sagen die Kollegen?"

In der hinteren Zimmerecke lief nämlich schon seit vielen Minuten ein reger Sprechfunkverkehr. Die blonde Polizistin mit der Nickelbrille antwortete: „Alles soweit okay! Personen sind nicht zu Schaden gekommen, aber der tiefer geparkte Streifenwagen ist weggeschwommen. Da auch die Brücke futsch ist, sitzen die Kollegen im Waldkater und … warten auf Anweisungen."

Rita musste grinsen und erwiderte: „Auf geht's! Zwei Mann bleiben als Wache hier! Die anderen kommen mit, falls die Flut vorbei ist. Die Staumauer ist offenbar nicht gebrochen, sonst wären wir jetzt schon weg vom Fenster. Und kein Schnäpschen mehr!"

„Na, eins geht noch!", sagte der Wirt und hob die nächste Flasche, doch Rita wehrte mit einer strikten Armbewegung ab. Nur Irenäus und Karl blickten gierig auf die Flasche. Irenäus klärte alle auf: „Drei Schnäpse sind genauso viel wie eine Flasche Bier, wie man leicht berechnen kann!" (60 ml x 40% = 480 ml x 5 %) „Und die wird ja wohl jeder noch verkraften in solch einer Nacht …"

Aber die Mannschaft war bereits aufgesprungen und verließ fast im Laufschritt das Wohnzimmer.

„Ja, so sind sie", bemerkte Jörg Bauer gelassen. „So ist dieser ganze Staat: Disziplin, Ordnung und Sicherheit!"

Sie tranken noch einen Cognac, damit das Schwarze Pferd wieder zu Kräften kam. Dann beschlossen sie, hinter den anderen herzulaufen, um zu sehen, was als Nächstes passieren würde. Ohne sie drei hätte das alles gar nicht stattgefunden, das war Irenäus schon sehr bewusst. Hätte das Schwarze Pferd seinen/ihren Sohn in Ruhe gelassen, wäre in dieser Nacht unbemerkt eine winzige Welle den Berg hinabgeflossen und weiter gar nichts. Er fragte sich besorgt, was in den nächsten Stunden wohl noch alles geschehen würde.

Karl ging jetzt voran. Die beiden Anderen folgten. Irenäus dachte voller Kummer an seinen Daimler, aber er schob diese Frage in den mentalen Hintergrund. Er spürte, dass die Frau vibrierte, dass die Situation sie sehr erregte. Es war wie vor einem bevorstehenden Kampfeinsatz. Plötzlich riss sie ihn an sich, als wolle sie sich völlig hingeben. Nur, das ging an diesem Ort beim besten Willen nicht. Er umarmte sie und schmeckte ihre verzweifelten Küsse. Dann erklangen vor ihnen aufgeregte Stimmen. Sie ließen voneinander ab und rannten hinter Karl her.

Die Polizisten drängten sich auf dem felsigen Steig vor der Teufelsbrücke, der ebenfalls durch ein Edelstahlrohr-Geländer abgesichert war. Sie benahmen sich in diesen Minuten wie eine Rotte gewöhnlicher Menschen und blickten gestikulierend in den hier sehr schmalen Schlund. Die drei „Gäste" wurden von ihnen nicht beachtet. Keiner machte sich mehr die Mühe, sie zurückzuweisen, außerdem gab es bei den meisten von ihnen inzwischen eine gewisse Akzeptanz gegenüber den beiden Privatdetektiven und der Gerichtsangestellten. Rita hatte völlig recht gehabt, man konnte das Gezeter von Heinz Schropel nicht unentwegt weiterführen.

Als die drei sich bis nach vorn gekämpft hatten, verstanden sie den Grund der Aufregung. Sie befanden sich jetzt an der wahrscheinlich schmalsten Stelle des Bodebettes, denn hier wurde das Wasser zwischen glatt geschliffenen Felswänden auf einer mehrere Meter langen Strecke zusammengepresst, die gleiche Stelle, an der das Schwarze Pferd von Heinrich Seidler von der Teufelsbrücke gestoßen wurde. Das herabsausende Wasser wurde hier am stärksten komprimiert und damit nach oben gedrückt. Und deshalb gab es keine Teufelsbrücke mehr!

Beziehungsweise war die Brücke noch sichtbar, aber etwas Gewaltiges musste sie getroffen und an der gegenüberliegenden Uferseite aus der Verankerung gerissen haben. Der Mond war inzwischen am Himmel ein gutes Stück weitergewandert, so dass an diesem Ufer alle Anwesenden im Schatten standen, das gegenüberliegende Ufer wurde indessen noch beleuchtet. So war genau zu erkennen, wie sich die Brücke schräg abwärts im Uferfelsen verklemmt hatte. An ein Hinüberkommen war nicht mehr zu denken. Das stellte eine herbe Enttäuschung dar, denn nun war ihnen Heinrich Seidler endgültig entkommen.

Die Polizisten schienen das ziemlich gelassen hinzunehmen, während sich Rita darüber nicht wenig zu erregen schien. Irenäus wusste, dass in derartigen Situationen mit ihr nicht besonders gut Kirschen essen war, denn sie war, wie er sich zum soundsovielten Mal eingestehen musste, im Gegensatz zu Heinz Schropel, der zur Hysterie neigte, eher eine Cholerikerin. Trotzdem drängte er sich nach vorn und raunte ihr zu: „Und was nun?"

Wider Erwarten friedfertig raunte sie zurück: „Keine Ahnung! Eigentlich könntest du mir jetzt aber mal erzählen, was es sonst noch zu verbergen gibt."

„Dieses Geheimnis lüftet sich, glaube ich, gerade von selbst", verkündete Irenäus und zeigte hinüber.

Dort zog im letzten Licht des Mondes eine höchst merkwürdige Prozession in ihr Blickfeld. Ein wenig flussauf befindet sich der sagenhafte Bodekessel, in dem der glaubhaften Amme zufolge der Höllenhund mit den Telleraugen sitzt. Von dort nahten einige Gestalten, die zum Teil Lampen trugen und sich in langsam schwankendem Gang in ihre Richtung bewegten.

Es schien sich dabei um junge Leute zu handeln. Zwei von ihnen trugen so etwas wie eine Stange auf ihren Schultern, von deren Mitte ein angebundener Mensch nach unten hing. | 173

Das Schwarze Pferd gab alle Scheu vor Rita auf und verkrallte eine Hand in die Schulter von Irenäus.

XXXII

„Glaubt es mir einfach!", beschwor Plasma seine beiden Leidensgenossen. „Dieser Mann dort ist kreuzgefährlich."

„Er sieht ja auch schon aus wie der Teufel!", schrie Hexlein verhalten.

Doch der Mann auf der Plattform hatte diesen Wortwechsel irgendwie wahrgenommen. Er unterbrach den Singsang und wirbelte herum. Seine Augen leuchteten im Mondlicht blau auf wie die eines Untoten. Die Drei wollten zurückweichen, doch das ging aus verschiedenen Gründen nicht, unter anderem deshalb, weil das Geräusch von sich nähernden Personen unterhalb ihrer Position an Intensität zunahm.

Also begannen sie ihre Offensive, immerhin war er allein und sicherlich auch nicht der Teufel. Schweigend rückten sie vor. Die Entfernung betrug ohnehin nur wenige Meter. Als erster trat Plasma in das volle Mondlicht. Was dann von Hacki nicht so erwartet wurde, geschah im nächsten Momemt. Sein Freund sprang auf den Mann zu und schrie: „Was haben Sie mit meiner Mutter gemacht? Wo ist Sie?"

Der Mann wich einen halben Meter zurück und sagte grinsend: „Was weiß ich, Kleiner! Vielleicht ist sie in der Flut ersoffen, die ihr ausgelöst habt."

Plasma baute sich vor dem Mann auf, wirkte aber nicht so richtig überzeugend, als er hervorstieß: „Sie haben diese Flut ausgelöst! Sie sind ein Verbrecher und wollen uns das in die Schuhe schieben! Wo ist meine Mutter? Sie wollte auch hierher kommen!"

'Ach, schau mal!', dachte Hacki und fand den Auftritt seines Freundes ziemlich kindisch. Fieberhaft überlegte er, wie es nun weitergehen sollte. Doch er wurde dieser Sorge enthoben, als Plasma mit wutverzerrtem Gesichtsausdruck den Typen am Kragen greifen wollte. Dieser jedoch wehrte den Angriff blitzschnell ab und schleuderte den Jungen in die ihnen abgewandte Richtung, wo der Weg wieder steil nach unten führte. Plasma konnte sich nicht bremsen und verschwand mit einem lauten Aufschrei im Mondschatten.

War er abgestürzt? Hacki wusste, dass es nun ernst wurde. War er stärker als dieser Teufel? Er konnte nicht anders! Mit einem Sprung setzte er nach vorn. Er war zumindest stärker als Plasma, doch fehlte ihm die nötige Übung. Das hier war keine Rauferei unter Jugendlichen mehr, sondern unter Umständen ein Kampf um Leben und Tod.

Der Teufel wirbelte zurück und empfing ihn mit knochigen Fäusten. Eine davon traf Hacki am Kopf und ließ ihn kurzzeitig Sterne sehen. Doch er ließ sich nicht so schnell unterkriegen. Er schlug mit voller Kraft zurück, traf allerdings nur irgendeine wenig kampfentscheidende Körperstelle. Den vergebenen Schwung des Anderen nutzte der Teufel unerbittlich. Er versetzte Hacki einen heftigen Tritt und brachte ihn zugleich über einen Armhebel zu Fall. Hacki prallte schmerzhaft auf die Steine und der Mann warf sich unverzüglich auf ihn, und zwar mit einem

Knie in den Magen-Brust-Bereich. Diese Attacke raubte dem Hacker sehr viel Kraft, so dass er vor Schmerz fast gelähmt auf dem Rücken liegen blieb. Der Teufel holte mit seiner knochigen Faust zum finalen Rundumschlag gegen Hackis Schädel aus, nach dem dieser garantiert erst einmal ein Weilchen liegen würde.

Doch er beging einen Fehler. Er ignorierte Hexlein. Diese wurde nun sehr zornig und wollte Hacki, den sie mittlerweile gar nicht übel fand, vor diesem Satansbraten retten. Also warf sie sich von hinten gegen dessen Arm mit der geschleuderten Faust, was diesen nach oben hinten zog und heftig verdrehte. Der Mann stieß einen wütenden Schmerzensschrei aus. Als Hexlein, dadurch ermutigt, sich von hinten auf ihn warf, gewann er allerdings wieder die Oberhand. Er krallte ihren Körper, und es gelang ihm, sie gegen Hacki zu werfen, was allen beiden, Hacki und Hexlein, sehr heftige Schmerzen verursachte. Nun kniete der Teufel über beiden, war aber genötigt, sie schnellstens außer Gefecht zu setzen, denn lange ließ sich eine derartige Lage nicht aufrechterhalten. In diesem Sinne holte er zum finalen Schlag aus …

Im selben Augenblick gab es einen dumpfen Hieb, und der Mann sank bewusstlos nach vorn auf seine Opfer.

Hexlein linste unter ihm hervor und sagte: „Das wurde aber auch mal Zeit, dass ihr endlich da seid!"

„Wir wollten uns den Anblick dieses Moonshine-Fightings nicht entgehen lassen", grinste Ron und begann gemeinsam mit Gregor, Heinrich Seidler von den beiden jungfräulichen Computer-Spezialisten herunterzuzerren.

Ächzend richtete sich Hacki in den Sitz: „Wir sollten ihm unbedingt sofort Fesseln anlegen. Der Typ scheint nicht von Pappe zu sein!"

Hexlein hatte sich inzwischen ebenfalls hingesetzt und sah ihn aus großen Augen an: „Hacki, du bist ja ein echter Abenteurer! Los, legen wir ihm Fesseln an. Er wacht bestimmt gleich wieder auf." Ungeachtet ihrer Worte, blieb sie neben dem Jungen sitzen und dann legte sie einen Arm um ihn. Das fand Hacki natürlich super und lächelte ihr ins Gesicht. Dann sagte er nur: „Ja!"

Ron und Gregor ertrugen das sich anhimmelnde Pärchen mit Geduld (Gregor weniger …) und schnitten irgendetwas in Streifen. Damit fesselten sie die Handgelenke von Heinrich Seidler. Es wurde bereits höchste Zeit, denn der Mann regte sich wieder und begann, irgendetwas Undefinierbares zu schnarren. Als seine

Hände bereits fachgerecht verzurrt waren, schlug er die Augen auf und knurrte: „Das werdet ihr bereuen!"

Genau dies war der Moment, als Plasma wieder aus der Versenkung auftrat. Er kam von der anderen Seite, wohin er gefallen war. Sein Knie blutete, aber ansonsten schien er intakt zu sein. Er lachte etwas verschämt und sagte zu Ron und Gregor: „Vielen Dank! Ihr habt uns gerettet. Ansonsten hätte dieses Arschloch vielleicht noch gesiegt. Er heißt übrigens Heinrich Seidler."

„Ich verbitte mir diese Anpöbeleien!", schrie der Mann. „Und außerdem will ich sofort losgebunden werden!"

„Du kannst uns mal!", konterte Hacki. „Du warst gerade dabei, uns zu töten."

„Alles Schwindel! Ihr seid eine jugendliche Verbrecherbande!", schrie er weiter wie ein Irrer.

Da legte ihm Gregor ein Holzscheit ans Gesicht, wahrscheinlich das gleiche von vor zehn Minuten. Augenblicklich schwieg der Mann. Übrigens schien Gregor das souveränste Kampfpotenzial in sich zu vereinen.

„Plasma!", rief Hacki und umarmte den Freund. „Wunderbar, dass du wieder da bist! Ich dachte schon … Aber ich glaube, du musst uns nun endlich mal sagen, was dieser Mann hier mit uns zu schaffen hat!"

176 | „Hm!", brummte Plasma und sah sich im Kreise um. „Vor allen?"

„Wir müssen schließlich wissen, was uns eventuell noch so erwartet", ermunterte ihn der Computer-Freak. „Ich glaube, es ist jetzt egal, ob das die anderen mithören. Es soll ja auch nur die Kurzfassung sein."

„Na, gut", begann Plasma. „Es fing damit an, dass ich mich meiner Mutter anvertraut habe, weil ich einfach Angst hatte, dass wir etwas auslösen, was wir dann nicht mehr beherrschen. Meine Mutter muss das kurz darauf aber an mehrere Leute weitererzählt haben, wie übrigens Hexlein offensichtlich ebenfalls." Die Genannte blinzelte ihn mit gerunzelten Brauen an, ihr Bruder grinste.

„Gleich darauf erschienen zwei Herren auf der Matte, zuerst dieser Heinrich Seidler, der sich irgendwie eingeschlichen hat." Der Gefesselte grunzte etwas Unverständliches. „Kurz darauf erschien Irenäus Moll, ein Privatdetektiv. Er scheint allerdings von Mutter beauftragt zu sein."

„Ach deshalb", unterbrach ihn Hacki. „Der war auch bei uns. Ich fand das gleich sehr merkwürdig. Er hat den Grund für sein Erscheinen nicht angegeben, aber nun verstehe ich das."

„Den eigentlichen Fehler habe ich aber erst gemacht," gestand Plasma und wischte sich eine Träne aus dem Auge, „als ich ihr erzählt habe, was wir in dieser Nacht vorhaben. Mit Zeit- und Ortsangabe. Es ist nun mal meine Mama, und ich hatte gehofft, dass sie uns hinterherrennt und alles ins Lot bringt. Verzeiht mir!" Nach dieser kleinen Selbstironie schluchzte er laut auf.

„Na, ja!", stieß Hacki hervor und umarmte ihn mitleidig. „Aber du siehst schon ein, dass du genau das Gegenteil erreicht hast? Und wo ist denn nun deine Mama? Hat sie uns nur diesen widerlichen Kerl geschickt?"

Sie hatten Heinrich Seidler inzwischen mit dem Rücken an die ansteigende Felswand gelegt. Er wand sich und sagte laut: „Ich verbitte mir das!"

Womit sie nicht gerechnet hatten war, dass Plasma nun umschaltete und den Gefesselten zweimal mit voller Wucht in die Seite trat und ihn anschrie: „Was hast du mit meiner Mama gemacht?"

Wider Erwarten antwortete der Mann auf diese Frage: „Das werde ich euch nicht sagen, selbst wenn ihr mich foltert."

„Dann tun wir das!", schrie Plasma, schon halb außer sich und setzte zu einem weiteren Tritt an.

„Stopp!", sagten Hacki und Ron fast gleichzeitig. Dann setzte Hexleins Bruder fort: „Wir wollen uns hier nicht mitschuldig machen. Ich glaube, wir kriegen aus diesem Typen nichts mehr heraus. Jedenfalls nicht an dieser Stelle. Andererseits können wir hier nicht ewig hocken. Ich schlage vor, dass wir verschwinden, ehe der Mond untergeht."

Der Mond schien in dieser klaren Nacht sehr hell, aber er neigte sich auch zunehmend der gegenüberliegenden Kante des Bodetals zu. Bis jetzt beleuchtete er noch den Abstieg, aber sehr lange würde das nicht mehr währen. Deshalb stimmten alle diesem Vorschlag zu, und als es darum ging, was mit Heinrich Seidler passieren sollte, wurde man sich schnell einig, dass man ihn mitnehmen müsse, zumindest bis zum Ausgang des Bodetals. Würde man ihn hier liegenlassen, richtete er unter Umständen weiterhin großen Schaden an, und außerdem musste noch geklärt werden, was mit Plasmas Mutter geschehen war. Also wurde Heinrich Seidler aufgerichtet und aufgefordert, sie auf dem Abstieg zu begleiten. Doch womit sie nicht gerechnet hatten: Der Mann weigerte sich heftig, mit ihnen zu gehen. Nur über seine Leiche würde er sie begleiten, so gab er ultimativ zu verstehen.

„Na gut! Dann müssen wir ihn eben tragen", empfahl Gregor, der wohl Entscheidungsfreudigste von ihnen. „Da vorn liegt ausgerechnet ein wunderbarer Eschenstamm. Damit nehmen wir ihn auf die Schulter."

Um sie herum lag überall abgesägtes Totholz. Der erwähnte Eschenstamm war sehr trocken und etwa vier Meter lang, also wie auserkoren für dieses Unternehmen. Heinrich Seidler sträubte sich zwar sehr, aber er wurde auch noch an den Füßen gefesselt, und danach schob man das Stämmchen zwischen Armen und Unterschenkeln hindurch.

„Es sind nur wenige hundert Meter", sagte Hacki, „die allerdings ziemlich steil sind. Es wird schwierig, aber ich würde vorschlagen, ihn nur bis zur Gaststätte zu tragen und dort neu zu entscheiden." Er stockte und wollte eigentlich noch etwas hinzufügen, aber dann war der Moment verflogen.

Sie fädelten den Trageholm zwischen die Gliedmaßen des lauthals protestierenden Heinrichs. Die erste Strecke sollte von Gregor und Hacki bewältigt werden, Gregor vorn, das war der schwerste Part, und Hacki hinten. Langsam gingen sie den sehr steinigen Berg hinab. Der lamentierende Mann hing mit dem Rücken fast bis auf den Boden. Es war schwieriger als sie gedacht hatten. Gregor musste jeden einzelnen Schritt abwägen, und Hacki ging es nicht wesentlich besser. Das milchige Licht des Mondes fiel immer noch auf den Weg und die Träger und hüllte die völlig abwegige Szenerie in ein gespenstisches Licht.

Es ging sehr langsam. Irgendwann wechselten die Träger auf Ron und Plasma. Und dann hatten sie es endlich geschafft. Die Steigung war überwunden. Sie wussten, dass am Bodekessel eine Bank steht, auf der sie eigentlich rasten wollten. Als sie dort allerdings ankamen und die paar zig Meter bis zur Teufelsbrücke blicken konnten, bot sich ihnen ein sehr außergewöhnliches Bild. Was sie dort erahnten, denn der Mond beleuchtete inzwischen nur noch ihre Uferseite, beeinflusste Plasma zu fordern, die kurze Strecke auch noch zurückzulegen. Ohne zu murren, folgten die Träger diesem Vorschlag.

Eine Minute später hatten sie die Stelle erreicht, wo einst die Teufelsbrücke auf dem Felsen lag. Doch da war nichts mehr. Die

Konstruktion lag verklemmt in der Felsenrinne kurz über dem Wasserspiegel, und man hätte lebensmüde sein müssen, um hier hinüberzugelangen. Auf der anderen Flussseite flammten nun zwei stärkere Lichtquellen auf, die das Polizeiaufgebot ausleuchteten.

„Das Das ist ja die Polizei", raunte Plasma den anderen zu. „Das gibt's doch gar nicht! Wie konnten denn die so schnell hier sein?"

„Keine Ahnung!", gab Hacki leise zurück. „Aber wenn ich mich nicht irre, stehen da drüben auch deine Mama und der Privatdetektiv. Haben die etwa die Bullen gleich mitgebracht? Hast du uns noch irgendetwas Wesentliches verschwiegen, Plasma?"

„Nein!", rief Plasma wie kurz vorm Zusammenbruch. „Nein! Ich schwöre es!"

Sie hatten ihren Gefangenen inzwischen auf den nachtkalten Stein gelegt. Dieser stieß gerade wieder Verwünschungen gegen sie aus, als es am gegenüberliegenden Ufer lebendig wurde.

Zuerst schrie die Mama: „Paule! Wie schön, dich zu sehen! Dieser Seidler hat mich von der Brücke geworfen! Er ist an allem …!"

„Bist du endlich mal ruhig, Martina!", schrie jetzt eine andere Frauenstimme lautstark dazwischen. Als die Mama ihr Triumphgeschrei unterbrach, fuhr diese Frau fort: „Achtung! Hören Sie gut zu! Wir sind die Polizei! Befindet sich unter Ihnen ein Heinrich Seidler? Dieser Mann wird als sehr gefährlich eingestuft und des versuchten Mordes beschuldigt."

„Seid ihr alle wahnsinnig geworden?", schrie nun Seidler so laut, dass er auf der anderen Seite sicherlich gut vernehmbar war. „Ich habe überhaupt nichts getan! Ich wollte nur die Welt vor diesen Chaoten retten! Ich protestiere …!"

Drüben entstand ein kurzes Stimmenwirrwarr, dann schrie die Frauenstimme wieder: „Wir haben ihn gehört! Bewachen Sie ihn so lange, bis wir da sind! Ich bitte um Geduld!"

Ron hatte die ganze Zeit im Schatten eines kleinen Busches gestanden. Nun rief er plötzlich auch sehr laut: „Wir kommen zu ihnen rüber! Den Mann lassen wir hier zurück!" Dann wandte er sich an die anderen: „Wir müssen erst mal unsere Lage besprechen. Die können uns nicht zwingen hierzubleiben. Den Typen binden wir einfach hier auf die Bank."

„Tun Sie das nicht!", rief die Frau von der anderen Seite. „Sie widersetzen sich einer Anweisung der Polizei. Sie machen sich strafbar!"

„Warum willst du denn weg?", fragte Hexlein aufgeregt ihren Bruder. „Und wie willst du das anstellen?"

„Wir müssen uns in eine günstigere Ausgangslage bringen", sagte ihr Bruder. „Und zwar schnell und ohne dieses Arschloch hier. Los kommt endlich!" Dann drehte er sich um und schrie über die Klamm: „Wir können Sie nicht verstehen! Das Wasser rauscht so laut!"

„Er hat recht", meinte Hacki. „Dann müssen wir zwar nochmal über diese Höhe …"

Sie hoben den Mann wieder auf und trugen ihn bis zur nahen Bank. Dort setzten sie ihn ab und banden Hände und Füße an den Guseisenrahmen des schweren Sitzmöbels. Hacki machte sich besonders lange zu schaffen. Er band eine Hand fest und lockerte die Fessel anschließend wieder so weit, dass man sie leicht abstreifen konnte. Als die anderen schon einige Meter gegangen waren, flüsterte er dem Mann zu: „Verschwinde und komm uns nie wieder unter die Augen!"

„Warum tust du das?", wollte Heinrich Seidler noch fragen, aber da war Hacki den Freunden schon nachgeeilt. Er hatte kein schlechtes Gewissen, denn in seinem Gehirn war das Problem bereits um mehrere Windungen vorausgeeilt: Die Polizei würde irgendeinen Weg finden, die Bode demnächst zu überqueren. Wenn sie Seidler als erste in die Finger bekamen, würde der ihnen eine gnadenlose Lügengeschichte auftischen, die sie später nur schwer würden entkräften können. Andererseits hatte es sich so angehört, als hätte dieser Mann noch etwas ganz anderes auf dem Kerbholz. Auch aus diesem Grunde war es wahrscheinlich, dass er sich einer Diskussion mit der Polizei entziehen würde. Damit lenkte er allerdings den Verdacht des Oberbösewichts verstärkt auf sich selber, während sie, und Hacki war sicher, dass die Bullen sie sehr bald am Arsch haben würden, die trotzigen Supergenies spielen konnten, die nur mal eine kleine Wette einlösen wollten, hätte sich eben nicht dieser Mann eingemischt.

In derartige Gedanken vertieft, erklomm er in dieser Nacht zum zweiten Mal die kräftezehrende Steigung. Oben auf der Plattform gönnten sie sich eine Verschnaufpause. Der Mond versank gerade hinter den Wipfeln der Bäume auf der gegenüberliegenden Hochfläche des Canyons. Wie zu erwarten war, nahm dieses unentwegte Gekraxel das Mädchen am meisten mit. Als sich alle auf der kleinen Felsenplattform niedergelassen hatte, war Hacki nicht wenig erfreut, als sich Hexlein ausgerechnet neben ihm niederließ und sich erschöpft gegen ihn lehnte. Im letzten Mondlicht vermeinte er zu erkennen, dass sowohl in Gregors, aber auch in Plasmas Gesicht eine gewisse Enttäuschung abzulesen war.

Ungerührt von derartigen Sentimentalitäten brach alsbald Ron das Schweigen: „Wir müssen uns jetzt überlegen, wie es weitergehen soll. Hier in diesem Tal können wir meiner Meinung nach nicht mehr lange bleiben. Wir haben es leider nicht rechtzeitig um Mitternacht bis zu euch geschafft. Aber wir haben auf unseren PCs mit angeschaut, wie euer Computer und dann der des Rappbode-Systems übernommen wurden. Da haben wir die Beine in die Hand genommen. Zurück ging es nicht mehr risikolos, also sind wir voran. Unser Auto steht schon eine ganze Strecke im Bodetal bei einem hochgelegenen Grundstück. Anders geht's hier wohl nicht. Wenn es noch heil ist, sollten wir damit irgendwo hinfahren.“

„Wohin?“, erkundigte sich Hacki knapp.

„Ich finde, wir sollten darüber erst dort entscheiden“, meinte Ron. „Bis dahin ist es etwa eine Stunde Weg. Kannst du wieder, Schwesterlein?“

„Ich konnte immer!“, antwortete diese aufmüpfig. Dann wischte sie sich übers Gesicht und sagte: „Mann, Mann! Ich war noch nie mit so vielen Helden zusammen!“

Die Männer lachten, und Hacki nahm sich die Freiheit heraus, |181| sie kurz an sich zu drücken. Dann meinte er jedoch: „Hoffentlich ist der Weg begehbar. Dort ist gerade die Flut langgerollt.“

„Ich denke, dass sich die Flut erst aufgebaut hat, als sie genug umgefallene Bäume und Steine zur Verfügung hatte. Das war in den Ortschaften oberhalb des Tales sicherlich noch nicht so“, brach Plasma sein Schweigen. „Lasst uns einfach losgehen!“ Das war der Spruch des neuen Tages, und alle erhoben sich von der Steinplatte.

Der Weg verlief zwar schwieriger als vermutet, aber er war nicht unpassierbar. Und es war so, wie Plasma vorausgesagt hatte, je näher sie der ersten Ortschaft kamen, umso freier wurde der Weg. Als sie den blauen Skoda von Ron endlich erreicht hatten, stand der tatsächlich noch unangetastet auf der Zufahrt zu einem einsamen, höher gelegenen Grundstück.

Erschöpft ließen sie sich dort ins feuchte Gras fallen. Es war jetzt stockdunkel. Der Mond war längst hinter dem Wald verschwunden. Alle hatten Hunger, aber es gab nichts zu essen.

Nachdem sie eine Weile vor sich hin geschnauft hatten, erhob als erste Hexlein ihre Stimme: „Wie geht's denn nun weiter, ihr Helden?"

Gregor meldete sich zu Wort: „Ich fände es am vernünftigsten, sich mit den Behörden ins Benehmen zu setzen. Die Flut scheint ja nun doch etwas mehr Unheil angerichtet zu haben als gedacht. Und wir alle fünf sind schuld daran. Ehe sie uns landesweit suchen, sollten wir vielleicht eine Erklärung abgeben, wie es wirklich war. Es war außerdem ein Fehler, ihnen diesen Seidler dort auf dem Präsentierteller anzubieten. Der wird uns natürlich bei der Polizei extrem in Misskredit bringen."

„Wird er nicht!", warf Hacki lapidar ein. Alle Augen waren plötzlich auf ihn gerichtet.

„Wie kommst du darauf?", wollte Ron wissen.

„Ich habe eine Handfessel gelockert. Er müsste bereits über alle Berge sein, wenn er einigermaßen clever ist", erzählte ihnen Hacki nun ohne Reue. „Ich habe mir das genauso gedacht wie Gregor."

„Holla!", rief Ron. „Hier fahren ja alle ziemlich gewagte Extratouren!"

„Wie willst du dich mit der Polizei in Verbindung setzen?", fragte Hacki Gregor, denn er war zu müde für einen Wortabtausch mit Hexleins Bruder. „Die 110 anrufen?"

„Nein, das wäre ja das reine Schuldzugeständnis", erwiderte Gregor und drehte sich im Schein der Taschenlampe zu Plasma. „Können wir nicht jemand anderen anrufen? Zum Beispiel deine Mutter?"

„Keine schlechte Idee!", lachte dieser nervös. „Mein Smartphone ist nur in die Spalte gerutscht, als ich den Weg hinuntergesegelt bin."

Hacki und Hexlein, die zufällig schon wieder nebeneinander saßen, schüttelten synchron die Köpfe und sagten, ebenfalls synchron: „Wir wollten nicht geortet werden."

„Prima!", rief Ron und verdrehte theatralisch die Augen. „Ich habe zufällig noch das von meinem Mentor im Auto liegen, das er vorgestern vergessen hat. Ich hole es mal. Ich will nämlich auch nicht geortet werden."

'Wirst du aber', dachte Hacki und wartete ab, bis Ron das Handy brachte. Er reichte es Plasma und sagte: „Nun ruf mal deine Mama an und frage, was sie dort gerade so treiben."

Plasma fühlte sich auf den Schlips getreten und erkundigte sich betont tränig: „Hast du die Nummer von Mama gespeichert?"

Alle mussten lachen, und Ron warf ihm einen sehr tiefsinnigen Blick zu. Plasma wählte. „Hallo, Mutter!", meldete er sich dann fröhlich. „Wo bist du? Ja, ich habe ein fremdes Handy! Ihr sitzt in der Kneipe und wartet auf uns? Ja, haben wir gesagt … Wer ist wir? Ach so, na gut! Wir haben jetzt gerade das Auto erreicht. Ja, wir kommen, bloß wie? Ihr seid gefangen?" Er kicherte. „Das ist ja'n Ding! Alles unpassierbar? Na, wir finden schon einen Weg, mir schwebt da was vor! Und bereitet schon mal unsere Henkersmahlzeit vor. Wir haben Hunger! Bis bald! Ja, wir passen auf! Tschüss!"

„Was ist?", fragten alle wie aus einem Munde.

„Die Polizei, die Privatdetektive und meine Mutter sitzen zusammen mit den Wirtsleuten in der Kneipe und können nicht nach Thale zurück, denn der Weg ist jetzt im Dunkeln unpassierbar, oder sie wollen es zumindest nicht wagen. Außerdem scheinen sie sich zu besaufen", begann Plasma seinen Bericht. „Und sie warten auf uns, weil wir ja gesagt haben, dass wir rüberkommen. Ich glaube, es ist die günstigste Situation, die wir haben können, wenn wir jetzt dort aufschlagen. Vielleicht wird dann doch noch alles gut!"

„Und wie willst du da hinkommen, wenn's die anderen nicht können?", erkundigte sich Hexlein mit großen Augen.

Plasma hob belehrend den Zeigefinger: „Wir müssen von oben kommen! Entweder über den Hexentanzplatz oder über die Roßtrappe. Bis zum Hexentanzplatz müssten wir allerdings einen riesigen Umweg fahren und wenn wir von dort hinuntersteigen, befinden wir uns wieder auf dem gegenüberliegenden Ufer und es kann sein, dass es dort auch keine Brücken mehr gibt."

Selbst Hacki hatte nicht gewusst, dass Plasma solch ein profunder Harzkenner war. Deshalb erkundigte er sich nun: „Und wie soll es über die Roßtrappe gehen?"

„Die erreichen wir von hier aus in zwanzig Minuten", erklärte der Freund, und die anderen starrten ihn an. „Dann müssen wir nur noch absteigen. Wir könnten dazu den offiziellen Wanderweg hinablaufen, kämen dann aber genau an der tiefsten Uferstelle der Bode an. Man weiß nicht, ob wir da durchkommen."

„Oder?", drängte Ron und begann bereits die Türen des Skodas zu öffnen.

„Oder wir steigen die alte Schurre hinab. Die ist zwar gesperrt, aber voll funktionstüchtig", fuhr ihr neuer Bodetal-Experte fort. „Bürgermeister Balzerowski hat den Weg nur aus Angst sperren lassen, damit es ihm nicht so ergeht wie dem Bürgermeister von Lügenstadt. Ich glaube nicht, dass wir dort eine Lawine auslösen. Früher musste ich da mit meiner Mutter tausendmal hoch und runter."

„Na, los!", befahl Ron, und alle stiegen ins Auto. Gregor saß vorn. Die anderen Drei drängten sich hinten, Hexlein in der Mitte. Nachdem sie den Wald verlassen hatten und die Serpentinen zwischen Treseburg und der Roßtrappe hinauffuhren, kicherte das Mädchen: „Und wie erging es denn dem Bürgermeister von Lügenstadt?"

Plasma lachte: „Das kannst du in der Neuen Wernigeröder Zeitung Nr. 13 von diesem Jahr nachlesen in einem Artikel von Christian Amling über Willi Korte."

Nach weniger als zwanzig Minuten waren sie auf dem Plateau der Roßtrappe angelangt. Sie befanden sich nun etwa einhundertfünfzig Meter über dem Flussbett. Die Zeit schritt voran. Noch vor zwei Monaten wäre der Morgen bereits heraufgedämmert, aber in dieser Nacht war es noch stockfinster. Ron lenkte den Wagen soweit nach vorn, wie es eben möglich war.

Sie sprangen heraus und liefen ein Stück auf dem Wanderweg, der zum Kultplatz der Uralten führte. Hacki fragte seinen Freund: „Weißt du, wo die Schurre von oben beginnt?"

Die beiden Freunde hatten nun die Führung übernommen. Den Studenten war es hier oben scheinbar nicht ganz geheuer. Hexlein war irgendwo dazwischen mental angesiedelt. Plasma gab sich cool: „Da vorn rechts müsste gleich ein rotweißes Band kommen. Dort müssen wir hinunter."

Das Band kam, und sie strauchelten vorsichtig auf das obere Ende des Zickzackweges zu.

Plasma ging voran, gefolgt von Hacki, der wusste, dass er dem Freund in derartigen Lebenslagen vertrauen konnte. Auf die Idee, dass Plasma vielleicht aus Schuldbewusstsein übereifrig handelte und sie womöglich alle ins Verderben stürzen könnte, kam er nicht.

Hinter Hacki kam Sybille, die hin und wieder den Arm ausstreckte und versuchte, sich an ihm festzuklammern. Als sie den einigermaßen gut begehbaren Teil des schmalen Weges erreicht hatten, nahm Hacki sie bei der schweißfeuchten Hand und führte sie. Ron und Gregor tasteten sich kurz dahinter vorwärts. Zum Glück hatten sie alle gute Lampen, ohne die dieses Unterfangen schon zu Beginn gescheitert wäre.

Plasma schritt mit äußerster Konzentration vorneweg. Es war besonders wichtig, den Weg an den Spitzenkehren nicht zu verlieren. Im Prinzip bewegten sie sich durch eine große Geröllhalde, die steil zu Tal abfiel und an irgendeiner Stelle vor einigen Jahren ins Rutschen geraten war. Der Mond war inzwischen längst vollständig hinter der Canyonwand verschwunden, so dass einzig die Spots der Lampen kleine helle Flecken auf das graue Gestein warfen.

Der Abstieg dauerte unendlich lange. So kam es ihnen zumindest vor. Und insgeheim fragte sich wohl jeder von ihnen, ob sie sich vielleicht nicht doch überschätzt hätten. Nur Plasma führte sie Schritt für Schritt, Schritt für Schritt, und schließlich erreichten sie die Steinplatten, auf denen Irenäus und Karl das Schwarze Pferd abgelegt hatten, ohne dass sie es natürlich auch nur ahnten. Der Rest war dann vergleichsweise einfach. Schnaufend kamen sie auf dem Wanderweg an.

„Geschafft!", grinste Plasma. Ron beglückwünschte ihn: „Bravo! Das war super!"

„Und wo werden wir nun erwartet?", wollte Hexlein mit einem Gemisch aus Neugier und Angst wissen.

„Dort, hinter der nächsten Kurve!", erklärte ihr Hacki.

„Wollen wir da wirklich hingehen?", erkundigte sie sich zögerlich.

„Wir können auch erst mal um die Ecke linsen", überlegte er und die anderen schienen diesen Gedanken aufzunehmen. Dadurch motiviert, fuhr Hacki fort: „Ich schleiche mich jetzt bis nach vorn. Wenn man dort um die Kante schaut, müsste man all diese Leute, von denen deine Mutter sprach, im Biergarten sitzen sehen. Vielleicht sind sie natürlich doch schon nach Hause gegangen. Dann müssen wir nur das Auto wieder abholen."

Die Antwort war allgemeines Gestöhn. So viel wie sie in dieser Nacht über Stock und Stein gekraxelt waren, konnte man wohl nur in diesem Alter bewältigen. Allerdings war nun besonders Hexlein an ihrer Belastungsgrenze angelangt. Hacki legte noch einmal den Finger auf den Mund, dann verließ er die Gruppe und tastete sich nur im Restlicht der Nacht auf dem Wanderweg bis zur nahen Felskante. Als er vorsichtig um diese lugte, sah er bereits einen Lichtschein hinter der einige Meter entfernten Kante des Gasthauses hervorleuchten. Also entschloss er sich zu dem Wagnis, auch noch bis dorthin vorzustoßen.

Geduckt bewegte er sich um die natürliche Felskante und gelangte auf den schmalen Betonweg zwischen dem dunklen Wohnhaus der Bauers und dem Westgiebel der Kneipe. Um dessen Ecke musste er linsen, nur durfte ihm in diesem Moment niemand entgegenkommen. In wenigen Sekunden hatte er die Hauskante erreicht. Nun kam es darauf an!

Vorsichtig spähte er auf den Hof. Von dort erklang leises Stimmgemurmel. Es war tatsächlich so wie Plasmas Mutter beschrieben hatte: Mehrere Polizisten in schwarzen Kampfuniformen und eine ganze Anzahl von Zivilisten saßen an den Tischen des Biergartens. Vor ihnen standen allerlei Gläser, die von leise flackernden Sturmlichtern beschienen wurden. Die Stimmung erschien etwas gereizt, das spürte Hacki sofort. Schnell wollte er noch ein paar von diesen Leuten identifizieren.

Genau in diesem Moment packte ihn eine ausgesprochen kräftige Hand im Nacken und etwas Hartes wurde ihm durch den Stoff des T-Shirts in die Nierengegend gebohrt. Hacki wäre um ein Haar vor Schreck gestorben.

XXXIII

Irenäus und Karl waren inzwischen zu einem Gläschen Bier übergegangen. Sie hielten zwar die „Königsruhe" für eine echte Goldgrube und hätten gnadenlos weiter die Cognac-Vorräte von Jörg Bauer vernascht, aber sie wollten ebenso im Wesentlichen weiter zurechnungsfähig bleiben. Deshalb saßen sie jetzt in dieser warmen Nacht im Biergarten an einem Tisch zusammen mit dem Schwarzen Pferd und Rita, die es sich nicht nehmen ließ, zwischen diesem und den Tischen ihrer Mannschaft hinundherzuschweifen. Es ging bereits auf drei Uhr zu. Bis zum Morgengrauen würde es noch etwas dauern.

Nach dem Wortwechsel mit den jungen Leuten gab es unter den Polizeibeamten viel Gemurmel. Währenddessen beugte sich Irenäus zu Martina und fragte: „Wer war das alles? Ich dachte, sie wären nur zu dritt?"

Sie standen unbeachtet einige Meter von der Polizei entfernt. Martina tuschelte, so dass es auch Karl verstand: „Das waren mein Sohn, sein Freund Hacki und sicherlich das Mädchen. Die anderen Personen konnte ich nicht erkennen, aber es könnte der Bruder von Hexlein gewesen sein. Ich bin ganz happy, dass sie diesen blöden Heinrich zur Strecke gebracht haben. Das hätte auch anders ausgehen können."

„Ich weiß aber nicht, ob das so gut war, ihn der Polizei auf den Präsentierteller zu setzen", meinte der Privatdetektiv. „Wenn sie den als ersten kriegen, kann er die Behörden in Bezug auf diese Flut extrem beeinflussen. Und die Problematik mit dem Brunnenvergifter können sie ihm wahrscheinlich gar nicht anhängen. Dann bleibst nur du mit dem Wurf von der Brücke. Und ob das richtig zählt …"

Das Schwarze Pferd schüttelte unwillig die Mähne und schwieg, denn gerade näherte sich ihnen die Hauptkommissarin. Rita lächelte nicht unfreundlich und sagte: „Na, steht euer Schlachtplan schon fest? Darf ich mal wieder mitspielen?"

Irenäus grinste zurück: „Also ich würde vorschlagen, dass wir uns jetzt zurück in den Biergarten begeben. Oder habt ihr eine Idee, über diese Felsspalte zu kommen? Im Biergarten warten wir dann auf die Kinder, die gerade gesagt haben, dass sie zu uns kommen. Dabei können wir dann auch die allgemeine Lage konstatieren und uns alle wieder anfreunden."

„Ich weiß nicht, ob meine Leute das mitmachen", erwiderte Rita und lehnte sich neben ihm auf das Geländer. „Weiter unten wird eine ganze Menge los sein nach dieser Welle. Und um was für Kinder handelt es sich überhaupt? Die sahen mir schon ganz schön alt aus."

„Das sind Abiturienten zwischen sechzehn und achtzehn", antwortete das Schwarze Pferd. „Mein Sohn ist dabei. Und wenn sie sagen, sie kämen herüber, dann kommen sie auch."

Gerade als die Hauptkommissarin darauf etwas erwidern wollte, hangelte sich (zum Glück) die kleine Polizistin mit der Nickelbrille bis zu ihnen hin. Sie hatte bis jetzt sachkundig den Sprechfunkverkehr betreut und sagte aufgeregt: „Frau Hauptkommissarin, ich muss Sie mal stören. Von der anderen Seite kam folgende Meldung: Zwei Wagen wären zwar einsatzbereit, aber die Straße in Richtung Thale ist völlig zu. Man käme höchstens zu Fuß durch, aber das im Dunkeln …

Deshalb kommen die jetzt alle zu uns rüber, denn die Waldkaterbrücke ist noch heil. Auf unserer Seite geht es ab dort auch nicht weiter. Wir müssten sozusagen den Morgen abwarten – im Biergarten hier um die Ecke. Wäre Ihnen das Recht?"

„Ojeh!", erwiderte Rita. „Haben Sie schon den Hauptkommissar gefragt?"

„Der sagt, es gäbe Schlimmeres!", grinste die Beamtin.

„Na, los! Ich schließe mich seinem Urteil an!", lachte Rita und wandte sich dann an Irenäus. „Kommt ihr mit?"

Das hatte ich doch gerade selbst vorgeschlagen, verschluckte er und sagte stattdessen: „Wir gehen schon mal vor, damit wir die besten Plätze kriegen!"

Kurz darauf saßen sie alle im dunklen Hof der Königsruhe. Das Wirtspaar ließ sich nicht lumpen und ging nicht etwa ins Bett, sondern stellte Lichter auf und stellte einen gastronomischen Versorgungsplan auf, mit dessen Hilfe sich die Mannschaft durch das Dunkel der Nacht hangeln sollte. Zuerst jedoch rannte Irenäus zu seinem Daimler. Karl folgte ihm mit einer Lampe. Der Anblick, der sich ihnen bot, war sensationell.

Rita und die kleine Polizistin kamen kurze Zeit später hinterher. Ihnen war der Anblick relativ egal, denn es handelte sich ja um Staatseigentum. Beim Einsturz der Brücke gab es offenbar eine heftige Flutwelle, die wenige Meter unterhalb des Biergartens über die Uferbrüstung geschwappt war. Das war die Stelle, wo die blonde Polizistin mit der Nickelbrille den blauweißen Mercedes Kombi Streifenwagen unmittelbar seitlich vor dem armygrünen Daimler von Irenäus geparkt hatte. Wie die Zuschauer sahen, war der Weg abwärts praktisch kaum noch begehbar, denn der Brückeneinsturz hatte einen gewaltigen Platsch erzeugt, der nicht nur eine große Menge Wasser, sondern auch sehr viel Material aufs Land gespült hatte. So standen die beiden Daimlers in einer Packung aus Schlamm, Ästen und Geröll vergraben, und wie es die Götter gewollt hatten, war insbesondere das Polizeiauto betroffen. Auf seinem Dach hatte sich ein runder, sicherlich mehrere hundert Kilogramm schwerer Granitstein niedergelassen, womit das Blech des Daches und auch andere funktionale Einheiten des Fahrzeugs eindeutig überfordert waren.

Der Mercedes von Irenäus stand direkt dahinter, sozusagen Seite an Seite, und sah eigentlich nur etwas schlammig aus. Er konnte es kaum fassen und rief aufgeregt: „Ich muss probieren, ob er noch anspringt!"

„Das wirst du fein bleiben lassen!", schnarrte ihn Rita an, denn er suchte bereits eine Stelle, um in sein Fahrzeug zu steigen.

In einer verständnisvollen Anwandlung ließ er jedoch davon ab und schaute sie mit einem warmen Blick an: „Na gut, ich warte, bis es hell wird!"

Sie begaben sich zu den Tischen, wo inzwischen auch die Beamten vom anderen Ufer eingetroffen waren. Von allen Brücken hatte nur die Waldkater-Brücke überlebt. Wie sich die Situation allerdings im Weiteren gestaltete, war unbekannt, und niemand war unbedingt darauf aus, es zu erfahren. Schlichtweg gesagt, hatten alle Anwesenden keine Lust mehr.

Genau in diesem Augenblick bekam das Schwarze Pferd einen Anruf. Es wieherte laut auf und schüttelte die Mähne um sein Handy. Zumindest die Menschen an ihrem Tisch stellten neugierig das Gespräch ein und versuchten, eine der Informationen zu erhaschen, denn es lag nahe, dass diese mit ihrer momentanen Situation verbunden waren.

Es dauerte nur wenige Minuten, in denen Martina ihre eigene Situation schilderte, dann schaltete sie ab und wandte sich den anderen zu: „Sie kommen! Es wird nicht mehr lange dauern, etwas über eine halbe Stunde." Man sah ihr die Freude und Erleichterung deutlich an.

„Wie haben die denn das gemacht?", erkundigte sich Rita impulsiv. „Das gibt es doch beinahe gar nicht!"

„Doch, doch!", erwiderte das Schwarze Pferd. „Ich war mit Plasma als Kind unzählige Male im Bodetal. Er kennt sich hier wunderbar aus. Die kommen auf jeden Fall! Wir müssen nur einen Moment warten."

Irenäus und Karl schauten sich schweigend an, denn es war selbst ihnen schleierhaft, auf welchen Pfaden sich die sagenhaften Kinder in dieser Nacht bewegen könnten.

Die Zeit verstrich, und man wechselte zwischen warmen und kalten Getränken. Einige nickten auf den Stühlen ein. Man verkniff sich das Essen und wollte damit wenigstens bis zum Morgengrauen warten. Irenäus beobachtete die Menschen in seiner Umgebung, denn man bekommt sehr selten die Gelegenheit geboten, den Mitgliedern einer bewaffneten staatlichen Institution in einer außergewöhnlichen Situation heimlich zuzusehen. Die vier Beamten vom anderen Ufer hatten sich zwar ihren hiesigen Kollegen zugesellt, aber besonders viele Informationen schienen sie nicht zu bekommen. Überhaupt galt hier wie in allen quasimilitärischen Hierarchien das Prinzip, dass die höheren

Ränge den niedrigeren nur sehr wenig Informationen zukommen lassen. Insbesondere Rita und Heinz Schropel kümmerten sich kaum um die Schwarzbekleideten.

Unter den Hinzugekommenen befand sich eine Polizistin, die Irenäus besonders auffiel. Sie war ziemlich bullig und besaß viele schwarze Haare, die sie im Nacken zu einem Knoten gebunden hatte. Außerdem sprach sie recht laut und schien eine dominante Rolle in ihrer Männerwelt abzugeben. Sie trank einen Kaffee, dann stand sie irgendwann auf und sagte gut vernehmbar: „Wo ist hier die Toilette? Ich muss mal pinkeln."

Man sagte es ihr offenbar, denn sie verschwand gleich darauf hinter dem Haus. Es handelte sich genau um den Augenblick, in dem Irenäus feststellte, dass die Morgendämmerung einsetzte. Es war diese sehr frühe Dämmerung, bei der sich fast unmerkbar die Finsternis zurückzieht. Man bemerkt diese Veränderung nur, wenn die Augen sehr nachhaltig an die Dunkelheit adaptiert sind, also wenn man die ganze Nacht aufgeblieben ist und im Freien gesessen hat.

Diesen Eindruck nahm Irenäus tief in sich auf, bis zu dem Moment, als an der Hausecke aufgeregtes Gewusel einsetzte. Die bullige Polizistin hatte auf ihrer Pinkeltour einen Gefangenen gemacht. Unglaublich! Sie war gerade dabei, einem jungen Mann den Arm auf den Rücken zu drehen und rief über den Hof: „Wir werden abgehört! Dieser Bürger wird uns gleich mal erzählen, was er hier mitten in der Nacht zu suchen hat!"

Mit einem Stoß trieb sie den jungen Mann in die Mitte ihrer Kollegen, deren Interesse sichtlich erwachte. Schropel tauchte aus einem Kurzzeitschlaf auf und rieb sich die Augen. Rita drehte langsam den Kopf in Richtung des Delinquenten Nur Irenäus und das Schwarze Pferd sprangen von ihren Plätzen in die Höhe.

Irenäus musste sich beherrschen, diese Frau nicht zu beschimpfen. Er sagte nur ziemlich laut: „Ich weiß nicht, ob es Ihnen zusteht, einen Menschen, der nichts getan hat, so zu behandeln. Lassen Sie ihn los!" Dann wandte er sich an den Gefangenen: „Hallo, Hacki! Habt ihr es geschafft? Sehr beeindruckend!"

Die bullige Polizistin zog eine Grimasse, wollte etwas Patziges erwidern, überlegte es sich dann aber anders und ließ Hacki los, nicht ohne ihm noch einen kräftigen Drall in Richtung von Irenäus zu geben. Dieser fing den Jungen auf und schickte der Frau einen Blick, den diese fast erotisch erwiderte. Hackis Gesicht sah zuerst erschrocken aus, wechselte dann aber sehr schnell in Empörung und er fragte: „Darf die das einfach so? Wir hatten uns immerhin angemeldet!"

„Sie konnte es nicht wissen, weil sie gerade vor ein paar Minuten gekommen ist", übernahm jetzt Rita das Regime. „Sie sind also der Sohn von Martina Escher?"

„Nein!", antworteten Hacki, Irenäus und das Schwarze Pferd gleichzeitig.

Rita warf ihnen einen frustrierten Rundumblick zu: „Und wer dann bitte sind Sie, junger Mann?"

„Der Freund des Sohnes", antwortete Hacki liebenswürdig. „Wir haben uns vorhin schon mal über den Fluss zugewinkt. Und jetzt sind wir da."

„Wie haben Sie denn das gemacht?", wollte die Hauptkommissarin stellvertretend für alle wissen.

Der Hacker blickte sie einen Moment lang überlegend an, dann sprach er: „Die Bode rauf und dann mit dem Auto über Treseburg bis zur Roßtrappe und dann hinunter ins Tal."

„Die Schurre?", fragte Rita ungläubig, und Hacki nickte flüchtig.

„Das ist ja ganz verboten!", schrie die überpowerte Polizistin dazwischen. „Ich glaube, wir beide werden noch ein Pärchen, junger Mann!"

Irenäus musste bereits grinsen, als Hacki sich zu ihr umdrehte und fragte: „Wie alt sind Sie denn?"

Da brachen bedauerlicherweise mehrere der Anwesenden |191 in Gelächter aus, und Irenäus rief: „Ein Punkt für dich, Hacki!"

Ärgerlich fragte Rita: „Wie viele sind Sie denn noch, und wo sind die anderen?"

„Wir sind die Gruppe, die Sie vorhin gesehen haben", antwortete der Junge mehrdeutig. „Die anderen warten auf dem Weg darauf, dass ich zurückkomme. Ich wollte nur mal nachschauen, ob hier überhaupt noch wer ist, aber da hat mich meine neue Freundin schon geklammert."

„Ich werde dir gleich mal zeigen …!", schrie die Frau und machte gerade den Ansatz, sich auf Hacki zu stürzen, als sie der sitzende Heinz Schropel am Handgelenk packte.

„Können Sie sich nicht mal etwas herunterfahren, Frau Kollegin? So früh am Morgen", nuschelte er dabei und setzte in einem seltenen Ansatz von Humor hinzu: „Man hört ja die Vögel gar nicht mehr singen!"

„So!", sagte Rita und Irenäus wusste, dass es nun ernst wurde. „Ehe das hier alles in einer Slapstick-Nummer ausartet, wird der junge Mann erst mal seine Freunde holen, und wir kümmern uns solange um eine stabile Funkstrecke zum Revier in Quedlinburg und nach Halberstadt. Bitte schön!"

Hacki machte eine leichte Verbeugung vor der Hauptkommissarin und vor der bulligen Polizistin, der diese mit einem funkelnden Antwortsblick begegnete. Dann verschwand er im Trab hinter der Hausecke.

Das allgemeine Grinsen klang ab, und Rita sprach sofort weiter: „Wir verplempern hier viel zu viel Zeit! Was sagt Quedlinburg bis jetzt?

„Der Empfang ist hier sehr schlecht", erwiderte die blonde Polizistin, „aber wie es aussieht, hat die Kernstadt kaum was abbekommen, und in Thale hat es hauptsächlich den sich hier anschließenden Bereich getroffen. Ein Baum ist über das Wehr vor der Bodetaltherme geschossen und durch die Glasscheibe bis ins innere Becken gesprungen. Dort hat aber nur noch die Belegschaft gebadet und niemand ist verletzt worden."

„Um diese Uhrzeit?", knurrte Rita. „Die haben wohl eine Sexorgie nach Mitternacht gefeiert! Aber was …?"

„Oh, oh, ooh!", unterbrach sie die Kollegin mit der Nickelbrille. „Soeben haben sich unsere Funkgeräte abgeschaltet!"

„Wie? Abgeschaltet?", fragte es von mehreren Seiten.

„Einfach so! Abgeschaltet! Von grün auf rot!" Die Frau zuckte mit den Achseln.

„So was gibt's doch gar nicht!", rief die Hauptkommissarin und sprang auf. Sie sah nicht, dass sich Irenäus und das Schwarze Pferd einen tiefsinnigen Blick zu warfen. Rita ging zu einem der kleinen Funkgeräte und nahm es in die Hand. „Hm! Wenn das nicht wiederkommt, müssen wir hier warten! Das kann ja lustig werden!"

Als unerwünschten Beweis für die allerletzte Aussage zeigten Irenäus und Karl dem Wirt, der das Geschehen mit Spannung verfolgte, ihre leeren Biergläser. Langsam mussten sie sich auch um das Frühstück kümmern.

„Und ich wollte doch einen Hubschrauber ordern, um diesen Seidler abzuholen!", räsonierte die Kriminalistin weiter. „Sitzt der überhaupt noch dort drüben auf der Bank? Nicht, dass ihm noch die Hände absterben!"

Rita verbreitete jedenfalls eine unwahrscheinliche Unruhe. Als Chin Chin die vollen Biergläser brachte, wurden einige Polizisten nicht mehr Herr ihrer Unterhopfung. Sie bestellten sich ebenfalls ein Morgenbier und brummelten dabei etwas von „längst Dienstende", womit sie die Erkenntnis von Irenäus Moll illustrativ bestätigten: „Alle Waffenträger sind Alkoholiker".

Heinz Schropel schloss resigniert die Augen. Der Kommissar gefiel Irenäus heute Morgen ausnehmend gut. Doch Rita war schon beim nächsten Gedanken: „Dann nehmen Sie doch Kontakt zu unserem Zentralen Polizeicomputer auf!"

„Ähem, zu wem!" Die kleine Polizistin klappte die Augen nach oben und blickte Rita besorgt an.

Zum Glück kamen in diesem Augenblick „die Kinder" um die Ecke. Das erregte nun wieder die Aufmerksamkeit aller Anwesenden. Irenäus befand, dass es sich hier bereits vom Aussehen her um eine Sorte Menschen handelte, der die Polizisten wohl nicht das Wasser reichen konnten. Sie sagten brav „Guten Morgen" in die Runde und ließen sich dann an einem Tisch nieder. Plasma winkte der Mutter lächelnd zu, blieb aber bei seiner Gruppe. Irenäus nahm das dunkelbraune Hexlein wahr, das er bereits aus dem Internet kannte. Karl beobachtete die fünf Freaks unauffällig mit dem geübten Auge des Jägers. Über den Felsen des Bodetals hatte sich der Himmel rot gefärbt, und alle Lampen waren längst ausgeschaltet.

Rita drehte sich den Ankömmlingen mit leicht müdem Gesicht zu: „Schön, dass Sie es geschafft haben, bis zu uns vorzudringen! Ich möchte Ihnen ein paar Fragen stellen. Heute Nacht wurde mir zwar von Ihrer Mutter jegliche Antwort verwehrt, aber vielleicht sehen Sie das ja anders."

„Meine Mutter ist zwar nicht hier", sagte der Größte von allen, den Irenäus für den Bruder von Hexlein hielt, denn er sah ihr sehr ähnlich. „Aber egal! Ich bin Ron! Fragen Sie!"

Rita warf ihm einen tiefgrünen Blick zu und begann die Befragung: „Ron, Sie haben ja mitbekommen, dass hier in dieser Nacht eine außerplanmäßige Flutwelle zu Tal gerauscht ist. Außerdem haben Sie und Ihre Freunde einen Mann gefangengenommen, uns vom anderen Bodeufer aus präsentiert und auf eine Bank gefesselt. Was können Sie uns dazu sagen?"

Ron schaute sich mit konzentriertem Blick in der Runde um. Dann sagte er: „Also, um es gleich vorweg zu nehmen: Jeder von uns hat diese Ereignisse anders erlebt. Mein Kommilitone Gregor und ich studieren an der TU Clausthal-Zellerfeld Informatik. Wir haben den gesamten Vorgang dieser Flutung aufgenommen und hier auf diesem Computer gespeichert."

„Als Film?", fragte Rita aufgeregt.

„Ach was!", fuhr der Mann fort. „Den Film haben Sie hoffentlich gedreht! Der eigentliche Vorgang lief im Netz ab – wie fast alles heutzutage. Darüber gibt es hier eine Dokumentation, aus der eindeutig hervorgeht, dass dies alles von Heinrich Seidler herbeigeführt wurde. Sie sind nur leider zu spät gekommen."

„Deshalb haben wir ihn gar nicht gesucht!", stieß Rita enttäuscht hervor.

Jetzt sah Ron sie kurzzeitig überrascht an, doch dann fuhr er fort: „Dummerweise sind wir uns auf dem schmalen Felsgrat an der höchsten Stelle begegnet. Er ist aggressiv geworden, und da mussten wir ihn uns schnappen. Als wir dann Ihre Einsatztruppe sahen und dass die Brücke nicht mehr existierte, haben wir ihn auf die Bank gesetzt. Sie hatten uns ja direkt dazu aufgefordert. Danach sind wir zu unserem Auto zurückgekehrt, und wie versprochen sind wir nun hier. Mehr gibt es dazu nicht zu sagen."

Urplötzlich meldete sich Heinz Schropel zurück: „Dann wird es Ihnen ja nichts ausmachen, uns diesen Computer zu überlassen, damit wir diese Informationen im Polizeipräsidium minutiös auswerten können."

Ron schenkte ihm ein dünnes Grinsen, und seine Freunde blickten ebenfalls sehr amüsiert drein: „Das würde Ihnen rein gar nichts nützen, denn Sie kämen beim besten Willen nicht an die Informationen heran. Darauf wette ich 1:100 000!"

194

„Da denken Sie aber falsch, junger Mann!", trumpfte Schropel auf. „Unsere Spezialisten sind ausgezeichnet!"

„Er denkt genau richtig, Heinz!", mischte sich nun zum ersten Mal das Schwarze Pferd ein. „In die Welt dieser Generation werden wir niemals mehr eintauchen, dazu sind wir viel zu alt. Unsere Altvordern haben uns und unseren Kindern die Kunst der Computertechnik in die Wiege gelegt, und nun dreht sich die ganze Welt danach – mit allen Risiken und Nebenwirkungen, versteht sich! Oder warum denkst du, ist unsere Verbindung zur Außenwelt abgebrochen?"

Ritas Kopf schnellte herum. Sie fixierte die Jugendlichen sehr grün. Hacki und Hexlein machten nur Kulleraugen und hoben unschuldig die Schultern.

„Das wird Ihnen teuer zu stehen kommen!", schrie die Hauptkommissarin, nun wirklich wütend.

„Vergiss es, liebe Rita, und nimm es mit Humor!", sagte jetzt Irenäus. „Ich bin zwar bekennender Verweigerer dieser Technik, aber soviel weiß selbst ich, dass ihr ihnen das niemals nachweisen könntet. Wie ich diese jungen Leute einschätze, ist sogar das übrige Netz davon gar nicht berührt, und niemand hat bis jetzt überhaupt bemerkt, dass wir hier nicht mehr an der Strippe hängen. Oder irre ich mich da, Hacki?"

„Sie erwarten darauf aber jetzt nicht wirklich eine Antwort von mir, Herr Moll?", erwiderte der Hacker lachend.

„Oh, Mann!" Rita ließ die Faust auf den Tisch fallen, aber dann musste auch sie lachen. „Ich glaube, wir müssen diesen Fall erst mal unter Wirtschaftsförderung verbuchen. Außerdem brauche ich jetzt ein Frühstück!"

„Das ist mit Abstand die beste Idee am heutigen Tage!", rief Karl Wabenmond. Das Wirtsehepaar verschwand freudig lachend in der Küche, und der Himmel bekam langsam einen Goldton.

Irenäus Moll schraubte sich vom Tisch empor und gab bekannt: „Vorher muss ich aber noch nachschauen, ob mein Daimler anspringt, sonst schmeckt mir das Omelett nicht."

„So können Sie aber nicht fahren, Herr Moll!", machte ihn die etwas bullige Polizistin mit den vielen Haaren an. Der Privatdetektiv zeigte ihr nur kurz den Mittelfinger der linken Hand und wankte zu seinem Auto. Neugierig sahen alle Anwesenden zu. Nur das Schwarze Pferd tänzelte ihm hinterher und half ihm, den Dreck zur Seite zu räumen. Als sie sich gerade sehr tief bückten, ließ sie die Mähne über ihre Köpfe fallen und gab ihm einen schnellen Kuss. Dann flüsterte sie: „Schade, dass es nun vorbei ist! Ich habe diese Tage sehr genossen."

„Ach was!", raunte Irenäus zurück. „Die Gersdorfer Burg liegt doch nicht aus der Welt!"

Gleich darauf hatten sie es geschafft, die Tür so weit aufzubekommen, dass er einsteigen konnte. Es war sehr eng, denn der silberblaue Streifenwagen mit dem Granitbrocken auf dem Dach stand naturgemäß immer noch davor.

Und dann kam der spannende Moment. Irenäus ließ sich in den Sitz fallen und drehte den Schlüssel im Zündschloss. Ein morbides Geräusch schlich sich in den hellen Morgen. Dann stiegen einige Wasserdampfwölkchen unter der Motorhaube hervor. Dann gab es mehrere dumpfe Knalle.

Und dann lief der Motor.

Lauter anhaltender Beifall!!!

Irenäus kurbelte die Fensterscheibe knirschend herab. Er schaute die Mannschaft belustigt an und formte mit Links das

Victory-Zeichen. Das Schwarze Pferd stand daneben und wieherte übermütig!

Kurzer Epilog

Der „Brunnenvergifter" konnte noch in derselben Nacht von einem Arzt identifiziert werden. Ein komplizierter Armbruch hatte ihn aus der Deckung getrieben.

Heinrich Seidler trat nie wieder in Erscheinung. Sein anteiliger Betrieb wurde von der Flut nicht einmal tangiert.

Seit diesem Ereignis werden
beim Talsperrenbetrieb Rappbode
alle Armaturen nur noch mit Hand bedient.

Bis zum heutigen Tage!

E N D E

Quitilinga History Land.

ISBN: 978-3-86289-140-5, 10,00 Euro

Eine sehr reiche, alte Dame und ihre Tochter beschließen, der Stadt Quedlinburg ein fantastisches Geschenk zu machen – das Projekt Quitilinga History Land. Diese bronzezeitliche Erlebniswelt soll Touristenströme anlocken und die marode Stadtkasse auffüllen. Doch hinter verschlossenen Türen wächst die Ablehnung durch Rat und Bauverwaltung. Der Projektmanager Alexander Markoviz soll mit einer Geld-Zuwendung eine entscheidende Wendung herbeiführen.

Ein Unfall geschieht, eine vermoderte Leiche wird im Wald gefunden, und die Malerin Dunja will in die Anderswelt umsiedeln. Die hübsche Witwe Iris Katzengold bittet den Schriftsteller Irenäus Moll um Hilfe. Wie passt alles mit allem zusammen?

Odins Fluch. Ein neuer Fall für Irenäus Moll

ISBN: 978-3-938380-46-8, 10,00 Euro

Odinisten versuchen, in Quedlinburg die germanischen Götterkulte neu zu beleben. Loki, Freya, Hel und Ragnar streifen durch die Stadt. Ein spektakulärer Einbruch im Domschatz und der Diebstahl einer Bergkristallflasche mit einem Tropfen Milch der Jungfrau Maria sorgen für Aufregung. Auch Irenäus Moll kann sich dem nicht entziehen, denn er wird zum Thor erwählt, und in seinem Haus befindet sich das Diebesgut. Der Privatdetektiv erwacht.

Die Superfrucht

ISBN: 978-3-938380-62-8, 9,90 Euro

Dem weltfremden Professor Jan Tackert und seiner Assistentin Olivia Braun gelingt in einem Quedlinburger Institut die Züchtung einer Pflanze mit außergewöhnlichen Eigenschaften. Diese „Superfrucht" erregt Aufsehen und stört die Interessen mächtiger Feinde. Die Professorengattin Annette beginnt derweil eine Romanze mit dem Hüter der Wälder. Doch rätselhafte Verbrechen setzen dem ein jähes Ende. Privatdetektiv Irenäus Moll muss wider Willen diesen gefährlichen und undurchsichtigen Fall lösen.

Der Koffer der Pandora

ISBN: 978-3-938380-81-9, 9,90 Euro

Geheimnisvolle Umweltdaten, ein unbekannter Toter in den Felswänden des Harzes, eine sterbenskranke junge Adlige, ein skrupelloser Waldbesitzer. Killer, die den Koffer der Pandora in ihren Besitz bringen wollen. Irenäus Moll gerät an seine Grenzen, aber es führt kein Weg zurück.

Das Geheimnis der minoischen Dame

ISBN: 978-3-938380-96-3, 9,90 Euro

Raubgräber öffnen ein Hünengrab. Dabei machen sie eine Entdeckung und bringen eine Lawine mysteriöser Ereignisse ins Rollen. Eine wunderschöne minoische Statuette, ein Familiengeheimnis, das mit allen Mitteln gewahrt werden soll, Scheintote in einer Gruft auf einem uralten Friedhof bei Quedlinburg ...

BergERZ. Die Rache der Ariadne

ISBN: 978-3-86289-005-7, 9,90 Euro

Die Metall-Expertin Wanda Uhland erfährt von einer antiken Statuette aus BergERZ. Eine Revolution der Werkstoffkunde könnte den Besitzer dieser Legierung reich und berühmt machen. Auch Philip Westermann von der TU Magdeburg begehrt das Relikt. Ariadne – so heißt das Objekt der Begierde – besitzt Irenäus Moll ...

Der hunnische Tyrann

ISBN: 978-3-86289-031-6, 9,90 Euro

Laurin bewohnt als Aussteiger eine Bergbaubrache im Harz. Eines Tages lernt er, gemeinsam mit seinem ehemaligen Knastgefährten Siggi, die Straßenmusikantinnen Swenja und Nanzi kennen, die aus einer ehemaligen Sowjetrepublik kommen. Die Frauen wollen Laurin und Siggi zu einem Attentat verleiten. Das Ziel: Ihr Staatschef – der hunnische Tyrann! Irenäus Moll kommt ihnen durch Zufall auf die Spur. Seine Geliebte, die Hauptkommissarin Rita, jagt währenddessen den Mühlgraben-Ripper.

Der Hexentrunk

ISBN: 978-3-86289-047-7, 10,00 Euro

Vicky und Adelheid finden einen Briefwechsel zweier Äbtissinnen , in dem es um halluzinogene Hexentrünke geht. Sie brauen eins dieser Elixiere und wollen es vermarkten, bevor die Welt kurz vor Weihnachten 2012 in ein neues Zeitalter geht. Privatdetektiv Irenäus Moll zeigt den Frauen mysteriöse Kultstätten. Bald gibt es einen Toten, weitere folgen.

Die Höhlenfrau

ISBN: 978-3-86289-069-9, 10,00 Euro

Die Anthropologin Ginger bezeichnet sich als „Höhlenfrau". Während sie in Quedlinburg auf ihren Freund Kurt, den Bodyguard der Kanzlerin, wartet, lernt sie zwei Männer kennen: Irenäus Moll und den etwas verrückten Ingenieur Anton, der im Münzenberg ein sagenumwobenes Höhlensystem entdeckt haben will. Kurz darauf ist Ginger spurlos verschwunden. ...

Das Steinkistengrab

ISBN: 978-3-86289-073-6, 14,99 Euro

Tam ist eine schwerreiche Frau. Zusammen mit Lilly, der Pilotin ihres Privat-Jets besucht sie eine Lesung des Quedlinburger Privatdetektivs und Fantasy-Autors Irenäus Moll. Er liest über den Recken Krrrsan, dessen Überreste von Archäologen ein Jahrzehnt zuvor in einem Steinkistengrab gefunden wurden. Doch Tam nimmt diese Geschichte ernst, denn sie meint, dass man Wirklichkeit kaufen kann, und sie will den magischen Stirnreif aus Mammut-Elfenbein besitzen. Bei diesem wahnwitzigen Unterfangen geht sie über eine Leiche und viele Ruinen. Bald müssen sich Irenäus Moll und der Förster Karl Wabenmond mit dem Fall befassen, der sie auch in die Szene der Mittelalter-Märkte führt. Spätestens bei einem Schneesturm auf dem Brocken merken die beiden Detektive, dass keineswegs alles nur „Fantasy" ist ...

Bibliografische Information der Deutschen Nationalbibliothek:
Die Deutsche Nationalbibliothek verzeichnet diese Publikation
in der Deutschen Nationalbibliografie; detaillierte bibliografische
Daten sind im Internet über http://dnb.d-nb.de abrufbar.

© dr. ziethen verlag
Friedrichstraße 15a, 39387 Oschersleben
Telefon 03949 4396, Fax 03949 500 100
www.dr-ziethen-verlag.de
email: info@dr-ziethen-verlag.de
2015

Satz & Layout dr. ziethen verlag
Umschlaggestaltung: Karen Teßmer
Autorenfoto auf dem Umschlag: Magdalena Dreysse
Satz mit QuarkXPress auf Macintosh
Schrift: GillSans, Frutiger
Druck: Halberstädter Druckhaus GmbH
ISBN: 978-3-86289-108-5